열쇠 구멍으로 엿보는 소년

열쇠 구멍으로 엿보는 소년

엿보는 소년

The Boy
At The Keyhole

스티븐 자일스   이지연 옮김

민음사

THE BOY AT THE KEYHOLE
by Stephen Giles

차례

1

아침 빛이 시원치 않았다. 돌바닥 위에 흐릿하게 내리는 그 빛 가지고는 깨진 사발도 사발에 담겨 있던 것도 아주 조금밖에 분별이 되지 않았다. 확인해 보지 않은 이상 확신하기는 어렵지만 아무래도 구름이 껴 있는 모양이었다. 이따금 환한 햇살이 색유리창으로 비쳐 들어 주방 식탁과 그 앞에 앉은 남자아이에게 빛살을 퍼붓곤 했기 때문이다. 새뮤얼은 한 번씩 확 비치는 이 벌집무늬 빛을, 홀린 듯 호기심에 차서 들여다보았다. 피가 나는 다리의 상처 주위로 먼지 입자가 벌 떼처럼 빙글빙글 맴돌고 있었다. 다른 것보다 그게 어처구니없었다. 루스는 먼지라면 아주 질색을 했다, 다들 아는 사실이었다. 하지만 루스의 주방이

본이 막처럼 티끌 하나 없이 말끔한 건 아닐지두 모른다는 생각이 새뮤얼에게 어쩔 수 없이 들고야 말았다.

"옆에서 막 뛰어다니지 말라고 내가 그랬지?"

새뮤얼은 고개를 끄덕였다. 루스가 벌써 세 번이나 같은 소릴 한 터였고 매번 새뮤얼은 똑같은 대답을 했다. 루스는 종종 그럴 때가 있었다, 한 말 하고 또 하고. 대체 새뮤얼이 한 번 이렇게 대답해 놓고 그다음 번에는 다르게 대답할 거라고 생각해서 그러나? 갑자기 뛰어다니지 말라고 한 적 없잖아 할까 봐서? 새뮤얼은 바보가 아니었다.

"주방은 놀이터가 아니야." 루스는 바닥에 쭈그리고 앉아 도기 사발 조각들을 주웠다. 주워선 새뮤얼 자리 옆 탁자 위에 올려놓으니 파편들이 간들간들 시소를 탔다. "제일 좋은 사발이었어, 새뮤얼. 그냥 읍내 나가서 하나 새로 살 수 있는 게 아니라고." 루스는 새뮤얼을 올려다보았다. "내가 누구 먹으라고 케이크를 만들고 있었게?" 새뮤얼이 미처 대답도 못 할 차에 루스는 말했다. "나 먹을 케이크는 아니지, 그건 확실해."

소년은 묵묵히 있었다.

"구태여 여길 와서 난리 치지 않아도 이 집에 놀 데는 얼마든지 있잖니. 정말이지, 새뮤얼, 넌 참 어쩌나 소란을 피우는지 가끔은 뭐가 들렸나 싶다니까."

"뭐가 들리는 게 뭐야?" 새뮤얼이 말했다.

"남자애가 양식이 없어서 그만해야 할 때를 모르는 거."

산산조각 난 사발 파편을 다 줍고 나자 루스는 양동이와 걸레를 가져다가 바닥에 용암처럼 쫙 깔린 초콜릿케이크 반죽을 닦아 내기 시작했다.

새뮤얼은 다시 다리의 베인 상처로 눈이 갔다. 상처에서 피가 약간 배어 나와 있는 걸 손가락에 묻혀 냈다. 피를 만지는 건 언제나 번번이 실망을 주었다. 상처에서 피가 나오고 있을 때는 참 대단할 것 같다, 빨갛고 짙고 끈적한 게. 하지만 그래서 손을 대 보면 바로 흐려져 아무것도 아닌 게 돼 버리는 식이다. 손가락 끝에 얼룩이나 질까 말까 한 정도로.

"심해 보이기만 하는 거야." 이것도 또 루스가 이 아침 몇 번이고 되풀이한 말이었다. "하나도 심하지 않아. 순식간에 낫는다." 루스는 코웃음을 쳤다. "아프니?"

새뮤얼은 고개를 저었다. 사실 아프긴 했지만 그렇게 말해서는 안 되었다.

"됐네." 루스가 말했다. "닦아 줄 테니까, 그러고 나면 발치에 맴돌지 말고 좀 가 있어."

루스는 식료품 광으로 들어가 작은 병과 깨끗한 닦는 솜을 가지고 나왔다. 그때쯤 쉴 새 없이 떠 흐르는 구름장은 또다시 자리를 옮겨서 실내에 가득 찼던 빛살이 쪽 빠져 버리고 루스의 얼굴에는 어둑어둑 그늘이 졌다. 새뮤얼은 어머니가 루스를 가리켜 '말쑥하니 잘생긴 사람'이라고 하는 말을 들은 적이 있었다. 하지만 새뮤얼에게 루스는 그저 심술궂어 보일 뿐이었다.

"말 좀 잘 들어야지, 새뮤얼." 루스가 병뚜껑을 돌려 열고 속에 든 것을 찔끔 솜에 부었다. "나 혼자 이 집 살림 다 하고 널 보살피는 것만 해도 힘들단 말이야, 그런데 거기다 대고 꼭 그렇게……." 루스는 새뮤얼의 다리 상처를 톡톡 두드렸고, 소년은 움찔거리지 않으려고 최선을 다했다. "다른 것도 아니고 그냥 앉아서 아침 먹으라는 거였잖니. 왔다 갔다 뛰어다니지 말라고 그러지 않았어? 떼쓰는 거 받아 줄 기분 아니라고 내가 그랬지?"

새뮤얼은 고개를 끄덕였다.

"그래." 루스가 배어난 피를 말끔히 닦아 내며 말했다. "이왕지사 어쩔 수 없지. 그만하자." 루스의 목소리는 매양 이쯤에서 부드러워졌고, 고개를 숙여 새뮤얼과 얼굴을 맞대고 굳이 눈길을 맞췄다. 눈썹으로 내려온 머리카락을 루스가 쓸어 넘겨 주었다. "화해한 거다?"

새뮤얼은 고개를 끄덕였다. "엄마는 집에 언제 오셔?"

루스가 한숨지었다. "제발 그 얘기 개시하지 말렴, 새뮤얼. 오늘은 하지 마."

"엄마는 왜 아무……?"

뒷문이 열리고 올리브가 들어섰다. 외투를 벗으면서 루

스에게 늦어서 미안하다고 사과했다. "버스가 안 와서 읍에서부터 걸어 올라와야 했어요."

"그랬구나." 루스는 소독약 병을 주머니에 쏙 넣고 갈색 머리카락을 가다듬었다. "안 그래도 오늘 아침에 내가 전화했는데, 올리브, 받질 않고 신호음만 한없이 울리던걸."

올리브는 토요일마다 와서 청소를 도왔다. 전에 새뮤얼이 학교에 가기 전에는 집에 가정부가 둘에 요리사 한 명, 전업 정원사가 한 명 있었다. 이제는 루스뿐으로 올리브가 일주일에 한 번 오고 윌리엄이 수요일, 목요일에 와서 되는 데까지 정원 일을 봐줄 따름이었다.

"엄마를 장에 모시고 가느라고요." 올리브가 외투를 걸면서 말했다. "원래는 어제 가려고 그랬던 건데 엄마가 편찮으셔서 그게……." 올리브가 하던 말을 뚝 끊었다. "다리 어쩌다가 그랬어요, 새뮤얼 도련님?"

올리브가 새뮤얼을 그렇게 부를 건 아니었다. 새뮤얼의 어머니는 으리으리한 호칭을 용납하지 않았다. 어머니는 미국 사람이고 그런 일에 대해서 이런저런 생각이 확실히 있는 사람이었다. 새뮤얼은 그 사정을 잘 알고 있었다. 어머니가 아버지와 결혼해서 뉴욕에서 옮겨 온 그때부터 어머니는 영국에 꾸릴 자기 가정이 사람을 압살하는 격식의 부담에 고통받게 하진 않겠노라 결심했던 것이다. 그게 무슨 소리인지야 새뮤얼로서는 전혀 모를 일이지만, 어머니

가 당돌한 것하고 뭐가 연관성이 있다는 거 확실했다

"탁자에 부딪혔어." 새뮤얼이 말했다.

"어쩌다가요?" 올리브가 말했다. 새뮤얼의 미간으로 머리카락이 흘러내렸다. "넘어져서."

"비행기 들고 뛰어다니다가 의자에 걸렸단다." 루스가 새뮤얼을 식탁 자리에서 내려 주며 말했다. "심하게 째진 것도 아니야, 금방 말짱해질걸."

"그렇다니 다행이네요." 올리브는 그렇게 말하면서도 새뮤얼에게서 눈을 떼지 않았다. "그럼 괜찮은 거죠, 응?"

"아니 그럼 괜찮지 않고? 그냥 째진 것뿐이라니까." 루스가 헛기침을 했다. "올리브, 내가 하려던 얘기가 말이지…… 오늘 아침에 전화했던 이유는 오늘은 올 필요 없다는 얘길 하기 위해서였어. 여기까지 한참 힘들게 왔는데 참 미안하구나."

"어?" 올리브가 말했다.

"그러니까 그게, 아무래도 다시 네가 필요할 일은 없을 것 같다." 루스가 말했다.

새뮤얼은 올리브가 여길 봤다 저길 봤다 하는 걸 지켜보았다. 그 시선은 새뮤얼에게 내려앉았다 바닥으로 가고 또 루스에게 가고 했지만 어디에든 1초 이상 머무르지 않고 다음 것으로 훌쩍 날아갔다.

"앞으론 오지 말았으면 하시는 거예요?" 올리브가 말

했다.

"내 맘대로 할 것 같으면야 일주일 내내 오라고 하지." 루스가 말했다. "그런데 너도 알다시피 지금 그렇게는 불가능해서…… 사정이 사정이다 보니."

"전 그냥 계속 다니고 클레이 부인이 돌아오시면 그때 일을 정리했으면 좋겠는데요?"

"그게 언제가 될지 모르겠으니 말이다, 올리브."

"금방 오실 거야." 새뮤얼이 말했다. "금방 오실 거잖아, 안 그래, 루스?"

"그래, 그랬으면 좋겠다." 루스는 올리브를 보았고 험했던 표정이 누그러졌다. "자긴 일을 아주 잘하는 사람이니까 소개장은 기쁘게 써 줄게. 방도가 없어서 이렇게 된 거지 안 그랬더라면……."

올리브는 고개를 쳐들었고, 그러자 그리 주눅 든 모습이 아니게 되었다. "그럼 윌리엄은 계속 나와요?"

"새뮤얼, 가서 자전거 타지 그러니?" 루스는 한 가지 대답밖에 못 하도록 물어보는 재주가 있었다. "신발부터 갈아 신고 가, 간밤에 비가 왔으니 풀이 아직 축축할 거야."

"이 신발이 좋은걸." 말을 하는데 새뮤얼은 꼭 팔짱을 껴야 할 것 같은 기분이었다.

"좋으면 더욱이나 젖지 않게 해야지." 루스가 말했다.

새뮤얼은 뭐라고 뻗대 볼까 했지만 오늘은 그럴 날이

못 되었다.

"얼른 가렴, 새뮤얼." 루스가 말하곤 올리브에게 식탁 앞 의자를 권했다. 둘은 앉았고, 이마를 맞대고 곧 나직이 이야기를 나누기 시작했다. 새뮤얼은 돈에 관한 이야기이리라고 짐작했다. 주방을 나오는 새뮤얼의 걸음걸이가 느릿느릿했던 건 그 때문이었다. 새뮤얼은 정말이지 두 귀를 뒤로 뻗어 그 둘 사이에 오가는 숨죽인 말마디들을 주워듣고 싶었다. 보통 돈 얘기는 새뮤얼의 어머니 이야기로 이어진다. 그리고 새뮤얼은 엄마 소식이 너무나도 듣고 싶어서 가끔은 몸이 다 욱신거릴 지경이었다. 하지만 방이란 건 필요한 만큼 길지 않아서 새뮤얼은 이내 문에 다다랐다. 쭈그려 앉아서 신발 끈을 만지작거리고 있어 봤지만 루스는 호락호락하지 않았다.

"빨리 가, 그리고 그 신발은 갈아 신어."

새뮤얼은 전실을 지나 교수대로 향하는 사람처럼 터벅터벅 층계를 올라갔다. 둘이 새뮤얼의 어머니 이야기를 하고 있다면 어째서 새뮤얼이 그 얘길 들어선 안 되는가? 엄마는 새뮤얼의 엄마였다, 그렇지 않나? 이렇게 돈 문제가 생긴 건 뭔가 엄마하고, 엄마가 왜 이렇게 오래(정확히 헤아리자면 113일 동안이나) 출타해 있는지하고 관계가 있는 모양이다. 엄마가 집에 오길 밤낮으로 바라고 빌지 않았던가? 그러니 만약에 루스랑 올리브랑 저기 앉아서 소곤소곤 엄마 얘길 할 거라면, 엄마 일은 자기들이 신경 쓸 일이지 새뮤얼은 상관없다는 듯이 자기들끼리만 말할 거면, 새뮤얼로서는 어떻게든 한 귀 엿들으려고 할밖에. 새뮤얼은 어른들한테는 비밀이 있고 자기가 알 일이 아닌 일들도 있다는 것을 알았다. 루스가 백 번이나 그렇게 타일렀으니까. 하지만 루스의 주방에 먼지가 있는 걸 봐 버린 것처럼, 누가 무슨 말을 한다고 해서 그게 꼭 정말은 아니라는 걸 소년은 깨닫기 시작한 참이었다.

2

새뮤얼은 학교가 끝나면 늘 달려서 집에 왔다. 조지프도, 언덕길을 달려 올라간다니 어처구니없다고 생각하면서도 대개 함께 뛰었다. 조지프는 새뮤얼의 제일 친한 친구였다. 비록 사실 친구가 조지프 하나뿐인데 그런 이름을 붙이는 건 사기 아닌가 찜찜하기도 했지만……. 그렇긴 해도, 새뮤얼의 아버지가 일평생 좋은 친구 한 명이 있으면 그만이라고 말한 적이 있었다. 조지프는 브래던 저택 문지기 집에 살았으니, 새뮤얼네 집에서 언덕만 넘으면 조지프네였다. 조지프의 어머니는 주인 댁 가족이 먹을 음식을 만들고 아버지는 저택 안팎 일을 보았다.

"무슨 올림픽도 아니고 뭣 땜에 만날 달려가야 되는지 모르겠다." 조지프가 풀밭에 책가방을 던지고 침을 뱉었다. "걸어서도 얼마든지 가잖아."

새뮤얼은 설명할 도리가 없었다. 날마다 혹시나 하는 희망에 가슴속에 폭풍이 휘몰아치는 가운데 집으로 달려가는 심정을. 어쩌면 오늘은 어머니가 기다리고 계실지 모른다는 희망이다. 아니면 어머니가 보낸 엽서라도 한 장 더 와 있을지 모르고. 뭔가 소식을, 뭐라도 소식을 듣게 될지 모른다는 바람, 그래서 어머니가 지금 어디 계신지 알게 되고 또 다른 무엇보다 중요하게는 언제 집에 오실지 알게 될지 모른다는 바람으로 그런다는 걸. 그러나 이런 이야기를 대놓고 할 순 없었다. 제일 친한 친구한테라도 안 되었다.

"난 달리는 게 좋아." 새뮤얼의 대답이었다.

"쳇, 정신 나간 소리 하네." 조지프가 턱에서 땀을 훔쳐 내면서 말했다.

새뮤얼네 집은 언덕 꼭대기에 자리 잡고 있어서 가장 가파른 데서는 늘 꽤 힘들었다. 오늘은 다리 때문에 더했다. 아침에 루스가 싸매 준 상처가 아직 욱신거렸기 때문이다. 하지만 새뮤얼은 계속 달려가 집에 다다르자 열린 대문으로 그야말로 펄쩍 뛰어 들어갔다.

"8시에 여기서 만나?" 조지프가 뒤에서 소리쳤다.

새뮤얼은 고개를 끄덕였다. 둘은 매일 아침 함께 걸어서 학교에 갔다.

새뮤얼은 빠르게 진입로를 걸어갔다. 발밑에 와작와작 밟히는 잔돌들 감촉은 언제나 기분 좋았다. 새뮤얼의 시선은 집에 못 박혀 있었고, 마음이 쏠리긴 했지만 늘 보는 토끼가 있나 주방 텃밭 쪽으로 곁눈질 한번 하지 않았다. 집만 보았다. 브래던홀만큼은 못 되지만 그래도 규모가 대단하고 위압감도 들 만한 건물이었다. 마을 외곽에 자리 잡고 있는데 한때는 딸린 땅이 아주 넓었더랬다. 농지는 새뮤얼의 아버지가 세상을 떠난 후 다 팔아 버려서 이제는 마구간들도 텅 비었고 그 밖에 건물은 땔나무 광과 직사각형 건물 두 동이 이어진 형태의 본채뿐이었다. 본채 건물은 연노란색 돌로 돼 있고 커다란 창이 세 개씩 짝지어 주르르 나 있으며 지붕 선을 따라 굴뚝 꼭대기 통풍관들이 볼록볼록 떼 지어 불거져 있는 모습이었다.

새뮤얼은 책가방과 외투를 흑백 바둑판무늬 바닥에 팽개치고 모자를 벗어 가방 위에 휙 던져 놓으면서 복도를 냅다 달려갔다. 그러다 우뚝 멈춰 섰다. 뒤로 돌아 허겁지겁 돌아와서 문을 밀어 닫았다, 가만히. 루스는 집 정문을 열어 두고 다니면 가만히 있지 않았다. 그리고 문을 꽝꽝 닫는 것도 참지 못했다.

본채 뒤편에 다다랐을 때쯤 새뮤얼은 자기가 이 정도면

딱 좋다고 생각한 속도로 달리고 있었다. 하지만 주방으로 들어가려면 왼쪽으로 돌아야 하는데 그 모퉁이가 새뮤얼의 생각보다 빠르게 닥쳐왔다. 새뮤얼은 바닥에 미끄러지며 어깨를 벽에 부딪히고 넘어질 듯 주방으로 뛰어들었다.

루스는 주방 탁자에서 반죽 덩이를 치대고 있었다. 눈도 들지 않았다. "불난 집에서 도망치는 것처럼 내 주방에 막 뛰어들지 않을 만큼은 지각이 났을 줄 알았다만."

"미안해, 루스." 새뮤얼이 말했다. "엄마는……?"

"도대체 넥타이는 어쩌고 다니니?" 루스가 말했다. "올해 들어서 그게 두 개째였지. 세 개째는 안 나와, 그러니까 잘 간수하는 편이 좋아."

새뮤얼은 내려다보았다. 교복에 매는 타이는 손안에 구겨 쥐고 있었다. 새뮤얼은 다시 사과하고 타이를 자기 옆긴 의자에 놓았다.

"그래 학교에선 어땠어?" 루스가 물었다.

소년은 어깨를 으쓱했다. "괜찮았어."

"참 열심이기도 하구나, 새뮤얼." 소년은 루스가 밀대로 반죽을 밀고 주먹으로 꾹꾹 누르는 것을 지켜보았다. 루스의 얼굴은 찡그린 채로 굳어 있었다. 굽슬굽슬한 갈색머리 한 가닥이 빠져나온 바람에 루스는 눈에 들어가지 않게 머리카락을 숨으로 훅 불어 치웠다. "쇼트브레드[버터를 많이 넣어 두껍게 구운 퍼석퍼석한 과자의 일종] 만들고 있는데 장에 낼 거지만 착하게 굴면 몇 개 빼 줄 거야. 물론 차 마신 후에. 숙제는?"

"조금 있어." 새뮤얼이 말했다. "엄마 왔어?" 바보 같은 질문이었다, 새뮤얼도 알고 있었다. 그렇지만 물어보지 않고는 배길 수가 없었다. "엄마 집에 오셨어? 위층에 계셔?"

"클레이 부인이 돌아오셨으면 내가 널 여기 세워 두고 숙제니 쇼트브레드 얘기나 하고 있을 것 같니?" 루스는 순간 힐끔 새뮤얼을 살폈다. "부인이 돌아오실 거면 미리 말씀을 해 주실 거야. 그거야 틀림없지."

"그럼 엄마는 왜 아무 말이 없어?" 새뮤얼은 인상을 썼다. "어떻게 이렇게 오래 집을 비우신대? 16주도 넘었잖아. 그러니까 115일이라고."

"내가 말했잖아…… 날짜 수 세 봐야 소용이 없다니까, 새뮤얼. 그래 봐야 속만 상하지, 알면서 그래."

여기에 새뮤얼은 팔짱을 꼈다. "나는 셀 거야, 하루하루 빼놓지 않고."

"좋을 대로 하렴. 너희 어머님이 은행가들 상대로 보시는 일이 이제 어느 날이 됐든 끝은 나겠지. 그래도 아메리카는 거리가 끔찍이 멀단 말이야. 기차 한 대 잡아타고 오는 게 아니거든." 루스는 생긋 미소 지었지만 늘 그렇듯이 전적으로 믿음이 가진 않았다. "다른 사람 누구보다도 네가 더 잘 알 일 아니니, 항상 지도수첩을 뚫어져라 보고 있으니까."

"지도책이야."

"그럼 지도책이라고 할게." 루스가 입술을 핥았다. "자, 이렇게 말한다고 속이 편해지진 않는다는 거 알지만 어머님은 굉장히 중요한 볼일이 많아. 그렇게 중요한 일이 있어 출타했을 때는 아마 시간이 순식간에 흘러갈 거야."

"엄만 집에 오고 싶지도 않나?" 새뮤얼은 목소리도 간신히 나왔다.

루스는 바로 대답하지 않았다. 생각을 하는 것 같았다. 그러다 말했다. "글쎄, 물론 오고 싶어 하시지. 그거야 말해 뭐 하니."

새뮤얼은 분한 마음이 턱밑까지 물밀듯이 차오르는 걸 느꼈다. 고래고래 소리 지르지 않을 만한 지각은 있었으나 아이가 차마 감당 못 할 일도 있는 법이었다. 왜냐하면 때로 새뮤얼이 어머니를 그리면 그릴수록, 사랑하면 사랑할수록, 어머니는 더 멀리 가 버리는 것 같기 때문이었다. "잘 있으라는 말도 안 하고." 새뮤얼이 말했다. 자칫하면 소리라도 지를 것 같았다. "엄마가 왜 그래, 루스? 내가 자는 동안 그냥 떠나 버렸잖아. 엄만 안녕 인사도 안 했어."

"새뮤얼 클레이, 목소리 낮추세요." 루스가 치대던 반죽에서 손을 뗐고 밀가루 구름이 얼굴까지 풀썩 피어올랐다. "어머니가 왜 인사 못 하고 가셨는지 잘 알면서 그래. 아주 갑작스럽게 아메리카로 가게 돼서 아침까진 런던에 가셔야 했어. 그러려면 여기서 한밤중에 떠나셔야 했던 거야. 아주 급하게 짐 싸시는 걸 내가 도와 드렸고 너한테 들르신 것도 내가 알아, 침대 가에 앉아서 네 얼굴을 어루만지셨다고. 하지만 네가 워낙 잘 자고 있어서 깨우고 싶진 않으셨던 거야."

"편지도 안 쓰셨어. 단 한 장도."

"네가 그렇게 살뜰히 아끼는 그 엽서들은 뭐니?"

새뮤얼은 학교 갈 때 신는 신발을 내려다보았다. "그거랑 달라."

"그럼 엽서 한 장 더 와도 별로 안 받고 싶겠구나?"

이 말에 새뮤얼의 녹색 눈 속에서는 불꽃이 튀었다. "그럼 혹시?"

루스는 고개를 끄덕이곤 도로 반죽을 잡았다. "침대 위에 올려놨어."

새뮤얼은 대답할 짬이 없었다. 벌써 층계로 달려가는 중이었다.

3

너무나도 동그랗고 금빛이라 달걀 노른자같이 보이는

태양 아래 보스턴 항구가 부석처럼 빛났다. 새뮤얼은 엽서를 소중히 감싸 들고 침대에 앉았다. 매번 사진부터 찬찬히 살펴보고, 엄마가 손수 쓴 짧은 글은 마지막까지 남겨두었다. 그건 마치 후식이 먹고 싶어 좀이 쑤시면서도 닭구이를 음미하는 것과 같았다. 엄마가 쓴 글은 언제나 끝에 맛봐야 할 후식이었다. 하지만 맛있는 것이 늘 그렇듯이, 일단 손에 들어온 이상 결국에는 버티기가 불가능했다.

새뮤얼은 엽서를 뒤집었다. 새뮤얼의 시선은 엄마가 쓴 장식적인 글씨를 쭉 훑어 갔고 친숙한 그 느낌, 따스한 느낌이 순식간에 일어 온몸을 타고 흘렀다. 엄마 손이 이 엽서에다 한 글자 한 글자를 꼭꼭 박아 넣었다. 묵고 계신 호텔 방 책상에 앉아서, 아니면 어느 찻집에서, 새뮤얼만을 생각하면서 이 글월을 썼을 것이다. 이 몇 마디는 엄마의 말이었다. 엄마의 말, 새뮤얼 보라고 적은 말이다. 새뮤얼은 숨을 들이쉬고 할 수 있는 한 느리게 읽기 시작했다.

1961년 7월 20일

최고로 사랑하는 새뮤얼에게,

얼마나 보고 싶은지 모르겠다. 나의 작은 사나이야. 보스턴에 왔는데 습하고 음산하네. 엄마 기분도 꼭 그래. 여기 미국에서 봐야 할 일이 언제 끝날지 모르겠어서. 그렇지만 가능한 한 빨리 돌아간다고 약속할게. 루스 말 잘 들어.

사랑과 입맞춤을 보내며,

엄마가.

지난번 소식이 왔던 때 어머니는 여전히 뉴욕이었더랬다. 이제 보스턴으로 장소를 옮겼다. 지도책을 새로 손대놔야 할 것이다. 새뮤얼은 엽서를 뒤집었고, 다시 뒤집었다. 꼭 어머니로부터 또 무슨 말이 없을까, 뭔가 실마리를 잡아 볼 만한 숨은 사연이 없을까 하는 듯이. 그렇게도 하잖아, 단서를 숨겨 두고. 하지만 아무것도 없었다. '여기서 봐야 할 일이 언제 끝날지 모르겠어.' 어째서 언제 끝날지 모른다 했을까? 왜 그리 오래 걸릴까?

새뮤얼은 링컨셔의 철공장이 원래 말썽이 많았다는 걸 알고 있었다. 우리가 보유한 자산보다 빚이 더 컸다, 그게 아버지가 늘 하시던 말씀이었다. 그러다 아버지가 돌아가신 후에는 은행들, 심장이 얼음처럼 차디찬 끔찍한 남자들이 운영하는 은행들이 어머니더러 모든 걸 매각하고 손해를 감수하고 손을 떼라고 종용했다. 하지만 어머니는 숫자에 밝았다, 그것도 아버지가 하곤 하던 얘기였다. 그래서 어머니가 영국 땅 여기저기 안 가 본 데 없이 다니면서 '자본'이라는 걸 마련하려고 애를 썼다. 그래도 안 되니까 어머니는 미국에 운을 걸어 보자고 마음먹었다. 새뮤얼의 외할아버지가 뉴욕에 살고 계셨다 비록 새뮤억은 한 번두 뵙지 못했지만. 그건 할아버지 성미가 고약하기 이를 데 없어서고 그 말도 또 새뮤얼의 아버지가 했던 거였다.

가능한 한 빨리 돌아갈게. 어머니는 엽서마다 말미에 그 약속을 했다. 지금 막 받은 이 엽서까지 포함해서 전부 여덟 장이 왔다. 모든 엽서에 어머니는 되도록 빨리 돌아올 것이라고 했다. 무슨 뜻으로 그런 거지? 어째서 어머니가 오고 싶을 때 못 온다는 걸까? 오고 싶은데 못 오게 누가 붙잡고 있었나? 새뮤얼은 그건 아니기를 바랐다. 뭐, 거의 그렇게 바랐다. 새뮤얼의 작은 일부분, 분명히 못 돼먹은 부분이지만, 거기서 새뮤얼은 어머니가 어디 붙잡혀 있었던 거라면 좋겠다고 생각했다. 아마 영국인이라면 질색하는 외할아버지가 잡아 뒀으려나. 아니면 그 미국 은행 어디서 잡아 뒀든가. 왜냐하면 그럼 이렇게 오래도록 돌아오지 않는 게 엄마의 뜻은 아닌 것이 될 테니까 말이다.

새뮤얼은 엽서를 침대에 놓았다. 그랬다가 도로 집어 들었다. 누가 돌아오길 기다린다는 건 정말 지긋지긋한 일이었다. 소년은 한숨 지었다. 그러고는 엽서를 뒤집어 다시금 읽기 시작했다.

*

"루스 말 잘 들어. 사랑과 입맞춤을 보내며, 엄마가." 새뮤얼은 우유를 마시고 입가를 훔쳤다. "다시 읽어 줄까?"

"읽다가 잉크가 다 닳아 없어지겠다." 루스는 빈 복숭아 통조림 깡통으로 반죽을 둥글게 찍어 내던 참이었다. 새뮤얼 생각에 쇼트브레드는 꼭 그렇게 동그래야만 했다. "그래도, 어머니가 어디 계신지 잘 계신지 알게 됐으니 다행이구나."

"보스턴은 어떤 데일까 궁금해." 새뮤얼이 말했다.

"내가 처음 일한 집 수석 가정부님이, 딜레이니 부인이라고 있었는데, 젊을 때 보스턴 출신인 분 댁에서 가정교사를 했댔지. 아주 지독한 사람들이었다고 하더라."

"보스턴 사람들은 다 지독해?"

"그럴 리야 있겠니. 사람들은 어디를 가든지 거의가 매한가지야, 좋은 사람 있고 나쁜 사람 있고 그 중간에 별별 사람 다 있지."

"어머니가 거기에 오래 계실 것 같아?" 새뮤얼은 엽서를 커다란 밀가루 독에 기대 세우고 보스턴 항구 사진을 물끄러미 들여다봤다.

"내가 어떻게 아니, 새뮤얼? 어머니 소식을 듣고 싶었는데 이제 듣지 않니. 그걸로 기뻐해야지." 루스는 엄격한 소리를 하려던 것이었지만 새뮤얼 생각에는 오히려 즐거워하는 것 같았다. "예쁜 엽서 받았네. 내 말 잘 들으라고 말씀하신 것도 명심하려무나."

"어머닌 거기 있기 싫고 집에 오고 싶어 해, 그렇다고 쓴 거잖아." 새뮤얼은 엽서를 집어서 뒤집었다. "ㅂ스턴에 왔는데 습하고 음산하네, 엄마 기분도……."

"내 기분도 딱 그렇구나." 루스가 중간에 끊고 들었다. "나도 속속들이 다 외우겠다, 네가 하도 여러 번 읽어 줘서. 뭐 다른 이야기를 하자."

루스는 그렇게 할 수가 있었다. 무슨 여왕이나 된 것처럼 칙령을 내리는 일. 어떤 화제는 이제 얘기 다 됐으니까 이걸로 그만이라고 하기.

"루스가 읽지 말라고 그러니까 다시 읽지 않을게." 새뮤얼이 말했다. "그렇지만 어머닌 내가 보고 싶고 집에 오고 싶대. 그렇게 쓰셨어."

"물론 집에 오고 싶으시지." 루스는 복숭아 깡통을 치우고 찍어 낸 반죽 조각들을 굽기 판에 올리기 시작했다. "하지만 내가 헤아릴 수도 없이 얘기한 대로 먼저 중요한 볼일을 다 보셔야 오실 수가 있지."

"그 일이 얼마나 오래 걸릴지 엄만 모르셔?" 새뮤얼이 말했다. "짐작이라도 하실 거 아냐, 일이……."

"짐작을 어떻게 하셔? 이런 일들은 굉장히 복잡하고 또……." 루스가 한숨을 쉬었다. "어머니는 거금을 투자 받으려고 하시는 건데 은행가들이란 엄청나게 생각을 하지 않고는 호락호락 큰돈을 넘겨주지 않아."

"어디 묵고 있다는 건 왜 아예 안 가르쳐 주셔? 알아야

답장을 쓰지." 소년의 얼굴이 찡그려지고, 콧방울이 발름대었다. "왜야, 루스?"

"글쎄, 내가 확실히야 알겠니." 루스는 무슨 일로 언짢은 기분이 들 때면 늘 그러듯 헛기침을 했다. "아마 알려 줄 생각을 못 하셨든지 아니면 아직 어디 제대로 자리를 못 잡으신 거겠지. 그리고 만약에 주소를 가르쳐 주셨더라도, 글쎄다, 오는 편지에 일일이 답장 쓰고 계실 시간은 없으실 거야."

"그럼 전화를 걸 거야." 새뮤얼이 선언했다.

루스는 눈을 굴렸다. "너 다니는 동리 학교에서는 아무것도 안 가르쳐 주니? 내가 서리 사는 내 동생하고 통화를 하려고 해도 교환원 열두 명을 거쳐 가지고 잡음만 잔뜩 끼는데, 미국은 말해 뭐 해."

"전보를 칠 거야. 전보 치는 데는 교환원 열두 명 없어도 되잖아, 그렇지?" 새뮤얼은 고개를 끄덕였다. "보스턴에 전보를 쳐서 엄마한테 언제 집에 오시느냐고 물어볼래."

루스가 희미한 웃음을 띠었다. "그래 전보는 어떻게 칠 건데? 지금까지 불평하고 있었던 대로 어머니 묵으시는 호텔이 어딘지도 아예 모르지 않니."

소년은 번득 가정부를 올려다봤고 얼굴에는 이제 의심의 빛이 어렸다. "루스는 알아?"

"내가 아냐고?" 루스는 밝끄해서 입을 딱 벌렸다 "내가 그걸 알았으면 나부터 전보를 쳤지, 네가 이렇게 물어보고 물어봐서 사람을 잡지 않게."

어머니 때문에 심란해지면 새뮤얼은 머릿속에 온갖 생각들이 부글부글 끓어 올라왔다. 때로는 그저 느껴지는 감정들이었다. 어머니가 그리워 아픈 심정이라든가 떠나 있는 어머니에 대한 원망이라든가. 다른 때에는 정말 알고 싶은, 궁금증들이었다. 새뮤얼이 알 권리가 있는 일들 말이다. 그러니 새뮤얼은 그 궁금한 것들을 물을 것이었다. 설령 한구석에서는 과연 대답이 무엇일지 두려워하고 있을지라도.

"어머닌 왜 날 데리고 가시지 않았어? 그렇게 오래 떠나 있게 될 줄 엄마가 알았으면, 왜 날 여기 두고 가셨지?"

루스는 판에 반죽을 놓던 손을 멈췄다. "너 생각이 너무 과하다, 젊은 친구야. 당연히 어머님은 너를 데리고 가고 싶으셨지. 그건 말할 것도 없어. 하지만 그 온갖 중요한 회의 자리에 어떻게 널 옆에 달고 다니시겠니?"

"루스도 갔으면 되는 거잖아." 새뮤얼이 말했다.

"그러면 이 집은 누가 돌보고?"

"올리브가." 새뮤얼이 말했다.

"그만." 루스의 목소리는 낮고 확고했다. "너 그렇게 계속 가다가 흥분하면 난리 난다. 지난번에 결국 어떻게 됐는지 알지?"

새뮤얼은 기억하고 있었다. 그때 흥분해 버려서 루스가 십자를 긋게 만들 말과 행동을 했다. …… 그리고 그에 따른 귀결도 있었다. 그랬다, 새뮤얼은 그만해야 한다는 걸 알았다. 다만 그럴 수가 없었다. "필릭스 삼촌한테 전화할래."

루스가 몸을 폈다. "대체 뭐 하러?"

"삼촌이 무슨 얘기라도 들었을지 모르잖아. 삼촌은 어머니가 어디 계시는지나 언제 집에 오실지를 알지도 몰라."

새뮤얼에게 숙부가 되는 필릭스 삼촌은 아버지의 하나뿐인 동생이었고, 새뮤얼은 그리 자주 보진 못했어도 삼촌을 퍽 좋아했다. 삼촌은 새뮤얼과 함께 크리켓을 쳐 주고 따로 단것을 더 빼놨다가 주고 거의 모든 것을 가지고 농담을 해 주는 사람이었다. 하지만 아버지가 돌아가신 후로 필릭스 삼촌과 왕래는 많지 않았다. 삼촌은 몇 마일 안 떨어진 펜잔스에 살지만 병적으로 사교적이다 보니 집에 있을 때가 거의 없었다.

"내가 바로 지난주에 네 숙부님과 말씀 나눴는데 너희 어머니 소식 들은 건 없으시다더라." 루스가 오븐으로 가서 굽기 판을 밀어 넣었다. "사실은 네가 엽서라도 받은 걸 부러워하시던걸."

"필릭스 삼촌하고 통화해 볼래." 새뮤얼이 다시 말했다.

"이렇게 말도 안 되는 소리 하면서 숙부님을 귀찮게 하면 안 되지." 루스가 이마를 훔치는데 새뮤얼이 보니 루스의 양손은 장갑을 낀 것처럼 온통 가루투성이였다. "내가 나 혼자 힘으로 이 집을 굴리는데 너 같은 애하고 옥신각신하는 것보다 더 중요한 용무들이 있단다, 새뮤얼 클레이. 넌 방으로 올라가서 그 교복 딴걸로 갈아입고 숙제해."

새뮤얼은 루스의 얼굴에 떠오른 그 엄격한 표정을 잘 알고 있었다. 그 표정이 뜻하는 건 왈가왈부할 여지가 없다는 것, 루스의 인내심이 끝에 다다랐다는 것이었다. 그래서 새뮤얼은 일어섰다. 하지만 의자를 도로 밀어 넣으면서 자기의 분한 마음을 나타내려고 돌 바닥을 세게 긁었다. 말대꾸할 것 없이. 루스는 말대꾸를 봐 주지 않았다.

"그 의자 처음에 있었던 대로 탁자 밑에 넣어." 루스가 말했다.

소년은 시키는 대로 했다. "그러니까 좀 낫구나. 이제 가렴, 행진해."

새뮤얼은 빠르게 방을 걸어 나왔다. 불만에 가득 차 얼굴이 폭풍이었다. 뒤통수에 눈은 달려 있지 않아도 새뮤얼은 알 수 있었다. 주방을 나오는 자신을 루스가 줄곧 지켜보고 있다는 것을.

4

자기 방에 가서 교복 벗고 다른 옷으로 갈아입는 건 하지 않았다, 바로는 안 했다. 그러지 않고, 새뮤얼은 어머니가 보낸 엽서를 가지고 집 반대쪽 끄트머리 서재로 갔다. 이 방은 아버지가 걱정할 때 주로 들어가 계시던 방이라, 아버지 돌아가신 다음에 그 걱정거리들이 죄다 어머니한테 넘어왔으니 서재도 어머니 차지가 되었다. 어머니는 묵직한 커튼들을 치워 버리고 시꺼먼 책꽂이를 하얗게 칠했다. 거기에다 미국에서 올 때 들여온 책들을 죄 갖다 꽂았다. 이 방 분위기를 좀 밝게 하려는 거라고, 어머니는 그렇게 말했다.

새뮤얼은 이 방에 들어올 때마다 아무래도 눈길이 여기저기 텅텅 빈 자리들로 가곤 했다. 아버지가 서류를 두던 마호가니 장, 그리스 신화 그림들이 들어가 있고 따개비가 붙은 꽃병 한 쌍. 다 없어져 버렸다, 팔려서 실려 나갔다. 왜냐하면 내야 할 돈이 있었기 때문이다. 그걸 둘 집이 없어질 판에 그림이니 꽃병이 무슨 소용인가? 이런 빈 자리들이 집 안 어디든지 숱하게 있었다. 새뮤얼은 오래된 그림이나 꽃병 같은 것에 별 관심 없었지만 지금은 어디에가 있을지, 잘 있을지는 궁금했다. 자기가 생각해도 바보 같았다.

어머니의 책상 옆 돌출창 가에 작은 탁자가 있었다. 그 위에 아주 커다란 책 한 권이 얹혀 있었다. 이 지도책은 새 뮤얼의 아버지가 어머니에게 준 선물이었다. 왜 그걸 주었 는지는 아는 사람이 없었다. 그리고 어머니는 이걸 그리 자 주 들여다보지는 않았더라도 자기 책상 가에 놔두기는 했 다. 새뮤얼은 지도책이 보물이라서 그런 거라고 생각했다.

지도책은 양면 도판 부분으로 펼쳐져 있었다. 한쪽에 영국, 프랑스, 스페인, 아프리카의 일부가 실려 있고 대서 양이 복판에 있으며 다른 쪽에 북아메리카와 남아메리카 가 있었다. 지도책에는 조그마한 녹색(어머니가 제일 좋아 하는 색이라서) 기가 달린 핀이 잔뜩 꽂혀 있었다. 어머니가 미국과 캐나다로 여행하면서 갔던 고장을 전부 표시한 것 이다. 캘리포니아, 텍사스, 플로리다, 펜실베이니아, 토론 토, 뉴욕. 바다 건너 맞은편에도 또 한 개의 핀이 책장에 꽂 혀 있는데, 여기에는 하얀 꼬리표가 달렸다. 이 핀은 펜잔 스 외곽 웨스트콘월에 박아 뒀는데 새뮤얼이 능력껏 제일 가까운 지명을 찾은 거였다.

지도책은 어머니 것이었지만 새뮤얼은 책 사용법을 아 버지에게서 배웠다. 새뮤얼이 네 살인가 다섯 살 됐을 때 (확실히는 기억 못 한다.) 어머니가 휴식차 바스에 간 적이 있었다. 어머니는 몹시 피로해서 평온과 고요와 숨 돌릴 시간이 있는 장소로 갔던 것이다. 새뮤얼은 아버지가 필릭스 삼촌과 전화하면서 말하는 걸 들었더랬다. 마고는(이게 새뮤얼 엄마의 이름이었다.) 가정생활이 체질에 안 맞는다고. 원체 분주한 사람이라고 아버지는 말했다. 새뮤얼이 그게 무슨 뜻이냐고 물어봤더니 아버지는 새뮤얼의 머리카락을 흐트러뜨리면서 그건 어머니가 늘 길모퉁이 너머를 엿보면서 다음에 올 것을 기다린다는 뜻이라고 말해 주었다. 다음에 올 것이 뭔데요? 아버지는 빙그레 웃었지만 아무래도 즐거운 빛은 아니었고, 정말이지 아빠도 모르겠다고 말했다.

어머니가 집에 안 계시는 동안 새뮤얼은 너무너무 어머니가 그리웠다. 엄마가 돌아오길 기다리느라 온종일 창밖을 내다보고 밤중에는 자기 목소리가 엄마를 바스에서 데려오기라도 할 듯이, 자기에게 홱 낚아채다 줄 듯이 엄마를 불러 댔다. 엄마 지금 어디 있느냐고, 언제 오느냐고, 왜 가 버렸느냐고 묻고 또 물었다. 새뮤얼은 어머니에 대해서는 늘 그런 식이었다. 심지어 어머니가 곁에 있어도 새뮤얼에게는 도무지 성에 차지 않았다. 그래서 아버지가 새뮤얼에게 지도책을 보여 주며 집 근처 웨스트콘월에 핀 하나를 꽂고 또 한 개는 새뮤얼의 어머니가 휴양 중인 바스에 꽂았던 것이다.

"이제 엄마가 얼마나 가까이 있는지 보이지." 아버지가 말했더랬다.

그러니 비록 책장에 그려져 있는 그림에 핀 하두 개 꽂은 것에 불과해도, 어머니가 있는 곳과 거리가 정말 얼마 안 된다는 걸 보게 되자 새뮤얼은 기분이 나아졌다. 조금이지만. 새뮤얼은 이해하려고 애썼다, 어머니가 분주한 사람이라는 것하고 항상 다음 모퉁이 너머를 엿본다는 것을. 하지만 때로는 어머니가 늘 어디 다른 곳에 가 있는 것 같은 기분이었다. 여행 가셨고, 휴양 중이고, 친구 방문 가셨고, 부모님이 '활력 충전'이라 부르던 뭔가를 하려고 잠깐 쉬시고. 아버지가 죽고 나서 새뮤얼의 어머니는 다시 어디로 가 버리셨다. 새뮤얼의 아버지는 어느 날 밤 클럽에 갔다 오던 길에 쓰러졌다. 버클리 광장에 있던 집 현관 앞 계단에 머리를 부딪혔다. 새뮤얼의 어머니는 남편이 보통을 넘는 과음은 안 하던 사람인데 런던 집 때문에 특별히 슬퍼하던 참이라고 말했다. 원래는 새뮤얼의 할아버지 것이었던 집이라서, 어머니가 '채권자들'이라 부른 악당 패거리의 지시로 그 집을 팔게 되어 말할 수 없이 마음 아파 했다는 것이었다.

어머니는 7주 하고 사흘 동안 집을 떠나 계셨다. 주로 런던에 가 있었다, 이 일 저 일을 처리하느라고. 새뮤얼에게 두 번 편지했는데 비 얘기랑 상황이 정말 엉망진창이라 가닥을 잡아 해결해야 한다는 얘기를 짤막하게 써 보냈다. 그래서 새뮤얼은 런던에 핀 한 개를 꽂고 매일같이 지도책을 보면서 엄마는 겨우 한 뼘 거리에 있는 거라고 혼자 거듭 생각했다. 그런 식으로 생각하면 그리 심하게 먼 게 아니니까.

그런데 이제 어머니는 다시 집을 떠났다. 어머니가 가고 싶어 간 건 아니었다, 원래 갈 계획을 한 게 아니었다. ……그런데 사업이라는 게 그리된 것이다, 안 그런가? 아니다, 어머니는 갈 마음이 없었다. 하지만 누가 일을 바로잡는단 말인가, 엄마가 아니면?

새뮤얼은 어머니 책상 서랍을 열고 핀 상자를 꺼냈다. 아버지가 새뮤얼을 위해 색색 꼬리표를 오려 만들어 빈 성냥갑에 담아 주어서, 새뮤얼은 녹색 꼬리표 한 개를 골라 핀 꼭대기에 달았다. 그런 다음에 지도에서 보스턴을 찾아내어 땅에 깃발을 세우듯 핀을 종이에 박았다. 새뮤얼은 눈으로 어머니가 갔던 도시들을 모조리 어머니가 갔던 순서대로 훑어 갔고 시선은 이윽고 보스턴에 닿았다. 어머니가 지금 이 순간 계신 장소였다. 새뮤얼은 어머니가 바로 지금 무엇을 하고 있을까, 자기가 엄마를 생각하는 것처럼 엄마도 끊임없이 자기 생각을 하려나 궁금해했다. 분명히 그럴 터였다.

새뮤얼은 여기에 있고 어머니는 거기 계셨다. 그리고 아주아주 멀어 보이지는 않는다 해도, 새뮤얼은 엄마가 한 뼘 거리, 아니 한 척 거리에라도 있는 것처럼 굴 수가 없었다. 한 번 더, 소년은 바다를 건너는 항해를 했다. 이번에는 보스턴에서 콘월로, 새뮤얼의 손가락이 대서양을 훌쩍 뛰어넘어 오가며 그 거리를, 엄마와 자기 사이의 멀고 먼 거리를 가늠하려 했다.

5

교복을 갈아입고 난 뒤, 새뮤얼은 자기가 들여다볼 데가 아닌 장소에 관심이 갔다. 루스는 온갖 장소에 동시에 있곤 하는 재주가 있었으므로 이것은 다소 위험한 짓이었다. 조심해야 했다. 새뮤얼이 침실 문을 아주 살살 연 것은 그 때문이었다. 새뮤얼은 고개를 빼꼼 내밀고 이쪽저쪽 동태를 살폈다. 아직 저녁 먹을 시간은 안 됐는데 해가 다 져 버려서 이제 창으로 비쳐 드는 것은 그늘뿐, 기다란 복도를 따라 뿌연 어스름으로 된 커튼처럼 어둠이 드리워 있었다.

새뮤얼은 루스가 주방에서 냄비며 팬을 떨컹거리는 소리, 찬장을 여는 소리가 났으면 싶었다. 하지만 주방은 너무 멀었고, 새뮤얼에게 들리는 소리라고는 자기 숨소리와 복도 저 끝의 할아버지 시계[가구처럼 바닥에 세워 두는 대형 시계] 소리뿐이었다. 새뮤얼은 살금살금 걸었다. 어리석은 짓인 줄은 알고 있었다. 복도를 걷는 것이야 해도 되는 일 아닌가? 그리고 해서는 안 될 일은 아직 안 한 상태고. 그걸 명심하면서 새뮤얼은 발걸음을 쓱쓱 키우고 할 수 있는 한 아무렇게나 걸었다. 심지어 한 손을 벽판 댄 벽에 죽 끌면서 갔다. 숨길 게 없는 남자아이가 할 법한 짓이라고 생각되었기 때문이다.

바로 전에 루스의 침실을 막 지나쳤다가 발을 멈춰 되돌아갔다. 문은 닫혀 있었다, 늘 그랬던 대로다. 새뮤얼은 문에 귀를 바짝 붙였고 별다른 소리는 듣지 못했다. 가정부인 루스의 방은 주방 뒤편 하인들 숙소에 있을 법했다. 하지만 새뮤얼의 어머니는 그건 지독한 발상이라고 생각했다. 그렇게 하면 루스는 분명 자신이 무슨 노예나, 아니면 아무리 양보해도 이등 시민이 된 듯한 기분이 들 것이다. 그런데 루스처럼 자부심 있는 사람을 어디 창문도 제대로 나 있지 않은 쪽방 같은 데다 재우면서도 그녀가 존엄을 유지하길 바랄 수 있겠는가? 가족의 일원이라면, 실제로 루스는 그런데, 가족으로서 대우해 줘야 한다. 새뮤얼의 어머니는 루스 없이는 해 나갈 도리가 없었다. 루스는 어머니의 오른팔이었다, 어머니가 그렇게 말했다. 집에 있는 모든 것을 조화롭게 유지하는 재능으로써 새뮤얼의 어머니가 마음놓고 훨씬 더 중요한 일들을 걱정할 수 있게 해 주는 사람이라고.

새뮤얼은 계속 걸어가 문 두 개를 더 지나고 그다음 문

앞에 멈췄다. 한 번 더 복도 이쪽저쪽을 살편다. 확실히 정하고 싶을 때에는 그러게 된다. 이제 새뮤얼은 이 안 할 짓을 하느냐 마느냐의 기로에 섰다. 가슴속에서 무엇이 팔딱팔딱 들뛰는 느낌에 마치 덜컹거리는 기차에 올라타고 있기라도 한 듯 들숨 날숨에 소리가 났다. 새뮤얼은 아랫입술을 꾹 깨물고 속으로 자신을 타일렀다. 규칙이라지만 말도 안 되는 것도 있어, 이래서는 안 될 이유가 뭐람, 굉장히 나쁜 짓일 것도 없잖아, 안 그래? 사실, 이건 전혀 나쁜 짓이 아닌걸. 새뮤얼은 문손잡이로 손을 뻗었다. 구리로 된 손잡이가 살갖에 차갑게 닿아 왔고, 새뮤얼은 인정하지 않으려 했지만 이 느낌은 꾸짖음 같았다. 문손잡이가 새뮤얼이 지금 하려는 짓을 알고 인정 못 하겠다고 하는 것만 같았다. 한 번 비틀자 작디작은 끼익 소리와 함께 문이 열렸다, 열리지 않고 어쩌겠는가? 그리고 소년은 안으로 들어섰고, 조심스럽게 문을 닫았다.

*

어머니 침실이란 고운 법이다. 적어도 책이나 어디에 나오기는 그렇다. 하지만 새뮤얼네 어머니 침실은 안 그랬다. 어머니는 흰 벽과 짙은 색 가구를 선호했다. 옷 입는 탁자 옆에 의자 한 개 놓고, 서랍장 한 개 두고, 창에는 수수한 커튼을 치고. 어머니는 장식 없이 단순하게 생긴 물건을 좋아하고 주름 장식은 어떤 것이든, 특히 꽃무늬 천 주름 장식은 아주 몹쓸 것 취급을 하며 싫어했다.

어머니가 안 들어오신 지 한참 되었지만 거기에는 어머니의 흔적들이 있었다. 살짝 나는 어머니의 향수와 담배 냄새, 화장대에 놓여 있는 크림들과 가죽 장갑 냄새. 방 안에는 그야말로 아련한 물안개 같은 달빛만 어려 있을 뿐이어서 새뮤얼은 침대 가의 등을 켰다. 등에 불이 들어오자, 단출하니 너저분한 것 없이 적막한 방이 나타났다. 어떻게든 어머니 모습을 그려 볼 순 없을까? 화장대 앞에 앉아 목걸이를 거는 어머니, 얼굴에 크림을 바르거나 목에 향수를 살짝 묻히는 어머니를 보고 아버지나 루스를 상대로 이 일 저 일을 얘기하던 어머니 목소리의 가락을 들어 볼 순 없는 것일까?

침실은 한때 두 분의 침실이었기에 아직 아버지의 흔적도 몇 점 있었다. 하지만 어디에 있는지 알고 있어야 했다. 새뮤얼은 화장대 쪽으로 걸어가서 가운데 서랍을 열었다. 상자 몇 개가 한결같이 깔끔하게 정리돼 있었다. 새뮤얼이 관심 있는 상자는 한 개뿐이었다. 직육면체에, 빨간 우단으로 덮인 상자. 새뮤얼은 그것을 열었다. 안에는 새뮤얼의 할아버지 것이었다가 아버지 것이 된 정장용 금시계가 있었는데 어머니가 가보(家寶)라고 했다. 언젠가 그 시계는 새뮤얼 것이 될 터였지만 그때까지는 어머니가 새뮤얼을 위해 맡아 두고 있었다.

비깥 복도에서 마루 판자가 삐거 소리를 냈다. 새뮤얼은 손에 시계를 감싸 든 채로 얼어붙었다. 숨을 죽이고 흘 긋 문을 보았다. 목이 꽉 막혀서 꿀꺽 목구멍을 울리지 않고는 배길 수 없을 지경이었지만 한사코 참았다. 이럴 때 무엇이든 기척을 냈다가는 큰일 난다. 마루 판자는 더 이상 항의의 소리를 내지 않았고 안도감이 새뮤얼의 몸을 타고 물결쳤다.

새뮤얼은 시계를 도로 놓고, 상자를 닫아서 서랍 안에 다시 넣어 놓았다. 그러곤 가만가만 침실 안을 돌아다녔다. 이런저런 물건들을 보고, 만져 보고, 더 가서는 그다음 물건을 보고 만졌다. 그렇게 서랍장 있는 데까지 왔다. 서랍장이란 얼마나 지루한 물건일까. 잠긴 벽장이나 그림 뒤에 숨겨진 금고에 드는 굉장한 기대감이 서랍장에는 없다. 별 열의 없이 새뮤얼은 가운데 서랍을 당겨 안을 보았다. 서랍 속은 기대한 대로 볼 것이 없었다. 스타킹 몇 켤레에 속옷, 낡은 레이스 손수건 몇 장에다 사진첩 한두 권이 들어 있을 뿐이었다. 새뮤얼은 실망의 한숨을 내쉬었다. 그다음에 맨 위 서랍을 열었고 거기에는 어머니가 가져가지 않은 장갑, 스카프 들과 아버지가 아기 적에 쓰던 담요 한 장이 들어 있었다.

담요의 양털 조직은 해어졌지만 보드라웠다. 복숭아색인데, 새끼 양들과 파랑새들이 수놓여 있었다. 새뮤얼은 담요에 손을 대었다. 폭신폭신할 게 틀림없는 그 감촉을 느껴 보려 한 것뿐인데 막상 만지니까 눌러지지 않았다. 새뮤얼은 담요를 들추다 그 밑에 숨겨져 있던 양철통을 발견했다. 차를 담았던 깡통이다. 당연히 이런 발견을 했으면 살펴보지 않을 수 없었다. 새뮤얼은 뚜껑을 돌려 열었고 그 속에서 금 귀걸이 한 쌍을 발견했다. 침대 곁 보조 탁자에 놓여 있는 두 분의 결혼식 사진에서 어머니가 하고 계신 바로 그 귀걸이였다. 그리고 반짝이는 빨간 보석을 단 목걸이, 새뮤얼이 태어났을 때 아버지가 어머니에게 선사한 목걸이도 있었다.

거기서 그런 걸 찾아내서 어리둥절했다 해도 수수께끼는 빠르게 풀렸다. 어머니가 언젠가 제일 좋은 패물을 화장대나, 심지어 금고에 넣어 두는 건 얼간이나 하는 짓이라고 말하지 않았던가? 흔히 보는 상자에 넣어 값 안 나가는, 중요하지 않은 물건인 양 어디다 던져 두는 편이 훨씬 똑똑한 거라고. 양철통은 새뮤얼의 어머니가 얼마나 현명한지를 확인해 주는 증거에 다름 아니었다. 새뮤얼은 도로 뚜껑을 닫아서 발견한 자리에 갖다 놓았다. 그러다가 손이 담요 끝자락 접힌 부분 속 약간 도도록이 불거진 데를 스쳤다. 거기에는, 끈으로 묶어 놓은, 얄팍한 편지 뭉치가 있었다.

새뮤얼은 묶인 끈을 풀면서 침대에 걸터앉았다. 편지는

무두 다섯 통이었고, 전부 아버지 앞으로 온 것이었다. 누구 글씨인지는 바로 알아보았다. 어머니가 보내온 엽서에 쓰여 있는 장식적인 그 글씨였다. 이 편지들은 어머니가 쓴 건데, 아버지에게 보냈다니? 그 점에 많은 의문이며 가능성들이 떠올라서 새뮤얼은 벌떡 일어서지 않을 수 없었고 그랬다가 다시 앉았다. 성스러운 두루마리를 다룰 때처럼 손상될까 봐 조심조심 새뮤얼은 첫 편지를 펼쳤다.

  1957년 5월 19일
  가장 사랑하는 빈센트,

맞다, 어머니가 아버지에게 쓴 편지였다. 봉투 뒷면에 적힌 것은 서머싯 쪽 주소로 바스의 랜스다운이라는 곳이었고 날짜는 1957년 5월이었다. 이것은 어머니가 쉬러 다른 데 가 있었을 때 썼던 것이구나 하고 새뮤얼은 빠르게 추리했다. 편지는 세 장짜리였고 새뮤얼이 받은 엽서들과는 다르게 글이 빽빽하게 꽉 채워져 있는 것이 어머니가 할 얘기가 무척 많았던가 보았다. 어머니 글씨를 새뮤얼은 어렵지 않게 읽을 수 있었다. 선생님이 글 잘 읽는다고, 비록 구두점은 자꾸 빼먹지만 그래도 반에서 바이올렛 윈체스터만 빼고는 거의 누구보다도 잘 읽는다고까지 한 새뮤얼이었다.

새뮤얼의 눈이 편지 첫 장을 쭉 훑어 내리고 둘째 장을 훑어 갔다. 한데 뭉쳐 보이는 단어들을 휙휙 뛰어넘다가 자기 이름에 가서야, 누구든 자기 이름을 보면 그럴 것처럼 그게 확 튀어 올라 눈앞으로 달려들어서야 멈췄다. 새뮤얼. 어머니가 새뮤얼에 관해서 뭐라고 썼다. 멀리 바스에 가 계셨어도 분명 아들 생각을 했던 것이다. 어째서 그 생각에 이렇게 기분이 좋아질까? 물론 어머니는 새뮤얼 생각을 할 터인데. 자녀를 두고 떠나 있게 될 때 어머니들은 그러는 법 아닌가, 아이를 무섭도록 그리워한다. 너무도 끔찍한 고통이어서 왈칵 눈물이 솟고 심장이 바르르 떨려 오고, 어린 자기 자녀와 다시 만나 합치기 전까지는 그 고통을 낮게 할 방법이 없다. 새뮤얼은 그 전 문장으로 더듬어 올라가 거기서부터 읽는 게 좋겠다고 생각했다.

오실 수 있으면 부디 다음 주말에 와 주세요, 공장 상황이 얼마나 힘겨운지 알긴 하지만요. 당신을 보면 정말 좋을 거예요, 여보. 하지만 새뮤얼은 안 데리고 왔으면 좋겠어요. 보일 선생님 말로는 어쩌면

새뮤얼은 읽기를 멈췄다. 닫힌 문의 문제점은 항상 누군가 그 문을 벌컥 열어젖힐 가능성이 있다는 점이고, 특히 있지 말아야 할 곳에 있을 때는 더 그렇다. 그래서 문손

잠이에서 아까처럼 약하게 끼이 소리가 났을 때 새뮤얼은 마음속 어느 구석에선가는 놀라지도 않았다. 새뮤얼은 침대에서 펄쩍 뛰어 일어나 편지들을 허리춤에 끼워 넣었고, 문이 활짝 열릴 때 스웨터로 가렸다. 루스가 문간에 있었다, 루스의 몸 주위로 창백한 빛이 쏟아져 들어왔다.

"네가 여기 있으면 안 되지." 루스가 말했다.

그건 정말이었다. 새뮤얼의 어머니는 새뮤얼이 자기 침실이나 복도 끝 옷방에 들어오는 걸 좋아하지 않았다. 왜냐하면 그 방들은 어머니의 성역이기 때문이었다. 새뮤얼이 노상 발에 차인다고, 어머니는 그렇게 말했다. 하지만 새뮤얼이 발에 차였다면 어머니가 넘어졌을 텐데? 그런 적은 없었다, 한 번도. 그렇다 해도 어머니는 혼자만의 시간이 필요했다. 그리고 새뮤얼이 있으면 노상 어머니 팔을 잡아끌고, 숨바꼭질을 하자거나 밖에 나가서 자기 자전거 타는 것이니 연 날리는 것을 봐 달라거나 할 터였다. 그런데 어머니에게 귀찮게 구는 건 온당하지 못한 것이, 하루 오후를 실없는 놀이로 보내고 나면 어머니에게는 며칠 내리 두통이 오기도 했다. 어머니는 새뮤얼과 놀아 주고 싶어 했다, 그거야 물을 것도 없는 사실이다. 하지만 새뮤얼의 아버지가 그런 종류의 일들은 더 잘했고 또 어머니가 신경 써야만 할 일이 너무나도 많았으며 사람에게는 손이 둘밖에 없기도 했다.

"이 방에서 뭘 하는 중이니, 새뮤얼?" 루스가 말했다.

"아무것도."

"아무것도 안 한다고?" 루스는 침실로 걸어 들어왔다. 전혀 서두를 것도 없다는 듯이. "믿기가 대단히 힘든 이야기로구나."

"난 그냥…… 난 어머니 생각을 하고 보고 싶어 하고 있었어. 그래서 이 방에 온 거야." 새뮤얼은 아무것도 숨기는 게 없는 척하려고 최선을 다했다. "잘못된 짓은 한 것 없어."

루스의 입이 비난하듯 꽉 다물어졌다. "그래서 그게 다야? 어머니 침실 한가운데 서서 보고 싶어 하고 있었다는 거야?"

새뮤얼은 고개를 끄덕였다.

"스웨터 밑에 그건 뭐지, 새뮤얼?" 루스는 이 말을 부드럽고 차분하게 해서, 왜인지 한층 지독하게 들렸다. "새뮤얼, 너에게 질문을 했잖니. 스웨터 밑에 뭐가 있냐고?"

소년은 배를 꽉 붙들었다. 편지들이 마술처럼 자기 살로 스며들어 없어져 주기라도 할 것같이. "아무것도 아냐."

"아무것도 아냐?" 루스가 두 번째로 그렇게 말했다.

"이건 진짜 아무것도 아니야, 루스. 내가 그랬잖아, 나는 엄마가 보고 싶어서……."

루스의 손이 휙 나와서 새뮤얼의 스웨터를 붙잡고 새뮤

얼을 자기 쪽으로 홱 끌어갔다. 그러면서 다른 쪽 손이 순식간에 셔츠 밑으로 가 편지들을 허리춤에서 끄집어냈다. 루스는 얄팍한 편지 다발을 살펴보았다. "어머니의 사적인 편지를 읽는 건 고약한 짓이야."

소년은 아무 말이 없었다.

"너 그런 사람이 돼 버린 거야, 새뮤얼?" 일단은 부드러웠던 음성이 낯익은 불쾌감의 무게에 부서져 내려, 무겁고 온통 날카롭게 모가 진 말들이 되었다. "너 그런 애야? 남의 침실에 몰래 들어가서 서랍 뒤지는 남자애?"

"그냥 읽어 보고 싶어서 그랬어." 이 말은 기어들어 가는 목소리였다.

"너 읽으라고 쓴 편지였으면 봉투에 네 이름이 써 있었겠지."

새뮤얼은 감히 루스를 올려다보지 못했다. "편지 속에 내 이름 있었어. 내가 봤는걸."

"그러면 더더욱이나 읽지 말아야 할 이유가 되지." 루스가 큼 하고 헛기침을 했다. "다 읽었겠네, 아마?"

새뮤얼은 고개를 저었다. "한두 줄밖에 안 읽었어."

"그랬어? 자……."

루스는 편지를 도로 서랍에 넣었고, 어찌나 세게 메어쳐 닫았는지 서랍장 위 사진들이 왈그락 뛰었다. 새뮤얼은 루스가 예의 노여움의 경계선에 다다른 건지 어떤지 잘 몰라 뿌리가 돋친 듯이 서 있었다. 새뮤얼은 루스가 다시 자기에게 걸어오는 기척을, 무슨 말인지는 못 들었지만 오면서 뭐라고 중얼거린 소리를 들었다. 그러곤 루스의 손이 새뮤얼의 팔오금을 붙들었고 새뮤얼을 방에서 끌어냈다.

"음흉한 애, 넌 그런 애야." 루스가 말했다.

방 밖 복도에서 루스는 입고 있던 밋밋한 회색 옷 주머니에서 열쇠 꾸러미를 끄집어냈다. "상상이나 하겠니." 자물쇠가 잠기는 낯선 짤깍 소리가 복도에 메아리치고 루스는 그렇게 말했다. "남도 아닌 부인 친아들이 몰래 들어가서 자기 것 아닌 물건을 훔치지 못하게 클레이 부인 방을 잠가야 할 줄이야."

언제나 가장 심하게 사람을 물어뜯는 건 부당함이었다. 그놈의 이가 콱 박혀 들며 새뮤얼로 하여금 일말의 상식이라도 있으면 안 하고 참을 말을 해 버리게 만들었다. "어머니 편지를 내가 읽는 게 뭐가 잘못된 건데? 엄마가 내가 읽으면 안 된다고 했어? 아버진 돌아가셨잖아, 그러니까 그 편지들 못 읽으신다고. 그리고 어머니가 그러셨어, 아버지 물건이었던 건 다 내가 갖게 된다고 그러셨는데 그러면 저 편지들도 포함되는 거잖아."

루스는 문이 잠겼는지 확인했고 열쇠들을 도로 주머니에 넣었다. "말 잘했다, 새뮤얼. 정말 맞는 말도 다 하는구나."

그거 새뮤얼이 기대한 반응이 아니었다. 말 잘했다? 정말 맞는 말? 새뮤얼은 루스를 올려다봤고 그 눈에 어린 돌처럼 매정한 빛, 한 번 깜박이지도 않고 쏘아보는 시선으로 루스가 진정으로 한 말이 전혀 아니라는 걸 알았다. 루스가 자기를 조롱하고 있다는 것을. 루스는 잡았던 팔을 놓았는데 새뮤얼이 비틀거릴 정도로 팽개치듯이 놓아서 새뮤얼은 넘어지지 않으려고 벽을 짚어야 했다. 루스가 한 손을 그의 가슴에 두어 참나무 벽판에 새뮤얼을 꽉 밀어붙였다. "옳은 일은 옳은 일이고 잘못은 잘못이지, 네가 뭐라고 말한들 네가 한 짓이 조금이라도 덜 못된 짓이 되지는 않아. 나는 네가 이보다는 나을 줄 알았다, 새뮤얼 클레이." 루스는 손을 내렸고 자기 옷을 매만져 폈다. "저녁 먹으라고 부를 때까지 네 방에 가만히 있어. 알아들었어?"

새뮤얼은 대답하지 않았다. 빠른 걸음으로 자기 방으로 가 문을 쾅 닫았다. 루스가 쫓아와 다시 난리를 피울 거라고 반쯤 예상했으나 루스는 오지 않았다. 설령 눈물이 비쳤다 한들, 새뮤얼은 그걸 부정하려고 안간힘을 썼다. 루스는 우물에 빠뜨려 버리든지 지하 감옥에 가두든지 해야 할 잔인한 짐승이었다. 루스는 새뮤얼이 오직 어머니 가까이 있고자 했을 뿐이라는 걸 이해 못 했다. 새뮤얼의 어머니는 궤도상의 존재여서 새뮤얼이 어머니를 가깝게 느낄 방법이라고는 오로지 어머니가 남기고 가신 자취 속에 서

성이는 것뿐이었다는 걸 이해 못 했다. 루스가 안 것이라고는 새뮤얼이 저지른 잘못이 다였다. 언제고 루스가 보는 건 그게 전부다. 서러움이 머리끝까지 치밀어 올라, 새뮤얼이 가까스로 할 수 있었던 일은 다만 창가에 서서 팔짱을 끼고 찡그린 얼굴로 바깥 어둠을 째려보는 것뿐이었다. 밤이 내려 정원을 잉크의 늪으로 만들어 놓았고 새뮤얼은 마음 한편 그리로 몸을 던져 영영 없어져 버리고 싶었다. 그래도 주로 생각하고 있던 것은 어머니, 그 편지들, 그게 대체 무슨 뜻이었을까 하는 것이었다. 자기에게 더없이 필요한 지금 이 순간 어머니는 어디 계신 걸까 궁금해하고 어머니가 자기에게 돌아와 주기를 빌고 있었다.

6

보통 밥은 어느 끼든 주방에서 루스와 함께 먹었다. 그편이 편했고, 루스더러 아침저녁으로 남자애 하나 먹게 근사한 상을 차리라 할 순 없는 노릇이었다. 대개 둘이 함께 먹었다. 서로 마주 앉아서, 이런저런 사소한 이야기를 하면서 말이다. 하지만 언제나 그렇지는 않았다. 둘 사이에 냉기가 흐를 때면 루스는 비위가 상해 소년과 함께 밥을 먹지 못했다. 루스는 새뮤얼이 다 먹을 때까지 기다렸다가 새뮤얼을 갈 데로 보내 놓고 나서 자기 밥을 먹었다.

새뮤얼은 개의치 않았다. 그 편지들을 못 읽게 하려고 하는 루스 터퍼 같은 성미 고약한 사람이랑 함께 밥 먹고 싶어 할 까닭이 뭐람? 어머니가 그에 대해 무슨 얘길 썼는지 아는 건 너무나도 당연한 새뮤얼의 권리 아닌가? 자기 방에서 복도 하나만 건너가면 있는 공간에 어머니가 쓴 편지가 자물쇠 채워져 있다는 걸 뻔히 아는데 어떻게 아무렇지 않은 듯이 지낼 수 있나? 어머니는 새뮤얼이 버스로 자신을 만나러 오는 걸 원치 않았다. 그렇게 써 놓았다. '새뮤얼은 안 데리고 왔으면 좋겠어요.' 그러니까 그게 바로 새뮤얼이 얼굴을 찌푸린 저변의 이유였다. 거듭거듭 의문을 속삭여 주는. 어째서 어머니는 새뮤얼이 오지 말았으면 했던 걸까?

"음식을 먹는 거니 아니면 고쳐 늘어놓는 거니?" 루스가 물 담은 잔을 새뮤얼 앞에 놔 주었다.

새뮤얼은 로스트비프와 감자와 완두콩을 내려다보았다. 포크는 달랑거리게 잡은 채였다. "난 로스트비프 싫어."

"좋아." 루스가 접시를 집어 들더니 새뮤얼의 손에서 칼과 포크를 낚아챘다. "그럼 먹지 마."

"돌려줘." 새뮤얼은 말했고, 루스가 저녁 식사 자리에서 허용할 것 이상으로 목소리가 커진 것도 아랑곳하지 않았다. "달라니까, 돌려줘."

"뭐 하러 주겠니? 넌 로스트비프 싫어하잖아. 그랬지?"
루스는 쓰레기통으로 가서 새뮤얼의 저녁밥을 그 속에 쏟
아 버렸다. "너 먹으라고 내가 오후를 다 바쳐서 만든 음식
이 먹기 싫으면, 그래, 내가 꿈엔들 억지로 먹일 생각을 하
겠니." 루스는 소년을 건너다보고 코웃음을 쳤다. "저기 네
후식으로 챙겨 둔 저 쇼트브레드들도 똑같이 할 거야."

"내 저녁밥을 뺏어서 버렸다고 어머니한테 이를 거야!"
새뮤얼이 소리 질렀다.

"지금 이를래?" 루스는 식탁 반대쪽 끝에 앉아서 자기
접시에 음식을 담기 시작했다. "그러면 오늘 오후에 네가
부인의 침실에 들어갔던 것도 일러 드리지?" 루스는 포크
로 쇠고기 한 점을 찍어 제자리에 붙들어 놓았다. "분명히
자초지종을 알고 싶어 하실 거다. 알고 나면 어머님이 너
를 어떻게 생각하실지는 짐작이나 해 볼 뿐이지만 말이야,
새뮤얼."

"엄만 이해해 주실걸." 하지만 새뮤얼의 목소리에는 의
심이 서려 있었고 두 사람 다 그걸 알았다. "부탁이야, 루
스. 그 편지 보게 해 줘. 다시는 어머니 방에 들어가지 않겠
다고 약속해. 정말 안 들어가. 그렇지만 어머니가 나에 대
해서 뭐라고 쓰셨는데 난 그냥 그걸 꼭……."

"그 얘긴 끝났어. 네가 한 짓을 뉘우치는 마음으로 가득

차 있어야지, 그러긴커녕 뻔뻔하게도 어머님의 사생활을 또 침범하게 해 달라고 하네. 아무 일도 아닌 것처럼." 루스는 이제 절레절레 고개를 흔들고 있었다. "부끄러운 줄 알아."

전실에서 전화가 울리기 시작했다. 루스는 문 쪽을 보았고, 그러고 나서는 도로 새뮤얼을 보았다. 루스가 말했다. "가만히 있어."

"내가 받을게." 새뮤얼이 일어나면서 말했다.

루스가 일어섰고 손가락이 가리켰다. "그러라고 안 했어. 앉아."

루스는 주방을 나갔다. 루스가 신은 신이 돌바닥을 가며 짤깍짤깍 걸음 소리를 냈다. 집에 전화가 오는 일은 많지 않았다. 아무튼 밤중에는 잘 없었다. 새뮤얼의 마음속에 벌써 무언가가 꿈틀거렸다, 맨 처음 전화 벨이 울리자마자. 그 전화는 새뮤얼의 어머니가 건 것이거나 필릭스 삼촌이 어머니가 자기에게 전보를 쳤더라고 알려 주러 건 것일 수도 있었다, 어머니는 벌써 배 타고 오시는 중이라고. 밤중에 울리는 전화란 약속이었다, 소식의 약속. 어떻게 그 자리에 앉아서 기다릴 수가 있겠는가?

전실에는 커다란 샹들리에가 있었다. 온통 수정을 드리우고 곡유리를 넣은 샹들리에인데 불은 켜져 있지 않았고 조명등도 모두 절약을 위해 꺼 둔 채였다. 빛이라고는 주방에서 비쳐 드는 것에다 바깥에서 들어오는 반달의 빛이 조금 힘을 보탠 것이라, 그로 인해 전실은 뿌연 푸른빛이 돌았다. 새뮤얼이 전실에 들어섰을 때 루스는 전화 있는 곳에 거의 다 간 터였다. 그때쯤 새뮤얼은 달리고 있었다. 루스는 그를 돌아보지 않았지만 새뮤얼은 자기가 오는 소리를 분명히 들었을 것이라고 확신했다. 왜냐하면 루스가 걸음을 빨리해 새뮤얼이 자기를 따라잡은 그 순간 수화기를 낚아채다시피 들었기 때문이었다.

"클레이 씨 댁입니다." 루스가 살짝 숨이 찬 채 말했다.

"어머니셔?" 새뮤얼이 물었다.

루스는 한 손을 저어 새뮤얼을 쫓았다. "안녕하세요, 해리스 부인."

해리스 부인. 이웃 마을에 사시는 어머니 친구. 해리스 부인은 피아노를 가르쳤고 격주로 금요일에는 찻잎 점을 치며 누구든지 50펜스 내는 사람을 위해 영혼들과 대화를 했다. 해리스 부인은 새뮤얼의 아버지가 자기 말로 '저쪽 세상'이라 부르는 데서부터 해 온 말을 곧바로 전해 준 적도 있었다. 어머니는 그게 무슨 말이었는지 얘기해 주지 않았지만 집에 눈물범벅이 돼 가지고 왔고 목소리가 꼭 아버지 같았더라고 말했다. 그리고 지금은 그 해리스 부인이 전화한 것이다. 새뮤얼은 일부러 그러려고 했어도 그 이상 낙심할 수 없을 만큼 낙심했다.

"죄송해요, 해리스 부인." 루스가 말하고 있었다 "클레이 부인께서는 아직도 외국에 계세요. ……아니요, 언제 돌아오실지 확정된 날짜는 몰라요, 안타깝게도요."

"어머니 소식을 들으셨대?" 새뮤얼이 물었다.

루스가 소리 없이 조용히 하라고 새뮤얼을 야단쳤다. "네, 갑자기 떠나셔서요. 그렇지만 미국에서 은행가들을 만날 기회가 생기는 바람에 클레이 부인께선 그 기회를 잡을 수밖에 별달리 도리가 없으셨어요. ……아니요, 예상 못 하던 일이었죠, 해리스 부인. 그런데 그러다가……."

해리스 부인은 할 얘기가 많은 모양이었고, 그래서 그 얘기를 듣는 한참 동안 루스는 옷 목깃에 꽂아 둔 브로치를 만지작거렸다. 노란 보석이 박혀 반짝거리는 네잎클로버 모양의 브로치였는데 올리브는 보석이 전혀 진짜도 아닌데 루스는 그 브로치를 무슨 왕가의 장신구 취급 한다고, 루스 아버지가 주신 거라 그렇다고 했다.

"그건 제가 잘 모르겠네요, 해리스 부인." 루스의 음성에서 전에는 없던 매끈한 수완이 느껴졌다. "분명히 클레이 부인께선 무척 바쁘실 거예요. 마지막으로 소식 들었을 때 보스턴에 계시다고…… 글쎄요, 그렇진 않겠죠. 온종일 회의를 하시는 건 아닐 거예요." 루스는 웃었다. "그렇죠, 세상을 여행하고 다닌다고 하면 천국같이 들리지요, 그렇지만 제가 말씀드렸듯이 클레이 부인은 휴가를 떠나신 게 아니니까요." 잠깐 사이가 뜨고. "해리스 부인, 어쩌면 그런 말씀을 하세요!"

새뮤얼은 왜 배 속에 매듭이 뭉치는 느낌인지, 왜 루스의 웃음소리가 그 매듭을 더 꽉 당겨서 이러다 툭 끊어지지나 않나 싶을 지경이 되는지 설명할 길이 없었다.

"새뮤얼요?" 루스가, 소년에게 잠깐 스치듯 시선을 던지며 말했다. "새뮤얼은 잘 있어요." 또 한 번 사이가 떴다. "아, 그럼요. 뒤치다꺼리 하느라고 정신이 없어요. 실은 지금 통화하는 동안에도 새뮤얼이 저녁을 먹고 있어서 다 먹기 전에 주방으로 가 봐야 할 것 같네요." 웃음소리. "그렇게 말씀하실 수도 있겠네요."

새뮤얼은 그 뒤로는 듣지 않았다. 새뮤얼의 심장이 가슴속에서 두방망이질 치고 온 사방이 분노에 차 핏속으로 스며들고 핏줄에 휘달렸다. 루스가 거짓말을 했다. 거짓말은 끔찍이 나쁜 짓이라고 해 놓고서. 하지만 자기는 거짓말을 했다. 거짓말을 하고 늙은 박쥐 같은 해리스 부인과 함께 새뮤얼 어머니를 조롱하고, 어머니가 새뮤얼을 떠나 신나게 놀고 있는 양 날조했다.

덤비자고 마음먹은 것은 아니었다. 느닷없이, 그냥 그렇게 되어 버렸다. 새뮤얼은 다리를 접었다가 앞으로 확 내차다. 힘껏 루스의 정강이를 걷어찼다. 며칠 전 새뮤얼이 다친 데와 거의 완벽하게 같은 자리를 찼다는 건 나중에야 깨닫게 된 사실이었다.

"아!" 루스가 지른 소리에 새뮤얼은 펄쩍 뛰었다. 그럼 소리를 지르지 달리 어떻게 할 줄 알았을까? 루스의 얼굴에 아픈 빛이 확 지나가며 숨을 한 번 들이쉬는데 어찌나 힘을 꽉 넣어 들이쉬었던지 으르렁거리는 것 같은 소리가 났다.

그때쯤 소년은 달아났다. 위층으로 뛰어 올라갔다. 그는 층계참에서 발을 멈추고 쪼그려 앉아서 나무 난간 기둥 사이로 뒤에 남은 루스를 훔쳐보았다.

"아니에요, 해리스 부인. 전…… 전 아무렇지 않아요." 하지만 그 말을 하는 루스의 목소리는 팽팽하고 까칠했다. "아, 아무 일도 아니에요. 그냥…… 다리를 어디다 부딪혔어요, 그뿐이에요." 루스의 눈이 번득 층계참 쪽을 보았지만 이 위쪽은 어둑어둑했고 새뮤얼은 루스가 자기를 못 보았으리라고 생각했다. "네, 참 칠칠치 못하죠. 죄송해요, 해리스 부인, 그렇지만 이제 끊어야겠어요…… 물론 클레이 부인이 돌아오신다는 소식이 오면 바로 알려드리도록 할게요. 안녕히 주무세요."

루스는 전화를 끊고 눈을 꽉 감은 채 보조 탁자에 한동안, 다시 조금 더 기대 있었다. 새뮤얼은 루스가 깊은 숨을 몰아쉬는 소리를 들었다. 이어서 루스는 허리를 굽혀 아픈 다리에 한 손을 대고는 욕설을 내뱉었다.

7

새뮤얼은 잠자리에 들기까지 루스를 다시 못 보았다. 루스가 올 줄 알고 기다리고 있었는데, 루스는 오지 않았다. 루스의 발걸음 소리가 복도를 울리며 새뮤얼 방으로 다가오는 일도 없었다. 흡사 루스가 사라져 버리기라도 한 것 같았다.

때때로 새뮤얼의 시선은 문에서 떠나 침실 안을 여행하기도 했다. 침대 곁 탁자에 놓인, 아기 적 자신을 안고 있는 어머니 사진이나 창틀에 조르르 늘어놓은 2차 세계대전 전투기 수집품들이나 벽난로 선반 위 RMS 퀸메리호[1936년부터 1967년까지 북대서양 항로에 운항했던 호화 여객선]의 목제 모형이나 벽난로 위에 걸려 있는 아버지가 아이였을 때 말 탄 모습을 그린 그림을 한 번씩 봐 가면서.

끝에 가선 눈이 침침해져 왔지만, 두려움이 몰려들어 정신을 차리라고 다그쳤다. 그는 루스를 걷어찼다, 아프게 만들었다. 전에는 절대 그런 적이 없었다. 그렇지만 시간이 지나자 새뮤얼을 닦달하던 악귀들 중 제일 지독한 놈들이라도 수그러들고 말아, 소년은 잠의 주문에 빠져들었다.

새뮤얼은 늘 잠이 깊이 들었다. 그래서 방 밖 마룻바닥을 밟는 신발 소리를 아예 듣지 못했다. 또 문 밑으로 보이는 그림자도 보지 못했고, 가만히 문 여는 기척도 못 들었다, 빛이 방 안으로 쏟아져 들어왔다, 그녀의 몸 윤곽이 제일 빛이 강한 데를 파낸 상태이기는 했지만. 소년은 등을 돌려 대고 있었지만 루스는 담요가 오르내리는 걸 보았고 혼곤한 숨소리를 들었다.

루스는 침대 쪽으로 걸어갔다. 못 알아볼 수 없게 절룩이는 왼쪽 다리를 조심조심 디디면서. 그래도, 그 발걸음은 무겁지 않아 마룻장 하나가 묘한 끼익 소리를 낸 것을 빼고는 금세 침대 가에 가 내려다보았다. 루스는 양손을 무릎에 짚으며 앞으로 몸을 구부렸고, 소년의 이름을 불렀다.

"새뮤얼." 장난스럽게 불렀다. "새뮤얼."

소년은 겨우 조금 움직였을 뿐 이내 다시 잠잠해졌다.

"새뮤얼." 이번에는 더 큰 소리였지만 여전히 유쾌한 기색이 가득했다. "새뮤얼, 일어나. 너희 어머니 집에 오셨어."

소년의 눈이 팔락거리며 뜨였지만 정신은 아직 안개 속이었다. 새뮤얼은 기지개를 켜고, 캄캄한 어둠 속에 눈을 깜박이면서 목소리 들리는 쪽을 보았다. "어머니 왔어?" 침묵. "루스, 어머니가⋯⋯?"

새뮤얼은 루스가 손을 뒤로 젖히는 걸 보지 못했다. 다만 얼굴에 내리쳐 온 일격을 느꼈을 뿐이었다. 따귀에 몸이 한옆으로 날았다. 새뮤얼은 희미한 소리를 내었고 숨이 몸통에서 뽑혀 나가는 느낌이 들었다. 그러고는 아픔이 실제로 느껴지기 전 살갗이 얼얼한 그 짧은 일이 초가, 뺨 전체에 불길처럼 확 퍼져 나갔다. 새뮤얼은 움츠리며 물러나 공처럼 몸을 말면서 이불을 끌어다 덮고 숨었다.

"꿈을 꾸고 있는 거야, 새뮤얼." 루스의 목소리는 그야말로 노래하는 듯했다. "이거 전부 꿈이야."

그러고 나서 루스는 절룩이면서 방에서 나가, 등 뒤로 가만히 문을 닫았다.

8

다음 날 새뮤얼은 학교를 쉬고 집에 있었다. 루스는 새뮤얼이 감기 기운이 있다고 했다, 기침은 거의 안 했지만. 새뮤얼은 진짜 이유를 알고 있었지만 입 밖에 내어 말하지는 않았다. 둘 사이 일은 으레 그런 식이었다. 아침이 되니 빨개졌던 것도 희미해져 새뮤얼의 뺨은 추운 날 잠깐 산책 나갔을 때보다 더해 보이지 않았다. 그리 많이 아프지 않았다. 그때쯤에는.

"침대 정리 했니?" 루스는 새뮤얼의 아침 식사 접시를 집어 들고 있었다. 개수대로 걸어갈 때 루스가 살짝 발을 저는 것을 새뮤얼은 알아차렸다.

"아니, 루스."

새뮤얼의 어머니는 아들이 항상 자기 잠자리를 자기가 정돈해야 한다고 고집했다. 어머니는 이것이 새뮤얼 본인을 위해서라며 아무것도 제 손으로 하는 게 없는 아이들은 자라서 아무짝에 쓸 데 없는 멍청이가 된다 했다. 보통 새뮤얼은 일어나자마자 잠자리를 정돈했지만 오늘은 아니었다. 언제나 그렇듯이 깨기는 일찍 깨었지만, 이번에는 새뮤얼에게 처음 든 생각이 어머니 생각이 아니었다. 그 생각은 어머니의 침실 문에 대한 것이었다. 잠겨 있는 어머니 침실 문. 그리고 어떻게 하면 그 문을 따고 들어갈까 하는 생각이었다.

대개 새뮤얼은 언제나 마음속에 생각하는 게 많았다. 그리도 많은 생각과 걱정과 고민 전부가 '어머니'로 귀결되었다. 하지만 그 편지를 꺼내 본 때부터 새뮤얼이 생각할 수 있는 건 오직 그뿐이었다. 하긴 새뮤얼이 지금은 그렇다 생각하고 있지 않아도 이 역시 어머니에 귀결되는 생각이기는 했다. 어머니가 자기 얘길 썼는데 아버지에게 바스로 만나러 올 때 자길 데리고 오지 말아 달라고 그랬다. 왜였지? 왜 어머니가 날 보고 싶어 하지 않았을까? 새뮤얼은 알아야만 했다, 그뿐이었다. 그러니 그러는 데는 어머니가 쓴 글을 처음부터 끝까지 읽어 보는 것 말고 다른 선택지가 없었다.

그게 바로 새뮤얼이 침대 정리를 하지 않은 까닭이었

다. 새뮤얼은 도로 위층으로 올라가서 하지 못하게 금지당한 바로 그 일, 어머니의 침실을 뚫고 들어가 어머니 사생활을 침해하는 일을 할 구실이 필요했다. 루스는 그게 잘못이라고 했지만 어째서인지 그 일은 그야말로 정당한 일처럼만 느껴졌다. 새뮤얼은 단순히 그걸 읽어야만 할 따름이다. 자, 그것은 쉬운 문제가 아니었다. 루스가 열쇠를 간수하고 있는 이상은. 어젯밤, 새뮤얼이 아직 홑이불 아래 숨은 채 뺨은 화끈거리고 루스를 향한 격분 말고는 아무것도 느껴지지 않고 루스가 층계에서 굴러떨어지라고 아니면 쏟아진 죽이라도 밟고 미끄러져 목이 부러지라고 빌 때에, 새뮤얼은 뭔가를 기억해 냈다. 어머니는 열쇠들을 한 벌 서재에 보관해 두셨다. 새뮤얼은 이 물건 저 물건을 찾다가 그 열쇠들을 본 적이 많았으니, 그 열쇠들 중 하나로 어머니 침실 방문이 분명히 열리지 않을까? 사람들은 늘 여벌 열쇠를 보관한다, 안 그런가?

"자, 그럼." 루스가 스토브에서 주전자를 내리면서 말했다. "침대가 저 혼자 정리될 리는 없으니까, 가서 손을 대려무나. 그런 다음에 프라이스 목사님 드릴 그거 좀 하든가 해.「시편」한 편 쓰고 그림 그리기로 되어 있지, 안 그래?"

"학교에다 두고 왔어."

"그러면, 새로 시작해. 어머님 서재에 가면 분명히 성경책이 있을걸." 루스는 뜨거운 물을 주전자에 부었고 김이

몽실몽실 피어올라 안개처럼 주위에 서렸다. "학교 안 가고 집에 있다고 해서 날건달처럼 게으름 피워도 된다는 건 아니야. 도대체 뭘 그리 넋을 빼고 쳐다보니?"

"아닌데."

"퍽도 아니겠다. 그러면 이제 그만 움직이시지?"

"알았어, 루스." 새뮤얼은 서둘러 주방을 나가면서 아주 살짝이라도 기쁜 기색은 보이지 않으려고 최선을 다했다.

열쇠는 책상 맨 끝 서랍에 있었다. 모두 세 개가 은색 고리 하나에 물려 있었다. 하나는 장식적인 모양이었고 새뮤얼은 그게 서재 열쇠인 걸 알아차렸는데, 다른 두 개는 둘 다 밋밋해서 루스가 새뮤얼 어머니 침실을 잠그는 데 썼던 것과 아주 비슷했다. 기회가 있었다. 희망이 살아 있었다. 조그만 승리였고 새뮤얼은 그걸 차지했다.

새뮤얼은 어머니 침실로 서둘러 갔다, 열쇠가 쩔렁거리지 않게 꽉 움켜쥔 채였다. 루스의 목소리가 났을 때 새뮤얼은 막 문에 이른 터였다.

"침대 정리 하고 있니?" 루스가 아래층에서 소리쳤다.

"지금 하고 있어, 루스."

"퍽이나 그러겠다. 네 비행기들 가지고 노는 거겠지." 루스가 대답했다.

"안 그래." 새뮤얼은 마주 소리쳤다. 그 와중에도 사실이 아닌 비난을 받는 게 못 참을 일이었다.

루스는 그 소리에 발끈했든가 뭐라고 투덜댔든가 했을 법했다. 확실히는 알 수 없었다. 그리고 상관할 바도 아니었다. 할 수 있는 한 조심스럽게 새뮤얼은 첫 열쇠를 자물쇠에 밀어 넣었다, 열렸으면 하는 희망에 희망을 가지면서. 돌리려 하니 꽉 끼어 돌아가지 않았다. 그래서 두 번째 열쇠를 시험해 보았다. 심지어 아버지께 제발 이 열쇠이게 해 달라고 빌어 가면서. 새뮤얼의 아버지는 천국에서 새뮤얼을 굽어보고 있든가 아니면 영영 잠들었을 터였다. 서로 배치되는 얘기들을 들은 새뮤얼이었다. 하지만 그 순간에 새뮤얼은 얻을 수 있는 도움이란 도움이 다 필요했다.

아랫입술을 깨물면서, 새뮤얼은 열쇠를 돌렸다. 쉽게 돌아갔다. 자물쇠가 미끄러져 빠지는 소리가 교회 종소리처럼 듣기 좋았다. 소년은 안으로 들어가 문을 닫았다. 재빠르게 방 안을 건너가서 편지를 찾아 맨 위 서랍을 열었다. 편지는 담요 밑 차 깡통 아래에 있었다. 양철통을 집자 새뮤얼 어머니의 귀걸이와 목걸이가 잘그락거렸고 조용한 방 안에서 그 소리는 대포 쏘는 소리 같았다.

"새뮤얼?" 루스였다. 루스의 발소리가 이제 바깥 복도에 쿵쿵 북소리로 울려왔다.

소년은 숨을 참았다. 할 수 있는 한 움직임을 멈춘 채, 편지들을 한 손에 움켜쥐고 차 깡통을 다른 손에 쥐고 있었다. 새뮤얼은 루스가 문 앞을 지나가는 소리를 들었고 가기 친신료 가는 거라그 추론했다 얼마 아 지나 새뮤얼은 루스가 다시 이쪽으로 오는 소리를 들었다.

"장난칠 기분 아니다, 새뮤얼 클레이." 루스가 한숨 쉬는 소리가 들렸다. "침대 정돈도 안 해 놓고, 옷은 바닥에 던져 놓고. 부랑인보다 나을 게 없네."

루스 발걸음이 내는 타악기 소리는 새뮤얼 어머니 방문을 지나치면서 느려졌다. 그러다 소리가 멎었다. 새뮤얼의 등골을 타고 오소소 잔 떨림이 올라왔다. 두 손이 떨리기 시작했다. 만약에 루스가 문을 연다면, 그걸로 끝이다. 새뮤얼은 끝장난다. 새뮤얼의 눈은 문손잡이에 못 박혔다. 아버지에게 다시 도와 달라고 기도했다, 아버지가 대신 빌어 주길 바랐다. 그때 루스 신발이 마루판을 밟아 나는 짜박 소리가 정적을 깼다. 루스는 층계참 쪽으로 돌아가고 있었다.

소년은 밭은 숨을 내쉬었다. 그러고 보니 편지를 전부다 가져갈 게 아니었다. 만약에 루스가 확인해 본다면 어떡하나? 그래서 새뮤얼은 전날 읽을 참이었던 맨 위 한 통만 챙겼다. 그러고 나서 편지 꾸러미를 서랍 맨 밑에 놓고 차 깡통과 아기용 담요로 덮어 두었다. 그다음에, 새뮤얼은 윗입술에 돋아 오른 땀을 훔쳤고 아버지가 도와주신 데 감사하고는 서둘러 방을 나와 침대를 정리하러 갔다.

9

　루스는 오래 찾아다니지 않았다. 그녀는 주방으로 돌아가 있었고 새뮤얼은 주머니에 문제의 편지를 접어 넣은 채로 층계를 내려가면서 루스가 거기서 이것저것 퉁탕거리는 소리를 들었다. 자기가 어디 있는지 못 찾을 때 루스가 얼마나 심사 불편해하는지 알고 있었고, 그러다 보니 냄비며 프라이팬을 함부로 부딪어 대는 소리가 아마도 그래서겠다 하는 생각이 들었다. 그래도, 새뮤얼은 침대 정리를 해 놓았으니 루스에게 자기는 아버지가 옛날에 갖고 놀던 장난감들 상자를 찾으려고 다락방에 올라가 있었다고 시치미를 뗄 작정이었다. 전에도 그런 적이 있으니까 신빙성 없게 들리지는 않을 터였다.

　새뮤얼은 그야말로 달려서 서재로 갔다. 열쇠들을 원래 장소에 되돌려 놓은 다음에 서가에서 성경을 찾아보았다. 있었다. 볼록 올라온 금박 글자가 박힌 커다란 책으로, 어머니나 아버지가 그걸 든 모습은 한 번도 본 적이 없었다. 그런 다음 새뮤얼은 어머니 책상 앞에 앉아서 책을 펼치고 「시편」 3장을 찾았다. 자기 아들 압살롬을 피해 도망치던 다윗 왕에 대한 얘기뿐인데, 다음 주 프라이스 목사의 학교 방문에 맞춰 써 놓아야 하는 것이었다. 모든 걸 루스가 느닷없이 나타나서 봤을 때 꼭 그래야 할 모습으로 맞췄다, 루스는 분명히 느닷없이 나타날 테니까.

새뮤얼은 주머니에서 봉투를 다시 꺼내 편지를 끄집어 냈다. 어머니는 편지지 맨 위 오른쪽에 번호를 매겨 두었다. 3까지 있었다. 그렇게, 새뮤얼은 읽기 시작했다.

1957년 5월 19일

가장 사랑하는 빈센트,

보내 준 선물 어제 받았는데 사랑스러운 깜짝쇼였어요. 스카프 참 아름답고 마을로 산책 나갈 때 몸을 감싸기에 딱 알맞아요. 온천에 대해서 쓰자면 며칠이라도 계속 써 나갈 것 같아요, 그렇지만 당신이 지겹겠지요, 바보 같아! 아아, 그래도 온천은 정말 제법이에요. 처음에는 열기 때문에 기겁했죠, 거짓말은 안 할게요. 하지만 이제 좋아졌네요. 물과 증기가 굉장한 치료 효과가 있구나 정말 믿어져요, 내 영혼은 그 덕분에 한결 가벼워진 느낌이에요. 맙소사, 허황한 소릴 하는 것처럼 들리겠네요! 그렇지만 정말이지, 내 사랑, 바스는 정말 보일 선생이 말한 그대로예요, 나 자신 활력을 찾기에 이상적인 장소.

편지는 그 장 나머지에 걸쳐 계속 이런 얘기였고, 새뮤얼은 어머니가 쓴 단어 전부를 음미하고 싶은 것도 싶은 것이지만 실로 마음에 하나의 목표 지점이 잡혀 있었다. 새뮤얼이 알듯이 어머니가 자기에 대한 이야기를 시작한 그 지점이다. 어머니가 온천에서 온천욕을 하고 한참씩 산책을 나가고 보일 선생이라는 사람하고 어머니가 '치료 시간'이라고 부른 걸 갖고 하면서 하루하루를 보낸 사연을 새뮤얼은 빠르게 읽어 나갔다. 새뮤얼은 어머니가 그저 쉬고 있는 거라면서 의사는 왜 필요할까 알 수 없었지만 의사도 뜨거운 물이니 증기니 하는 것처럼 그냥 있는 거였나 보다 하고 결론을 내렸다.

여기서는 숨이 쉬어지고 예전의 내가 그랬듯이 생각도 또렷해요. 이렇게 말하니까 무지하게 이기적인 것 같죠? 난 내가 해야 할 역할을 다하려고 정말 노력해요, 그건 알아줬으면 좋겠어요. 그렇지만 그게 무척 힘드네요. 집에 갈 땐 나아져서 가고 싶어요, 우리 모두를 위해서 더 나아질래요. 그렇긴 해도 지금 당장은 정말이지 준비됐다는 느낌이 들지 않고, 그러니까 몹쓸 것이 된 느낌이에요. 이 모든 것에 얼마나 돈이 드는지 알아요, 우리에게는 없는 돈이죠.

오실 수 있으면 부디 다음 주말에 와 주세요, 공장 상황이 얼마나 힘겨운지 알긴 하지만요. 당신을 보면 정말 좋을 거예요, 여보. 하지만 새뮤얼은 안 데리고 왔으면 좋겠어요. 보일 선생 말로는 어쩌면 내 상태가 뒷걸음질 칠 수도 있대요.

보일 선생은 또 내가 당신에게 솔직하게 말을 해야 한다고 해요, 그러니 그렇게 할게요. 당신이 편지에다 새뮤얼이 나를 얼마나 그리워하고 날 찾아 우는지 그런 이야기를 써 보내시면 문제가 악화되기만 해요. 내가 얼마나 비참한 심정인지를 당신이 아신다면, 그 아이가……

"새뮤얼, 너 서재에 있니?" 루스의 목소리가 넓은 전실에서 울려왔고 소년은 그녀가 서재 쪽으로 걸어오고 있다는 걸 퍼뜩 깨달았다.

"있어, 루스." 새뮤얼은 편지를 접어서 성경책 갈피에 끼워넣었다.

루스가 이미 양손을 허리에 짚고 방으로 들어왔다. "내가 온 집 안을 부르고 다녔을 땐 대체 어디 있었어?"

새뮤얼은 다락방에 있었다는 이야기를 했다. 그러면서 성경책을 내려다보지 않으려고 힘껏 애썼다. 루스는 그런 걸 잘 알아채는 사람이었다.

"다락방에?" 루스는 그 생각은 못 했다는 듯이 눈살을 찌푸렸다. "그럼 또 내가 먼지를 빼 줘야 할 잡동사니를 가지고 내려왔겠네?"

소년은 어깨만 으쓱했다. "갖고 놀 만한 게 없었어."

"그러셨어?" 루스는 허리를 짚었던 손을 늘어뜨리며 새뮤얼 쪽으로 걸어왔다. "오래된 배며 장난감 병정이며 보물이 잔뜩인 다락방에 올라갔는데, 빈손으로 내려왔단 말이야?"

새뮤얼은 고개를 끄덕이며 본의 아니게 성경책을 힐끔 보고 말았다.

루스는 아주 긴 시간을 새뮤얼을 지그시 보고 있었다. 루스가 코웃음을 쳤다. "내가 침대 정리 하라고 하지 않았니?"

"했어." 새뮤얼은 루스를 올려다봤다. "부를 때 안 가서 미안해. 다락방에 있느라 루스 목소리를 못 들었어, 그뿐이야."

루스가 다시 쿵 하고 코를 울렸다. 루스는 항상 감기가 들락 말락 하는 사람 같았다. "그래, 뭐, 스토브에 넣을 나무 좀 가지고 와 줘야겠다. 윌리엄이 주방 밖에 놔뒀거든. 다진 고기 파이를 만드는 중인데 땔나무가 잔가지 하나 안 남았어."

"알았어, 루스." 새뮤얼은 책을 덮고 짐짓 지루한 표정을 지었다. "뭐라도 성경책 읽기보다는 낫지."

"참 착한 소리도 한다." 루스는 이제 서재 안을 거닐고 있었다. "고백하지만, 하라고 한 대로 네가 실제 여기 와서 하고 있다는 것에 난 조금만 놀란 게 아니야. 이쯤 되면 작은 기적이지, 확실히?"

"딴거 할 것도 없고." 새뮤얼은 근사한 효과를 더하기 위해 창밖을 내다봤다. "나무 들여놓은 다음에 나가서 놀아도 돼?"

"너 감기 걸렸잖니, 기억해?" 루스는 목깃에 단 클로버 브로치를 만지작거렸다. "지금은 상태가 좀 낫니, 그러면?"

새뮤얼은 고개를 끄덕였다.

"잘됐네."

때로 새뮤얼은 루스에 대해 궁금했다. 어디서 왔는지 같은 그런 것이. 새뮤얼은 루스에 대해서 아는 것이 많지 않았다. 애인 얘기가 좀 있기는 했다. 그건 올리브가 한 말이었는데, 전쟁이 애인을 데려가 버렸다고 했다. 아니면 실제 돌아오기는 했는데 전과 같지는 못했다든가. 어느 쪽이든 간에 루스가 결혼한 적이 있다는 생각은 아무도 하지 않았다. 새뮤얼의 부모님이 루스에 대한 얘기를 할 때 둘은 루스를 좋아하는 사람이 집에 찾아온 일이 없고 먼 나라에서 편지가 날아온 적도 없다는 걸 우습다는 듯이 말했다. 어쩌면 루스의 태도에 까닭이 있지 않겠느냐고…… 자세가 뻣뻣한 거며, 쉴 새 없이 눈썹을 치올려 이마에 주름을 만드는 거며. 뭔가 단단히 심통 난 것 같다고, 아버지는 그렇게 말했다. 아니면 실망한 걸까요? 어머니가 물었더랬다.

　루스는 저 위 북쪽 지방 출신이었다. 적어도 새뮤얼은 그렇게 알고 있었다. 하루는 루스가 점심 식사를 내오던 차에 새뮤얼의 어머니가 루스의 가족에 관해 물었다. 루스는 남은 가족이 여동생 하나뿐이고 다른 피붙이는 땅에 묻힌 지 오래라고 했다. 그 말에 새뮤얼 어머니가 안색을 찌푸리고는 냅킨을 내려놓으면서 루스의 희망에 관해 물어보았다. 어머니는 더 기쁜 날이 오리라는 가능성이 없는 삶은 상상할 수 없었다. 루스에게도 분명히 꿈이 있겠지? 무엇인가 마음먹은 것, 기대하는 것이 있지 않겠는가? 루스는 찻집을 열고 싶은가, 소설을 쓰고 싶은가, 피라미드에 가 보고 싶은가? 루스는 얼굴을 붉혔을 뿐 자기가 원하는 건 바로 여기 이 댁 분들과 함께 지내면서 다 가졌다고 말했다. 루스가 커피를 더 가져오려고 방을 나가자 새뮤얼의 어머니는 루스가 정직하게 말한 게 아니라고 했다. 루스는 뭔가 신경 쓰는 것이 있어서 혼자 속에 품고 있다고. 아까 얼굴 붉힌 건 큰 소리로 말한 것이나 마찬가지라고.

　"갑자기 헌신적이 된 데는 갈채를 보내겠지만, 새뮤얼, 내 파이가 다 망하기 전에 나무는 필요해." 루스가, 뜬 머리카락을 톡톡 매만지고 틀어 붙인 머리가 단단한지 확인하면서 말했다. "학교 숙제는 점심 먹고 나서 계속하렴."

　"그럴게, 루스."

새뮤얼은 일어섰는데, 그럴 때에 루스가 책상 쪽으로 몸을 기울여 성경책을 집어 들었다. "네가 주방에서 할 일을 하면 내가 한결 편하겠다." 루스가 말했다. "그렇게 하면 멍하니 딴생각하는 것 이상으로 뭘 좀 하는지 내가 알 테니까."

"내가 가져갈 수 있어." 새뮤얼이 득달같이 책상을 둘러 오며 말했다.

루스는 성경책을 내려다보았다. "좋을 대로 하렴."

그러곤 그 책을 새뮤얼에게 건넸다. 소년은 그것을 가슴에 꼭 붙여 안고 루스를 따라나섰다.

*

땔나무를 가져오기에 앞서 새뮤얼은 자기 토끼가 있나 보러 텃밭에 가 봤다. 야생이고 말도 안 들으니 엄밀히 말하면 새뮤얼 것이 아니었지만, 달리 누가 임자라고 나서는 것도 아니니까 자기 것인 셈 쳐도 해될 일은 없다고 새뮤얼은 생각했다. 신출귀몰하는 생물이라지만 대개는 어느 날이든 풍성히 자란 양배추 이랑 근처에서 휙 도망가는 모습을 볼 수 있었다. 그렇지만 오늘은 전혀 보이지 않았고, 소년은 무시를 당한 듯이 속이 상했다.

땔나무를 들여놓고 나니 루스는 한 시간이 넘도록 새뮤얼을 붙들어 두고 「시편」을 쓰게 했다. 그리고 그랬는데도 아직 절반도 못 썼다. 한편 가정부는 굽던 다진 고기 파이를 다 굽고 돼지고기 옆구리살 작은 토막을 저녁거리로 하려고 밑간했다. 하지만 이렇게 일을 하며 움직이는 와중에도 줄곧 소년에게 주의를 집중한 채였다. 오븐에서 식료품 광으로, 식탁에서 찬장으로 가다가는 발을 멈추고 새뮤얼의 어깨 너머로 흘긋 눈길을 던지며 좀 천천히 하라거나 고개를 들라거나, 아니면 새뮤얼의 글씨 상태에 대해 이 소리 저 소리로 한마디씩 흠을 잡았다. 그러는 내내 새뮤얼은 성경책 갈피 속에 숨겨져 있는 물건을 생각했다. 루스가 거기에서 그걸 찾아내지 않을까 바짝 겁을 먹었다.

돼지고기가 오븐에서 구워져 갈 때 루스는 새뮤얼에게 빨래 걷어 들이는 걸 도와 달라고 청했다. 새뮤얼이 일어서자, 루스는 기막힌 속도로 성경책을 홱 채어 올렸다.

"아직 안 끝났어." 새뮤얼이 말했다.

"그렇게 열심이니 대단하긴 하네, 평소 하던 거랑은 무지하게 안 맞긴 해도……." 루스는 그러곤 슬쩍 미소 지었다. "내일 학교 끝난 후에 마치면 되지."

루스는 성경책을 탁자 위 냉장통 옆에 놓았다.

나중에, 밤에 루스가 잠잘 준비를 다 시켜 주고 이까지 닦고 난 후에 새뮤얼은 몰래 뒤 층계로 아래층에 내려와서 주방으로 숨어들었다. 편지가 그대로 거기 있고 루스가 찾아낸 게 아니기를 기도하면서. 루스는 찾지 못했다. 그러자 든 안도감은 너무나도 컸고 또 그만큼 순간적이었다.

편지를 손에 든 채로 수녀은 널따라 저실을 부리나케 가로질러 어머니 서재로 갔고, 거기서 지도책의 덮여 있는 뒤쪽 책장 사이 남극 근처 어디쯤에다 넣어 숨겼다.

편지를 자기 침실로 가져가서 전등 빛에 비추어 읽을 수도 있었을 것이다. 하지만 몇 가지 이유로 새뮤얼은 그러기로 하지 않았다. 지금 당장은 안 하기로 했다. 그 편지로 새뮤얼은 마음이 불편했다, 부정할 길 없는 사실이었다. 편지에 쓰인 말은 어머니의 것이었고 어떻게 보면 그야말로 어머니답기도 했지만, 다른 면에서 보자면 또 그건 전적으로 누군가 다른 사람의 목소리였다. 그리고 새뮤얼은 그게 누구의 목소리인지를 알고 있었다, 그 치 떨리는 보일 선생이다. 그 사람이 새뮤얼의 어머니를 구워삶아 새뮤얼이 찾아온다면 어머니가 '뒷걸음질 치게' 될 거라고 그랬다. 그게 무슨 소리였을까? 새뮤얼은 그때 겨우 다섯 살이나 됐을까 할 때였다. 자기가 그렇게 굉장히 못된 아이라서 누가 어머니에게 그 애를 가까이 오게 하지 마시라고 경고해 줘야 할 정도였을까? 그랬다, 그 편지는 새뮤얼을 심란하게 만들어 놓아 좀 생각을 해 봐야 할 것 같았다. 정확히 왜인지는 모르는 채로, 새뮤얼은 마음속 가장 깊숙한 데에서 편지를 조금이라도 더 읽어 나간다면 어쩌면 스스로 헤쳐 나갈 수 없을 만큼 깊은 물로 이끌려 들어갈 수 있으리란 걸 감지했다.

10

계절은 가을이었지만 콘월 참나무는 그 풍성한 잎을 조금이라도 놔주고 싶은 마음이 없는 듯했다. 새뮤얼은 이 것을 좋지 않게 생각했고 나무가 쩨쩨한 것 같다고 여겼다. 새뮤얼과 조지프가 일주일에 두 번 넘게 하곤 하는 제일 좋아하는 놀이 하나는 나무 밑에 서서 떨어지는 가랑잎을 잡는 것이었다. 그건 그냥 가랑잎이 아니었다. 한 잎 한 잎 중대한 결과가 달려 있는 잎들이었다. 이 잎을 잡는다면 그날 밤 편안히 잠들 수 있다. 손가락 사이로 빠져나가는 날에는 잠을 깨기 전에 죽어 버린다. 저 잎을 잡으면 잉글랜드 대표 크리켓 선수가 될 것이다. 놓쳐서 땅에 닿아 버리면 그 즉시 눈이 먼다.

루스가 저녁에 먹을 당근 좀 뽑아 오라고 새뮤얼을 내보낸 건데 어떻게 된 일인지 새뮤얼은 이 참나무 밑으로 오고 말았다. 사실이었다, 조지프가 없이는 놀이가 원래만큼 재미있지 않았다. 조지프가 정하는 결과는 언제나 새뮤얼이 생각해 낼 수 있는 어떤 결과보다도 훨씬 더 엽기적이었다. 그렇지만 설령 재미없는 잎 잡기 놀이라 해도 당근 뽑기보다야 나았다.

새뮤얼은 올려다보았고 나무는 한 번 술렁이는 것 같았다. 햇빛은 가지들의 그물망을 비집고 쏟아져 나왔다. 새뮤얼은 언덕을 넘어 다시 불어오는 산들바람을 느꼈고, 잎 한 장이 저 위 높이에서 떨어져 내렸다. 잎은 몇 번 뒤집히며 내려오고 바람에 휘말려 이리 획 저리 획 날리면서 중간이 굽었다.

새뮤얼은 재빠르게 걸 것을 정했다. 만약에 저 잎을 잡는다면, 어머니가 주말까지는 집에 오실 터였다. 만약에 못 잡으면 그때는 어머니가 영영 안 오실 것이다. 소년의 머리는 뒤로 젖혀졌고 양팔은 머리 위로 쭉 뻗쳐 난 채 눈은 오직 그 잎으로만 향했다. 뿌리 한 가닥에 발이 비틀거렸다, 재빠르게 다시 잘 디디기는 했지만. 새뮤얼의 희망은 잎이, 이제는 그의 가장 큰 소원이자 가장 깊은 두려움이 집적된 녹색 얼룩인 그것이 빙글빙글 돌며 떨어져 내릴 때에 막 높아졌다. 새뮤얼은 꼭 적당한 때에 뛰어올랐지만 그때에 잠자던 실바람이 다시 깨어난 양 그 잎을 말아 들여 붙잡는 손에서 멀리 가져가서는, 높게 자란 풀 속으로 떨어뜨렸다.

단지 잎 한 장일 따름이고 분명히 그것 말고도 잎은 많았지만 그 일은 충격이었고, 연필이 부러지거나 마실 것을 쏟거나 하는 데에도 운명이 한 역할을 한다고 생각하는 소년으로서, 새뮤얼은 자기가 실패했고 그 때문에 어머니가 못 오시게 될 거라는 생각이 들 수밖에 없었다.

당근 뽑는 일을 영영 피할 수는 없었고, 그래서 거기가 새뮤얼이 간 곳이었다. 그렇기는 해도 반가운 위안이 거기 있었다. 텃밭 저쪽 끝을 따라 나 있는 산울타리 밑에 웅크리고 있었다. 새뮤얼이 가까이 갈 때 토끼는 뒷다리로 일어서서 공기 냄새를 맡았는데, 지금까지 본 중에서 가장 친근한 인사에 근접한 행동이었다. 그놈이 특별히 사랑스러운 짐승은 못 되었다. 진흙 같은 칙칙한 갈색 털에 살짝 붉은 기가 돌았다. 그렇지만 눈은 무슨 비밀이라도 간직한 양 반짝거렸고, 또 항상 무언가에 정신 팔린 모습이었으며 심지어 분주해 보이기까지 했는데 새뮤얼에게는 그게 굉장히 인상적이었다.

원래 새뮤얼은 상황을 더 영구적인 것으로 만들어 놓고 싶어 했지만, 어머니가 어떤 것이든 우리란 것을 못 참아 하셨다. 아무리 토끼장을 널따랗게 짓는다 해도. 그래도 이름을 고르는 걸 도와주긴 하셨다. 새뮤얼은 꼭 '눈깜짝이'라고 하고 싶었는데 토끼가 쉴 새 없이 눈을 깜박거렸기 때문이었다. 하지만 어머니는 그건 영국 아이가 으레 그러듯이 결점에 초점을 맞춘 이름이니 찬성할 수 없다고 하셨다. 그러지 말고 토끼의 장점에 초점을 맞출 순 없겠느냐고? 시원치 않은 이름 몇 개가 나와서 버려지다 마침내 로빈 후드로 낙착되었다. 그건 어머니의 제안이었는데 이유가 착실했다. 어머니는 말하길, 로빈 후드는 들에 살았고 하고 싶은 대로 했으니 꼭 저 토끼하고 닮았고, 그런 삶이야말로 우러러볼 만한 것이라고 했다.

"나야." 소년은 할 수 있는 한 부드럽게 말했다. 토끼는 새뮤얼이 쭈그려 앉아 한 손을 내밀자 펄쩍 뛰었다. 로빈 후드는 토닥거리는 걸 참아 주지 않았다. 양배추 잎 한 장이나 적어도 사과 한 조각 정도는 받아야 새뮤얼이 자기 옆에 있는 것까지는 봐주지만 말이다. "배고프니?"

물론 토끼는 배가 고팠다. 철망으로 덮어 놓은 양배추 이랑을 굉장히 집중해서 쳐다보고 있지 않았던가? 철망은 루스가 해 낸 생각이었다. 루스는 로빈 후드에 대해서 전혀 좋게 생각하지 않았고 어머니가 새뮤얼이 먹이를 주게끔 두는 건 턱없는 일이라고 생각했다. 루스는 그렇게 오냐오냐해서 좋을 일이 없다고, 당하는 건 자기 채소일 거라고 말했다.

새뮤얼은 철망 끝을 들추어 양배추 한 끝을 뜯어내 내밀었다. 제안은 순식간에 받아들여져 토끼는 녹색 잎을 마치 마지막 식사인 양 먹어 치웠다. 왔던 용건을 달성하자, 토끼는 등을 돌려 가 버렸다.

새뮤얼은 한숨을 쉬고 천천히 당근 있는 데로 걸어가 대여섯 개를 뽑았다. 딱히 큰 건 없었고, 뽑은 건 소쿠리에 던져 넣었다. 그러는 데 오래 걸리지는 않았다. 집 쪽으로 발을 옮기려니 루스가 뒷문에 있는 게 보였다. 루스는 누구와 이야기 중이었는데, 그 사람이 새뮤얼 쪽을 등지고 있긴 했지만 새뮤얼은 대번에 그게 올리브란 걸 알았다. 올리브는 키가 작고 뚱뚱하고, 앞으로 구부정하고, 금발 머리를 땋아서 틀어 올린 모습이었다. 나이는 이제 갓 열아홉이지만 새뮤얼 어머니는 올리브를 두고 자세를 보면 중년 세탁부 같다고 말한 적이 있었다. 무슨 얘긴지는 몰라도.

루스는 뭔가 손에 든 채였다. 편지같이 보였는데, 표정은 매정해 가지고 그걸 들고 휘두르는 참이었다. 둘이 무슨 이야기를 하는 중이든 간에 새뮤얼은 끼고 싶은 마음이 없었고, 그래서 소쿠리는 그냥 발아래 놔둔 채 자전거를 찾으러 갔다.

자전거가 진입로를 날듯이 내려가며 바퀴가 잔돌 위를 마구 구를 때에, 새뮤얼은 모든 게 얼마나 틀려먹었는지 잊을 수 있을 것도 같았다. 그렇게 정문에 가까워지면서 새뮤얼은 무모한 혼에 자신을 내주어 있는 힘껏 브레이크를 잡았다. 타이어가 잡혀 멈추면서 미끄러지기 시작해, 자전거는 반 바퀴 기막힌 회전을 하여 잔돌들을 들까부르고 공중으로 튀겨 냈다. 새뮤얼은 자전거가 쓰러지지 않게 한 발을 내려 버티곤 겨우 살짝 미소 지었다, 적어도 이날 뭔가 하나는 제대로 되었다. 이 감각이 새뮤얼의 가슴속에서 오래 유지되지는 못했다. 왜냐하면 올리브가, 눈가를 훔치고 그 연한 파란색 외투를 여미어 안은 채 진입로를 내려왔기 때문이었다.

새뮤얼을 보고서 올리브는 코를 훌쩍이고 말했다. "나 일자리를 알아봐야 해요."

새뮤얼은 아무 대답 하지 못했다.

"혹시라도 루스가 나를 계속 써 줄 수 있을까 싶었는데, 일주일에 다만 반나절이라도요. 루스에게 돈을 덜 줘도 일을 하겠다고 말했어요. 얼마가 됐든 없는 것보다야 나으니까요, 안 그래요? 그렇지만 루스가 안 된대. 내가 하던 말을 끝도 못 맺게 하더라고요. 그냥 안 된대요." 올리브는 몸에 붙였던 팔을 풀었고 새뮤얼은 올리브가 편지를 들고 있는 걸 보았다. "루스가 추천장을 써 줬어요, 그것도 대단한 거겠죠. 저 위 브래던 저택에 자리가 났다던데, 거기 넣어보긴 하겠지만…… 경험이 더 많은 다른 아가씨들도 있어서." 올리브는 다시 자기 몸을 얼싸안았다. "우리 엄마는 이젠 일을 많이 못 해요. 무릎이 엄청 안 좋아요, 그러니까 내가 뭔가 길을 찾아야지 그러지 못하면……."

"그러지 못하면 뭔데?" 새뮤얼이 물었다.

"글쎄, 식구들이 밥을 못 먹는 거죠. 그거예요."

"우리 집에 먹을 거 있는데. 먹고 남는 음식도 만날 잔뜩이고 텃밭에는 채소가 가득해, 당근은 작지만."

어쩐 이유에선지 이 말에 올리브는 입술을 떨었다. "미안해요." 올리브가 말했다.

새뮤얼은 뭐가 미안하다는 건지 알 수 없었다.

그러곤 올리브는 새뮤얼이 무슨 말을 하기를 기다리고 있는 것처럼 새뮤얼을 보았다. 새뮤얼이 말을 하지 않자 그녀가 말했다. "루스 말인데…… 그러니까 내 말은, 도련님은 루스하고 같이 여기 사는 게 좋아요?"

"난 어머니랑 같이 사는 건데."

"물론 그렇죠, 그렇지만 어머님이 먼 데 가신 동안에, 그 얘기예요. 루스가 그야말로 칼 같다는 건 나도 알아요, 그렇지만 도련님한테는 잘 대해 주나요?"

새뮤얼은 자전거 브레이크를 쥐었다 풀었다 하며 장난치고 있었다. "응."

"저번날 아침에 말이에요, 주방에서 다친 날, 다리에 상처 났던 거, 기억 나요?"

소년은 고개를 끄덕였다.

"정말 도련님 말대로 그렇게 되었던 거 맞아요?" 올리브는 이제 지그시 응시하고 있었다. "아니면 루스가 뭘 어떻게 해서 넘어지게 된 것 아니에요?"

"내가 걸려 넘어졌어, 그냥 그거야."

올리브가 한숨지었다. "그 말을 들으니 기쁘네요. 그냥 걱정스러웠어요."

"뭐가 어떨까 봐 걱정스러웠는데?"

"상관없죠." 올리브는 새뮤얼의 코를 톡 건드렸다. "몸조심하세요, 알았지요?"

새뮤얼이 당근 소쿠리를 주방으로 들여갈 때 루스는 뒷문에 신을 벗어 놓으라고 일렀다. 아침나절을 주방 바닥을 박박 문질러 닦으면서 보냈고 그러느라 등이 곱아지게 힘들었는데 새뮤얼이 흙에다 풀 부스러기를 바닥에 뿌려 댄다면 낙타 등에 마지막 지푸라기가 되고야 말 거라는 것이었다. 새뮤얼이 계단에 걸터앉아 하라는 대로 신을 벗고 있을 때 루스가 말했다. "정문에서 올리브하고 얘기하는 거 봤다."

"올리브 울던데." 새뮤얼이 말했다.

"너무 감정적이라 저한테도 손해인데, 그 애도 참."

"올리브네 어머니가 일을 하실 수가 없어서 올리브는 밥 못 먹는다고 걱정하고 있어."

루스는 새뮤얼이 발치에 놓은 당근 소쿠리를 들었다. "내가 계속 다니라고 하려고 해도 줄 돈이 있어야 다니라고 하지, 이 판국에 되겠니?"

새뮤얼은 신을 창 아래 놓고 주방으로 들어갔다. 루스는 주방에서 양배추를 삶던 중이었다. 그 고약한 냄새가 주방에 가득 차 소년은 절로 상을 찌푸렸다. "올리브 말이 어쩌면 저택에 일자리를 얻을지 모르겠대."

"가능이야 하겠다만, 나 보기엔 얻을 성싶지 않구나." 루스는 확신이 있는 듯했다. "올리브가 다른 말은 뭐 더 안 하던?"

새뮤얼이 고개를 저었다.

"둘이 한참을 저기 서 있었잖니." 루스는 올리브가 꼭 그랬던 대로 새뮤얼을 지그시 보았다. "올리브가 그거 말고 뭐 다른 말 안 했어? 아무 말도?"

"응, 아무 얘기 안 했어."

루스는 앞치마를 쓸어내려 폈는데 전혀 만족한 기색이 아니었다. "그래, 들어와서 손 씻어라. 그러고 나서 이 당근 껍질 좀 벗겨 주렴."

*

"이제 얼마나 된 거냐?"

"16주 반이야." 새뮤얼이 밭은 숨을 쉬며 말했다. "117일째지."

"전보 한 통 안 오면서?" 조지프가 정문에 몸을 기댔다.

"엽서만 왔어." 새뮤얼은 눈에 들어가는 머리카락을 쓸어 넘겼다. "여덟 장."

두 소년이 있는 곳은 새뮤얼네 집 정문 밖이었다. 언덕 길을 쭉 달려 올라와, 가방이며 모자는 발치 흙구덩이에 팽개쳐 둔 채였다. 매주 수요일 학교 끝난 후에는 조지프가 집에 와 쇼트브레드와 핫초콜릿을 대접받을 수 있었다. 루스는 새뮤얼이 조지프네 집에 가는 건 루스 자신 입에 올리기 적당치 않다고 보는 이유들로 해서 허락하지 않았다.

"그런데 넌 어머니가 보스턴 어디에 묵고 계신지도 모

르다 말이야?"

"어머닌 중요한 사람들을 만나 회의를 하시느라고 굉장히 바쁘셔."

조지프는 침을 뱉었다. "뭐가 그렇게 중요한 사람들인데?"

새뮤얼이 어깨를 으쓱했다, 아직도 숨이 찼다. "그 사람들이 돈을 가졌잖아."

"그리고 너희 집은 돈이 없고 말이지." 새뮤얼이 조지프를 이상한 눈으로 보자 조지프가 말했다. "우리 아빠가 올리브의 삼촌하고 같이 일하시는데, 올리브더러 나가라고 했다며. 올리브 삼촌이 우리 아빠한테 그랬어, 올리브 급료를 줄 돈이 안 남았다더라고."

"전부 다 어머니가 해결하실 거야. 그러려고 멀리 가신 거니까."

"그게 있잖냐." 조지프가, 자기 책가방을 집어 어깨에 둘러메면서 말했다. "너희 어머니가 간다는 인사도 아무것도 안 하신 거 알거든, 그렇지만 그래도 넌 운이 좋은 녀석이야. 내가 보기엔 그래."

새뮤얼도 자기 가방을 집어 들고 모자를 썼다. "왜?"

새뮤얼과 조지프는 키가 아주 똑같았고, 때로는 그게 바로 둘 사이 우정의 기반인 것 같았다. 둘은 한 주가 끝날 때마다 키를 재어 보고 그 숫자가 들어맞고 자기들이 여전히 서로 자란 만큼씩 크고 있다는 걸 알게 되면 똑같이 기뻐했다. 하지만 신체적으로 닮은 점은 그게 끝이었다. 새뮤얼이 어머니에게 물려받은 호리호리한 체형, 거무스름한 머리카락, 흰 피부와 녹색 눈을 가진 반면에 조지프는 비율부터가 전혀 달랐다. 딱 바라진 체형에, 모랫빛 머리카락, 둥그렇고 큰 얼굴에 주근깨가 한가득이었다.

"어." 조지프가 교모를 주머니에 쑤셔 넣으면서 말했다. "나 같음 우리 엄마가 117일 동안 없어지게 된다면 뭐라도 다 줄 거 같아."

둘은 문을 통과해 진입로로 걸어 올라갔다.

"울 엄만 없어진 거 아니야." 새뮤얼이 찡그렸다. "미국에 계시지."

"너네 엄마 미국에 안 계신다고 그런 적 없어." 조지프는 실언을 무마해 보려고 어깨를 툭 부딪었다. "봐 봐, 내 얘긴, 최소한 넌 너희 엄마가 발 닦으라거나 목욕하라고 소리 지르지는 않는다 이거야. 넌 맘대로 하고 있어도 되잖아."

새뮤얼이 설레설레 고개를 저었다. "루스가 옆에 있는데 되겠냐."

"아, 그러네, 루스를 까먹었다."

새뮤얼은 무슨 말을 하려다가 멈칫 그만뒀다. 그러고는 말했다. "루스는 내가 전화를 못 받게 해."

"예?"

"몰라. 어머니는 항상 내가 받게 해 주셨는데."

"루스가 너보고 이래라저래라 할 순 없잖아." 조지프가 그야말로 권위 있게 말했다. "너희 어머니가 루스한테 급료를 주는데, 그걸 생각하면 너도 루스한테는 주인님이 돼야 맞지."

"루스한테 이래라저래라 할 수 있는 사람은 아무도 없어."

조지프가 코를 쓱 훔쳤다. "루스는 그냥 가정부야, 알지. 우리 엄마는 저기 저택에 가서 나리마님들 음식 만들면서 정말 별꼴을 다 보신다고. 쪼그마한 애들까지 엄마한테 떽떽 명령을 한다니까."

"어머니는 어머니가 집에 없을 땐 루스가 책임자라고 그러셔."

"너희 엄만 항상 집에 없잖아."

조지프는 혹독하게 굴자고 이 말을 한 것이 아니었는데, 그 탓에 어쩐지 더 지독해졌다.

"금방 집에 오실 거야." 새뮤얼이 말했다. "이제 어느 날이든 오실 수 있다고, 루스가 그렇게 말했어."

그건 참말이 아니었다. 하지만 새뮤얼이 어쩌겠는가? 둘은 이제 현관문에 다 왔고 뜨거운 오후의 태양은 현관 차양 밑으로 들어서자 힘을 잃었다. 새뮤얼이 문손잡이에 손을 올렸는데 그때 조지프가 붙들어 세웠다.

"화내지 마, 그렇지만 울 엄마 말이 이상하대. 너희 엄마가 그렇게 느닷없이 떠나 버리셨다는 거." 찌렁찌렁 울리게 말을 하던 조지프의 목소리가 희미해져 음모를 꾸미듯이 속살거렸다. "엄마 말이 야반도주를 했든가 뭔 일이 있었든가 한 것 같대."

그 말은 새뮤얼로서는 도저히 받아들일 수 없는 얘기였다. 새뮤얼은 친구를 밀쳐 버릴 생각은 아니었지만 실제로 그렇게 하고 말았다. "엄만 야반도주한 거 아니야." 새뮤얼은 또다시 조지프를 밀쳤다. "그 말 취소해!"

"나한테 뭐라고 그러지 마, 내가 한 말이 아니야." 그러다가 조지프가 숨을 훅 들이켰다, 조지프는 정말 그렇게 놀라는 적이 없는데. 그리고 조지프의 눈은 안 좋은 쪽으로 놀랄 일을 본 듯 튀어나오려고 했다. "이런 젠장, 맙소사."

새뮤얼은 묻고 싶지 않았지만 묻지 않고 말을 시킬 방법이 없었다. "뭔데?"

"내가 어떤 가정부 이야기를 들었거든……."

현관문이 활짝 열렸고 루스가 거기에 있었다. 퍽이나 의심쩍은 눈길을 두 소년 모두에게 두었다. "죽은 사람도 놀라 일어날 정도로 고래고래 소릴 질러 댄 게 누구니?"

"아무도 아니야, 루스." 새뮤얼이 말했다.

조지프가 씽긋 웃음을 남겼다. "우리 그냥 루스의 맛있는 쇼트브레드에 대해서 얘기하고 있었어요."

루스는 그 말에 넘어간 것 같지 않았다. "그래, 너희들이 거기 진입로에 서서 쇼트브레드를 먹고 싶은 게 아니라면 안으로 들어오는 게 어떻겠니." 루스는 나무라는 태도로 조지프를 가리켰다. "그리고 그 교모는 주머니에서 빼, 조지프 콜린스. 가방이랑 같이 문 옆에다 단정하게 놔둬라."

새뮤얼은 조지프가 말 들은 그대로 하는 것을 지켜보았다. "너도." 루스가 새뮤얼을 보고 말했다.

"어머니한테서 소식 있었어, 루스?" 새뮤얼은 가방을 내려놓고 모자를 벗었다. "어머니가 전보 보내지 않으셨어? 어머니가 혹시……?"

"오늘은 없어." 루스는 이미 전실을 걸어 나가는 참이었다. "손들 씻어라, 그러고 나서 주방으로 들어와." 루스가 지시했다. "어지르지 않겠다고 약속을 하면 새뮤얼 방에서 오후 차를 마셔도 좋아. 너희들 그 대단한 비행기들 가지고 놀고픈 거 알고 또 너희들이 미친 사람들 모양으로 층계를 우당탕 올라갔다 내려왔다 하게 하고 싶진 않으니까."

루스가 이야기 들릴 범위를 넉넉히 벗어난 때에 새뮤얼은 조지프를 향해 물었다. "너 무슨 얘기 하려고 한 거야?"

"뭐에 대해서?"

"내가 어떻게 알아? 네가 무슨 얘길 하려다가 안 하고 욕을 하더니 그다음에 바로……."

"아, 그거. 이따 얘기할게." 조지프가 루스를 가리켜 보였다. 루스는 거의 주방 문에 이른 참이었다. "루스는 왜 다리를 절어?"

새뮤얼은 양손을 주머니에 찔렀다. "넘어졌거나 했나 보지."

"둔하네, 루스가. 그래?"

새뮤얼은 질문을 무시하고 대신에 씻고 나면 쇼트브레드와 핫초콜릿이 나오게 돼 있다는 얘기를 꺼냈다. 그 말이 주문처럼 효과를 내서 순식간에 소년들은 욕실로 달리기 시합을 벌였다.

11

피어린 전투를 벌이고 난 듯 비행기들과 병정들이 사방에 널브러져 있었다. 소년들은 각자 침대 위에 책상다리를 하고 앉아 무릎 위에 쇼트브레드가 두 개씩 담긴 접시를 얹어 두고 있었다.

"조심해, 뜨겁다." 루스가 핫초콜릿이 든 잔들을 침대 곁 탁자에 놓았다. "그리고 침대에다 부스러기 한 톨도 흘리면 안 돼, 흘렸다가 겹칠 줄 알아."

"알았어, 루스." 새뮤얼이 말했다.

"조심해서 먹을게요." 한순간이라도 더는 그 과자 앞에 저항할 수 없었던 조지프가 약속했다.

루스는 머리를 두드려 정돈하곤 새뮤얼만 보았다. "신경 써."

침실에서 나가면서 루스는 조지프에게 조지프 어머니가 4시 30분까지는 집에 올 줄 알고 있고 그 불쌍한 여자분은 아들이 늘장 피우는 것 말고도 씨름해야 할 문젯거리가 잔뜩 있다고(그게 뭘지 새뮤얼은 알 수 없었다.) 다짐을 두었다.

루스의 발소리가 무사히 복도로 사라져 가자 조지프는 지금이야말로 말하기 딱 좋은 때라고 느꼈다. "숫제 용이야, 저 아줌마는."

하지만 새뮤얼은 용이거나 말거나, 과자든 부스러기든 안중에 없었다. 조지프가 뭔가 아는 얘기가 있는데 새뮤얼은 심지어 자기 자신에게도 설명 못 할 이유로 그 이야기가 듣고 싶었다. "너 하려던 얘기 해 봐."

조지프의 입은 그때 꽉 차 있었으므로 겨우 할 수 있었던 말은 "있어 봐."였다.

조지프는 접시를 내려놓고 일어나서, 방을 질러가 복도를 엿보았다. 그러고는 문을 닫고, 돌아오는 길에 핫초콜릿

잔을 집었다. "우리가 아까 얘기할 때…… 너희 엄마가 어디 멀리 가셨는데 밤중에 네가 잘 때 떠나셨다는 그런 얘기였잖아, 그 얘기를 하다가 뭐가 생각이 났어."

새뮤얼은 그 얘기가 뭔가 자기 어머니에 관한 새 소식이기를 기대했다. 조지프가 어떻게 어머니 소식을 알는지 전혀 상상도 못 할 일이었지만 말이다. 그럼에도, 새뮤얼은 몸을 앞으로 기울였다. "뭐가 생각났는데?"

"어……." 조지프는 의미심장하게 문을 한 번 흘깃 보았고 목소리를 확 낮췄다. "울 엄마가 저택의 마거릿 마님하고 이야기하고 있었는데 마거릿 마님이 엄마한테 독일의 어느 집에서 일하던 가정부 이야기를 해 줬어." 조지프는 주근깨 난 코를 긁적였다. "아니, 이탈리아였던가?"

"그게 중요해?" 새뮤얼이 말했다.

"아닐 것 같아. 아무튼, 이 가정부는 그만하면 싹싹하고 집을 반짝반짝 깨끗하게 관리했는데, 속으로는 완전 미친 사람이었던 거야. 모자 장수처럼 확 돈 여자였지. 그렇지만 그 여자를 쓰던 번듯한 집 사람들은 그런 줄 몰랐어, 그 집에서 알았겠냐?"

새뮤얼이 너무 집중해서 듣느라 무릎에 놓았던 접시가 미끄러져 내렸다.

"어느 날 밤에." 조지프가 핫초콜릿을 홀짝 마시며 이어 갔다. "일가족이 모두 다 각자 침대에서 평화로이 잠을 자고 있은 때 가정부가 몰래 방방마다 숨어들어 와어 근데 이걸 알아 둬야 해, 이 가정부는 덩치 크고 살찐 사람이었어, 그렇지만 작은 기척 하나 내지 않고 무지무지 조용했어."

새뮤얼의 두 눈썹은 진작부터 올라가 있었다. "그 여자가 무슨 짓을 했는데?"

조지프는 핫초콜릿을 내려놓고 새뮤얼에게 더 가까이 붙었다. "가족들 침실로 숨어들었어, 내가 말한 대로, 생쥐처럼 가만히 들어와서는 자고 있던 사람들한테로 곧장 걸어와서 거기서……."

끊어지는 건 견딜 수 없었다. "뭐 했어? 그 여자가 무슨 짓 했어?"

조지프는 덮쳐들며 새뮤얼의 양어깨를 꽉 붙들었다. "목을 그어 버렸어!"

새뮤얼은 조지프가 자기를 붙들 때 화들짝 소스라쳤고, 그건 창피한 일이었다. "거짓말하네." 잡힌 걸 떨치려고 몸을 비틀면서 새뮤얼이 말했다. "거짓말인 거 다 알아, 조지프."

소년의 입가에 어렸던 빙긋 웃음이 가셨다. "거짓말이 아니야, 새뮤얼. 내가 말한 그대로 벌어졌던 일이야…… 마거릿 마님이 우리 엄마한테 해 준 얘기라고." 조지프는 쇼트브레드를 한 입 베어 물었다. "그리고 그게 다도 아니야.

가정부는 온 가족을 죽이고 나서 그 시체들을 지하실로 끌고 내려갔고, 증거를 없애려고 피에 젖은 침대보를 전부 태워 버린 다음에 이튿날 이웃 사람들에게 가족이 아주 갑작스럽게 외국에 나갔다고 말했어."

"왜…… 가정부가 왜 그랬대?"

"왜라고 생각하냐?" 조지프가 코를 쓱 훔쳤다. "그 여잔 그 가족의 근사한 집에서 잘나신 마님처럼 살 작정이었던 거야, 그 사람들 뒤치다꺼리하고 저녁 식사 만들어 먹이고 옷 빨아 주고 할 필요 없이. 여섯 달 동안을 아무 일 없는 척 계속 그렇게 지냈대, 일가는 남아메리카인지 어디인지에 가서 즐겁게 지내고 있는 양으로."

"그래서 그다음엔?" 새뮤얼이 물었다.

조지프는 어깨를 으쓱했다. "그러다 그 가족의 친구 몇 사람이 단단히 의심이 나서 경찰에 신고했고, 그래 경찰이 집을 수색해 어머니 아버지 애들 전부가 지하실에서 썩어 가던 걸 찾아냈어."

"이해가 안 가." 새뮤얼이 작은 소리로 말했다. "결국에는 발각되리라는 걸 알았을 텐데. 그 일로 교수형당하게 될 걸 알았을 거야."

"내가 말했듯이, 완전히 미친 사람이라." 조지프는 그 점 확언을 했다. "그냥 그런 사람들이 있는 거야. 왜인지 아무도 몰라."

이 이야기의 가닥들이 새뮤얼 주위에 둘러 얽히기 시작
했다, 꼭 들어맞는 이야기라면 으레 그러할 것처럼. 그리고
새뮤얼이 세게 버티면 버틸수록 실 가닥들은 더 팽팽히 당
겨졌다. "그 이야기가 나랑 무슨 상관인지 모르겠네. 그냥
바보 같은 이야기일 뿐이잖아."

"어쩌면 네 말이 맞겠지." 조지프는 이제 두 개째 쇼트
브레드를 처리하느라 정신없었다. "그렇지만 생각을 해 봐,
새뮤얼. 너희 엄마가 깜깜 밤중에 아주 갑자기, 아무 언질
도 없이 인사도 안 하고 떠나셨어. 그런데 가시는 걸 본 유
일한 사람이 루스였어."

"시간이 늦어서…… 난 자고 있었어."

"그것도 또 그래. 누가 세계를 가로지르는 여행을 어느
날 밤늦게 불현듯이 결정하나?" 조지프가 트림을 했다. "나
한테는 뭔가 구린 얘기로 들려."

실 가닥들이 비꼬이고 새뮤얼은 힘들게 침을 삼켰다.
"어째서 루스가 난 안 죽이고 놔둬?"

"그건 쉽지. 아무도 의심하지 않게 널 살려 놓을 필요가
있었던 거야."

"루스는 어머니를 굉장히 좋아해. 어머니하고 정말 좋
은 친구 사이야."

"정말 좋은 친구 사이라도 싸움은 나, 새뮤얼." 조지프
가 침대에서 2차 세계대전 폭격기 하나를 집어 들며 말했

다. "만약에 너희 엄마가 루스를 내보낼 작정이었다면 어떻할래. 올리브를 내보낸 것처럼, 돈이 없어져서 루스 급료를 못 주게 돼서 말이야." 조지프의 목소리는 자기가 지어낸 끔찍한 가설의 주문에 걸리기라도 한 듯 붕 떴다. "너희 엄마가 루스한테 말하는 거야, '너 해고야, 나가 줘야겠어.' 그리고 둘이 다투지, 왜냐면 루스는 아무 데도 갈 데가 없고 좋은 시절을 너희 집 사람들을 위해 일하느라고 다 보내 버렸으니까. 다투다가 후끈 열이 오르고 루스가 너희 엄마를 때리지. 어쩌면 루스는 그렇게 세게 치려고 한 게 아니었겠지만, 실제로 세게 쳐 버리고 나니 이젠 늦은 거야. 그래서 루스는 모든 걸 싹 치워, 피고 뭐고 싹. 그런 다음에 네가 깨기 전에 클레이 부인을 지하실에 넣어 버려."

"아니야." 새뮤얼은 도리질을 치고 있었다. "루스는 그런 짓 절대 안 해."

"너네 엄마가 진짜로 미국에 있다는 증거 있냐?" 조지프가 비행기를 베개에 추락시키며, 폭발 흉내를 냈다. "엄마가 전보도 전혀 안 치셨다면서."

"그림엽서 보내시는걸. 나한테 엽서 쓰셔."

"어쩌면 루스가 미국에 친구가 있어서 그 친구가 엽서들을 보내는지도 모르지." 조지프가 어깨를 추썩이며 안을 내었다.

"글씨를 내가 알아. 어머니 맞아."

조지프는 양손을 머리 뒤에 받친 채 뒤로 누워 철제 침대 틀에 기댔다. "아마 네 말이 맞겠지." 이 말은 쾌활하게 했다. "사람이 냉정하게 누굴 죽이자면 무지하게 성미가 고약해야 할 테지. 루스가 낡은 신발처럼 질겨 빠진 사람인 건 알지만, 폭력을 쓸 사람 같진 않은걸. 그러기엔 너무 점잖 빼고 처신이 반듯해서."

새뮤얼은 아무 말 하지 않았다. 새뮤얼의 심장은 가슴통 속에서 북을 쳐 댔다.

"그건 걱정 안 하겠다, 새뮤얼." 조지프는 사람을 화나게 만드는 재능이 있었다. 대개 그저 입을 벌려서 생각하는 게 줄줄 흘러나오게 하는 것만으로 그렇게 하는데, 그래도 자기 얘기가 너무 나간 줄은 알았다. "내가 한 얘긴…… 너 겁주려고 그런 것뿐이야." 조지프가 장난스럽게 새뮤얼을 쿡쿡 찔렀다. "네 말대로지, 너희 엄만 이제 어느 날이든 집에 오실 거야. 아마 짐가방에 하나 가득 선물도 가지고 오시고 그럴 거야."

새뮤얼이 고개를 끄덕였다.

"아까 건 그냥 얘기야, 새뮤얼. 아무것도 아니야."

새뮤얼은 시선을 옮겼고, 친구를 보게 되자 친구가 기다리는 미소를 보여 주었다. "알아."

12

손전등 빛이 주방에 눌어붙어 있던 어둠을 벗겨 냈다. 폭 좁은 빛줄기는 빠르게 움직여서, 벽으로 날아 올라갔다가 찬장으로 내려오고 마침내는 돌바닥에 한 점 아른아른한 살구색 빛을 비추었다. 새뮤얼은 파자마 차림에 벗은 발로 문간에 서서 자기 대신 빛이 주위를 돌아다니게 했다. 불을 켤 엄두는 낼 수 없었다. 정말 한참 동안을 움직이지도 못했다.

소년은 항상 어둠을 두려워했다. 그건 너무나도 당연한 일 같았다. 어떻게 모든 것을 감싸 안아 감춰 버리는 거대한 그림자 장막을 겁내지 않을 수 있을까? 하지만 새뮤얼이 그 자리에 뿌리박혀 있는 건 어둠 탓이 아니었다. 이번에 새뮤얼을 가장 두렵게 만드는 것은 빛이었다.

그래서 새뮤얼은 텅 빈 주방을 들여다보면서 거기 서 있었다, 다리를 움직여 보려고 하면서. 새뮤얼은 알아야 했다, 그게 다였다. 조지프가 집에 간 후 새뮤얼은 다른 생각은 전혀 할 수 없었다. 자기가 일하던 집 가족들을 죽이고 시체를 지하실에 숨겼다는 그 가정부 이야기가 새뮤얼의 생각 속에 단단히 자리를 잡아 다른 생각은 죄다 밀어내 버렸다. 그렇다, 조지프는 그게 그냥 얘기일 뿐이고 아무것도 아니라고 말했지만, 때로 사람이 무슨 말을 들으면

ㄱ 막이 저절루 치치 감아 조여 와서 도저히 무시할 수 없게 되는 일도 있다.

가장 고약한 부분은 그 얘기가 이치에 맞는다는 거였다. 밤중에 사라져 버린 가족. 신임받는 가정부가 유일한 목격자. 전부 맞아 들어가지 않나?

루스는 새뮤얼의 어머니가 떠나는 것을 본 유일한 사람이었다. 이 집이 자기 집인 양 살림을 꾸려 나가며 모두에게 새뮤얼 어머니가 외국에 가 있다고 했다. 맞다, 해결되지 않는 실마리들도 있었다, 예컨대 엽서. 그리고 새뮤얼은 죽이지 않았다는 사실도 있다. 그렇지만 루스는 무언가 나쁜 짓을 저질렀다, 새뮤얼은 그걸 확신했다. 어머니에게, 그저 그와 함께 있고 그를 돌봐 주고 오직 어머니만이 줄 수 있는 사랑을 해 주는 것만을 바라던 그의 아름다운 어머니에게 루스가 무슨 짓인가를 했다. 새뮤얼은 어머니의 작은 사나이였으니 어머니가 117일 동안이나 자기 옆을 떠나 있는 것은 루스가 그 어떤 잔학한 짓, 끔찍한 짓을 한 탓이라는 게 섬뜩하게도 말이 되었다.

오후 내내, 주방 식탁에서 숙제를 하는 동안에나 그 후 저녁에 저녁밥을 먹으면서나 새뮤얼은 그 생각을 했다. 루스가 부산히 돌아다니고 이런저런 물건을 집어 들었다가 내려놓았다가 하고 새뮤얼에게 이래라저래라 하고 학교 얘기를 하고 머리를 감아야겠다, 손톱이 꼴사납게 되어 간다는 이야기를 하는 동안에도 생각하고 있었다. 새뮤얼의 두 눈은 루스가 뭔가 가지러 식료품 저장실에 들어갈 때마다 루스를 좇았다. 지하실 문이 그 안에 있다는 걸 알고 있었으니까.

루스가 저녁거리로 삶을 감자가 두 알밖에 없다고 투덜대자 새뮤얼은 벌떡 일어났다. "내가 갖다줄게."

식료품 저장실에 다 갔는데 루스가 멈춰 세웠다. "아니 어디로 가려고 그러니?"

"감자 가지러." 새뮤얼이 말했다. "지하실에."

"돕고 싶어서 그리 열심인 건 또 처음 보겠구나."

여기에는 답할 말이 없었지만 그래도 시도는 했다. "나 굉장히 배고픈데 루스도 내가 닭구이에 감자 많은 거 좋아하는 건 알잖아." 새뮤얼이 식료품 저장실로 방향을 돌렸다. "1초 만에 가져올 건데 뭐."

"그럴 거 없어." 루스는 손 닦는 수건에 물기를 닦고 있었다. "내려가 봐야 거긴 없으니까. 내가 토요일 날 장에 쇼트브레드 낼 때 몇 개 집어 오지." 그러고는 새뮤얼을 묘한 표정으로 바라봤다. 도무지 이해가 안 된다는 표정이었다. "그럼 도로 숙제하세요, 자."

*

루스가 자라고 침대로 보낸 후에도 새뮤얼은 그녀가 층계에 오가는 소리에 귀를 기울이며 깨어 있었다. 루스는 대개 9시쯤 자기 방에 들어갔다, 바로 자는 게 아닌 건 알지만. 때로는 밤이 깊도록 한참을 자기 방 안에서 왔다 갔다 하는 기척이 나기도 했는데 뭘 하는지는 알 수 없었다. 9시가 되고 겨우 몇 분 지나서 새뮤얼은 전실에서 기척을 들었고 루스 방 문이 열렸다 닫히는 소리를 들었다. 소년은 확실히 하고자 다시 20분을 더 기다렸다가 침대를 빠져나왔다. 옷장으로 가서 아버지 것이었던 손전등을 꺼냈고, 그런 다음에는 할 수 있는 한 조용하게 몰래 층계를 내려왔다.

그리하여 새뮤얼은 여기 있었다, 주방 문에 서서 자기 어머니가 저 아래 지하실에서 썩어 가고 있지나 않나 궁금해하고 있었다. 새뮤얼은 잠깐 눈을 감았다. 용기를 내자, 새뮤얼은 용기를 내야만 했다. 자기를 위해서가 아니다, 그게 다가 아니라, 어머니를 위해서 용기를 내야 한다. 처음 뗀 몇 걸음은 발밑이 든든한지 잘 모르겠는 것처럼 느리고 조심스러웠다. 손전등 빛줄기가 발 앞에 휙 날아가고 차가운 돌바닥이 느껴지고 냉장통이 내는 웅 하는 진동음과 딸깍거리는 소리가 들렸다.

천천히 다가갔는데도 새뮤얼은 이내 식료품 저장실 문에 다다랐다. 손전등 빛을 안에 비추니 초절임 단지들과 설탕과 밀가루와 광주리에 담긴 과일, 양배추, 당근, 당밀병, 식초 병이 들어찬 나무 선반들이 드러났다. 좁다란 저장실에 이 온갖 것들의 냄새가 서려 있었지만 주로 나는 건 양파 냄새였다.

손전등 빛은 저 스스로 생각을 하기라도 하듯 이내 식료품 저장실 끝에 있는 닫힌 문으로 스르륵 미끄러져 갔다. 나무 판을 세로로 대어 만든 문인데 회색 페인트는 떠일어나고 문 손잡이는 찌그러졌다. 새뮤얼은 배 속에 몰리는 토할 것 같은 느낌과 차고 축축해진 손, 마르는 목구멍을 의식하면서 그쪽으로 걸어갔다. 아무튼 그에게는 해야 할 일이 있었다.

'사람이 냉정하게 누굴 죽이자면 무지하게 성미가 고약해야 할 테지.' 조지프가 한 말이었다. 루스가 살인자였을까? 새뮤얼은 루스가 벌컥 화를 잘 내는 줄을 알고 있었다. 자칫하면 막 나갈 수도, 폭력을 쓸 수도 있다는 걸 알고 있었다. 그렇지만 죽이기까지? 어쩌면 루스는 단지 새뮤얼의 어머니를 납치하기만 했을 것이다. 그렇다, 틀림없이 그랬던 거다. 조지프가 얘기하던 대로 루스를 내보내겠다고 했다가 두 사람이 말다툼을 했고, 그때 가정부가 새뮤얼의 어머니를 때려서 기절시켰던 거다. 그래 놓고 미칠 듯이 겁에 질려서 어머니를 지하실에 숨겼고, 그래서 어머니는 지금 이 순간 저 아래에 계신 거다. 아마 배고프고 편찮으시겠지만 고치지 못할 건 없을 것이고, 새뮤얼을 보고는 울음을 터뜨리실 것이다. 기쁨의 눈물을 흘리겠지, 왜냐차면 세상 모든 사람들 중에서 새뮤얼 딱 하나만이 와 주었고 어머니를 찾아내 주었으니까.

새뮤얼은 한 손을 문에 짚었다. 그러고는 머리를 수그려 문에 대고는 눈을 감았다. 그런 다음 소리를 냈는데, 숨죽인 신음 소리보다 약간 큰 소리로, 그러면서 내내 어머니를 생각했고 혹시라도 정말 그런 것일까 궁금해했다. 자기도 모르게 어머니 이름을 부르면서, 새뮤얼은 손가락으로 문을 쓸고 내려와 손잡이에 이르렀다.

눈을 감고 있었는데도 빛이 날아왔다.

"도대체 뭘 하고 있니, 너는?"

소년은 홱 뒤돌았다. 루스가 식료품 저장실 입구에 서 있었다. 굽슬굽슬한 갈색 머리가 풀어져 어깨를 덮었고 붉은 가운을 입어서 잠옷을 가린 모습으로, 손가락은 아직도 전등 스위치에 둔 채였다. 촉수 낮은 전구였지만 눈을 멀게 하는 태양 빛이 비춘 것만 같았다.

"내가 질문을 했어, 새뮤얼." 루스의 목소리는 늦은 시간인 티가 좀 나서 새뮤얼이 듣기에는 말마디가 힘들게, 평소보다 말하는 데 좀 더 시간이 걸려서 나오는 것 같았다. "밤중 이 시간에 여기 내려와서 뭘 하고 있느냔 말이야?"

"나…… 뭐가 필요해서."

루스는 새뮤얼 쪽으로 다가왔고 새뮤얼은 뒷걸음질 쳐,

지하실 문에 부딪혔다.

"이 밑에?" 루스는 새뮤얼 손에 들린 손전등을 보았다. "세상에 대체 이 시간에 뭐가 필요하다는 거야? 배가 고팠니?"

여기에 하나의 제안이 주어졌다. 쉽게 빠져나갈 길이었다. 그렇지만 새뮤얼은 그걸 받아들이지 않았다. 새뮤얼은 어머니가 지하실에 있을 것을 그려 봤고 그 상상이 그의 목소리에서 얼마간의 공포를 쫓아내 준 듯했다. "배고프지 않았어. 보려고 온 거야."

"보다니 뭘?" 이제는 루스가 가까이 와 찍어 누르듯이 섰고 새뮤얼은 시큼한 입냄새를 맡았다. "뭘 본다는 거야, 새뮤얼?"

소년은 고개를 돌려 지하실 문을 보았다. "저 밑에 뭘 찾아보려고 했어."

"밑에 지하실에?"

새뮤얼이 고개를 끄덕였다.

"아니 대체 저 밑에 네가 볼 게 뭐가 있어?"

"아버지 물건들." 새뮤얼은 진실을 말하려고 했지만 루스가 눈을 부라리며 굽어보고 있으면 도무지 용기가 나지 않았다. "아버지 어렸을 적 장난감들."

"너희 아버지 옛날 장난감들은 다락방에 있다는 거 뻔히 알면서. 너 어떻게 된 거냐?" 루스가 한 손을 새뮤얼 이

마에 얹었다. "몸이 아프니?" 그러고 나서 그의 한 팔을 붙
들었다. "가자, 도로 침대에 들어가야지. 이 얘긴 아침에
하기로 해."

새뮤얼은 팔을 뺐다. 분노가 공포를 집어삼켰다. "난 지
하실에 뭐가 있는지 지금 당장 봐야겠어."

"그렇게는 안 돼. 네가 깜깜한 한밤중에 저 밑에 내려가
다 목 부러지게 내가 안 놔둬."

"볼 거야!" 새뮤얼이 소리 질렀다. "저기 내려가 볼래!"

새뮤얼은 몸을 돌려 손잡이를 움켜잡고는 문을 밀었다.

"잠겨 있어." 루스의 음성은 차분했다. "이상하게 구는
구나, 새뮤얼."

새뮤얼이 돌아서서 그녀를 마주 봤다. "열쇠 줘."

"안 줘."

"열쇠 달라고, 루스!"

루스는 한 손가락을 올려선 새뮤얼의 두 눈 사이에서
움직였다. "목소리 낮춰. 밤이 늦었어, 그리고 너 상태가 안
좋은 게 뻔히 보이니까 이렇게 버릇 없이 나오는 건 그냥
넘길 거야. 그렇지만 지하실에 내려가겠다는 생각은 잊어
버리렴. 엄청나게 어질러져 있단 말이야. 그리고 내가 말했
듯이 까딱하다간 목이 부러질 거야."

"상관없어. 보고 싶어."

"저 밑에는 아무것도 없어." 루스가 손을 내렸다. "습기

차고 곰팡이 핀 상자들만 쌓여 있고, 오래된 포도주 몇 병에다 덩치 크고 흉한 쥐만 득실득실해."

"왜 문이 잠겨 있어?"

"글쎄다…… 항상 잠겨 있던 건데? 아무튼 내가 이 집에 있은 이래로는. 지하실이란 잠그는 거지, 원래가 그래."

새뮤얼은 도리질 쳤다. "볼 때까지는 안 움직여."

그러자 루스는 확 달려들어 새뮤얼의 양어깨를 잡았는데 어찌 세게 잡았던지 그 서슬에 새뮤얼은 손에 들었던 손전등을 떨어뜨렸다. "알겠니, 꼬마야? 저 밑에는 아무것도 없어, 내가 방금 말했지, 아무튼 네가 구태여 찾아볼 만한 것은 아무것도 없다고."

새뮤얼의 배 속에서는 무시무시한 두려움이 솟아났는데 그것이 달리 갈 곳이 없어, 눈물이 고여 오고 후득 떨어져 내렸다. 새뮤얼의 목소리는 속삭임도 채 못 되었다. "무슨 짓 한 거야, 루스?"

새뮤얼은 온 힘을 다해 루스를 밀치고는 식료품 저장실에서 도망쳐 나왔다.

13

갈 곳이 침대 말고는 더 없었기 때문에 거기가 새뮤얼

이 간 곳이었다 새뮤얼은 위를 보고 누워서 이불을 턱까지 끌어 올렸다. 새까맣게 어두웠지만 어쩐지 그 덕에 견디기가 편했으므로 상관없었다. 그렇게까지 심하게 울기는 오랜만이었다. 온통 어머니와 지하실 생각뿐이었다. 그리고 물론 거기에는 공포도 개재되어 있었다. 루스는 잔인하고 혐오스러운 사람이고 누굴 해칠 소지가 있는 사람이었다. 심지어 죽이기까지도 할까? 그럴 거야. 새뮤얼은 그렇게 생각했다.

왜 지하실 문이 잠겨 있단 말인가? 만약에 루스가 아무것도 감출 게 없다면 왜 새뮤얼이 내려가서 보게끔 해 주지 않는가? 새뮤얼은 자기 고뇌에 너무 푹 빠져 있느라 루스가 오는 소리를 못 들었다. 문이 열리고 루스가 자기 쪽으로 다가올 때에서야 기척을 들었다. 이불을 끌어당겨 머리까지 덮어쓰는 게 바보 같은 짓인 줄은 알았다, 갓난애나 할 짓이지 아홉 살 먹은 소년이 할 짓은 아닌 줄 알고 있었지만 실제로 한 행동이 그거였다. 새뮤얼은 등이 켜지는 소리를 들었고, 루스가 걸터앉은 침대의 움직임을 느꼈다.

"얼굴 좀 볼까? 자, 새뮤얼. 너 그러다 숨 막힌다."

"가 버려."

새뮤얼이 이불을 내리지 않자 루스의 손가락이 이불을 움켰고, 루스다운 완강한 수법으로 끌어 소년의 눈 아래까지 내려오게 했다.

"훨씬 낫구나." 루스는 새뮤얼 이마에 늘어진 머리카락을 넘겨 주었는데, 그 손길이 놀랄 만큼 다정했다. "무엇 때문에 그렇게 울고 있니? 뭐가 문제인지 말해 봐, 내가 힘 닿는 대로 고쳐 줄게."

"어머니 어디 있어?"

"아, 새뮤얼. 어머니 어디 계시는지 알잖니. 어머니는 미국에서 열심히……."

"네 말 안 믿어."

"아니, 그런 소릴 들으니 유감이구나."

새뮤얼은 그 어조가 유감이라기보다는 기분 상한 것 같다고 생각했다.

"넌 혼자 속으로 지지고 볶다 상태가 말이 아니게 돼 버렸는데 뭣 때문에 그랬는지는 하늘이 아시겠지." 루스가 말했다. "내가 어머님이 어디 계신지를 가지고 무엇 하러 거짓말을 해?"

소년은 이불을 가까스로 턱까지 내렸고, 루스를 쳐다보진 못했어도(그건 너무 심한 요구였다.) 할 말은 길을 찾아 나갔다. "왜냐면 네가 엄마를 죽였으니까."

"어머님을 죽여?" 루스가 헉 숨을 뱉었고, 그 소리는 희미한 웃음소리가 되어 클클거렸다. "원 참 당최 이런! 내 평생 살면서 그릇된 짓 했다는 소리도 들어 보았고 어떤 때는 충분히 들을 만해서 듣기도 했다만, 내 지은 죄에 살인은 낀 적은 없었어."루스가 새뮤얼을 흘긋 내려다봤다.
"너 어디서 그런 생각을 해냈어?"

"내가 지하실을 보려는데 못 보게 했잖아."새뮤얼은 조
지프나 그 살인마 가정부 이야기를 언급하는 건 온당치 않
다고 생각했다."그런데 왜 안 보여 주는지 난 알거든, 거기
어머니가 계시니까 그렇지…… 네가 어머니를 죽인 담에
거기다 넣었으니까."

새뮤얼은 이제 울고 있었다. 얼굴이 슬픔으로 우거지상
이 되었고, 침대 속으로 녹아 없어지는 것 말고 더는 아무
것도 바라지 않았다. 그래서 새뮤얼은 차선책을 취해 도로
이불을 얼굴에 끌어 덮었다.

"그만해."루스가 이불을 끌어 내렸다."이런 생각을 네
머릿속에 넣어 준 게 누구야? 누구 땜에 이렇게 말도 안 되
는 생각을 하게 된 거지?"

새뮤얼은 대답하지 않았다.

"그 바보 같은 애 조지프 콜린스니?"

"아니야. 나는 나대로 생각을 해."

"좋아, 그런 거라면, 넌 생각을 하다가 이상한 데로 빠
지는구나."

"어머니가 이렇게 오랫동안 떠나 계실 리 없어, 어떻게
든 하실 수 있었으면 안 그러실 기야. 무슨 일이 생긴 거야,
난 알아. 어머니는 이리로 오고 싶으셔, 나하고 같이 있고

싶으셔서, 그렇지만 못 하셔서, 왜냐하면 지하실에서 썩어 가는 중이라서."

"내가 분별이 있으니 망정이지 안 그랬으면 네가 악마 술*을 마셨나 했겠다." 루스는 침대 가에서 앉은 자리를 바꾸어 새뮤얼의 양 옆구리로 팔을 넣었다. "나는 네 어머니를 죽이지 않았고 지하실에 넣지도 않았어. 어머님은 미국에 계시고 지금 계속 너에게 말을 하는 나와 똑같이 그야말로 생생하게 살아 계셔. 넌 지금껏 그 예쁜 엽서들을 받았지 않아?"

"응."

"그리고 어머님이 미국 은행가들 얘기도 하시지 않았어? 그쪽 누가 공장에 도움을 줄 수 있지 않을까 기대하신다고."

"하셨어."

루스가 고개를 끄덕였다. "그래, 그러면?"

"너무 오래 안 오시잖아." 새뮤얼은 그러면 눈물이 멎기라도 할 듯이 눈을 훔쳤다. "가신다는 인사도 안 하셨어."

"그러니까 내가 셀 수도 없을 만큼 많이 말했지, 여행이 정말 마지막 순간에 결정돼서 배편에 맞추려면 아침까지

---

* 과거, 상한 곡류에 생기는 곰팡이로 인해 섭취한 사람이 환각 작용을 일으키면 악마 술을 마셨다고 하여 마녀로 몰렸다.

는 런던에 두착하셔야 했다고. 네가 이 일로 이렇게나 많이 화를 내리란 걸 어머님이 조금이라도 아셨으면 분명히 굉장히 속상해하셨을 거다." 루스가 한숨지었다. "아주 많이 보고 싶은 거지, 그건 알아. 나는 어머님이 아쉽지 않은 것 같니? 날이면 날마다 난 클레이 부인이 여기 계셨으면 하고 바란단다, 내 말 믿어, 새뮤얼. 부인은 자연력 같은 분이지, 너희 어머니는 말이야. 집 안을 휙휙 헤집고 다니면서 모든 걸 뒤집어 놓는. 나는 진짜 어머니에 비하면 초라한 대용물이란 거 알아. 진짜 아버지도 그렇고, 하나님, 그분 영혼을 편히 쉬게 합소서. 그렇지만 나는 내가 할 수 있는 한 최선을 다하고 있는 거란다, 새뮤얼. 감히 완벽한 척은 안해…… 때로 우린 말이며 행동이며 그러지 않았으면 좋았겠다 할 말, 행동을 해 버리기도 하지. 그렇지만 내가 말하듯이, 나는 최선을 다하고 있어. 알겠니?"

새뮤얼은 대답을 건네지 않았다.

"어머님이 얼마나 더 오래 안 오실지는 내가 말할 수 없다만 이제 금방 네가 소식을 들을 것 같은 느낌이 든다."

"그랬으면 좋겠어." 소년이 말했다.

"그럼 그걸로 끝을 맺자." 루스가 일어나서 실내복 가운 끈을 다시 단단히 맸다. "화해한 거지?"

고개를 끄덕일 수밖에 달리 선택의 여지가 없는 느낌이었다.

"됐네. 이제 자렴."

루스는 전등 스위치를 껐고, 방 안의 박명 속에 새뮤얼은 루스의 그림자가 마치 둥둥 떠가듯이 문 쪽으로 가는 것을 지켜보았다. 문에 가서 루스는 걸음을 늦추는 듯, 새뮤얼을 돌아볼 듯했다. 하지만 다음 호흡 사이에 눈 한 번 깜박하기도 전에, 나가 버렸다.

14

새뮤얼은 접시를 내려다보았다. 볶은 달걀과 소시지 두 개. 살인자가, 내가 제일 좋아하는 아침 식사를 해 줄 수도 있는 것일까? 그건 살인자가 도무지 할 법하지 않은 다정한 행동 아닌가? 하지만 그러고 나서 새뮤얼은 세계 역사를 통틀어 사람들을 죽이고 그 시체를 숨긴 훌륭한 요리사도 잔뜩 있었을 것이라고 생각했다.

"달걀을 거의 건드리지도 않았네." 루스가 대걸레를 양동이에 담그고 철벅철벅 빨아 댔다. "배 안 고파?"

"고파." 배고프지 않았다. 새뮤얼은 주방 식탁 늘 앉는 자리에 앉아 있었지만 눈길은 자꾸만 식료품 저장실로 떠갔다.

"그러면 좀 먹는 게 어떻겠니." 루스가 새뮤얼 뒤에 와 말했다. "아침밥이 저절로 네 입속으로 날아 들어가지는 않아, 도와줘야지. 그리고 밥 먹고 나서 넌 세수도 해야 하고 머리도 빗어야 하고 교복으로 갈아입기도 해야 하잖니. 전부 다 앞으로 20분 동안에 해야 해."

"알았어, 루스." 새뮤얼은 억지로 한 입을 더 물었지만 음식 맛이 모래 같았다. 어떻게 아무 일도 없다는 듯이 아침밥을 먹을 수 있나, 모든 게 다 문제인 이때에?

"세탁실에서 깨끗한 양말 챙겨 오는 거 잊지 마." 루스가 말했다. "학교에서 뭔 짓을 하는 건지 생각하면 진저리가 난다. 양말 세 켤레가 다 구멍투성이야. 할 수 있는 대로 꿰매 놓긴 했는데, 누구보다 먼저 솔직히 고백할 일이 바느질은 내가 타고난 재주가 못 돼서." 루스는 쿡쿡 웃었고 새뮤얼은 의심만 더해졌다. "염두에 둬야 할 게 구멍 중에 어떤 건 외과 의사나 돼야 깁겠더라."

루스는 대걸레로 바닥을 밀었고 새뮤얼은 걸레가 희부연 돌 위를 일제히 움직이는 장어 백 마리처럼 쭉 미끄러져 가는 걸 구경했다. 이것만 보아도 어머니 생각이 났으니, 지하실에 물이 차오르는 광경이 마음속에 그려졌다. 더럽고 차가운 물이 차올라 어머니가 거기 휩쓸리는 광경이. 어머니는 무척이나 좋아하던, 옷단에 담쟁이가 들어간 노란 치마를 입은 채로 뿌연 물에 둥둥 떠 있었다. 눈은 감았고, 얼굴은 눈처럼 새하얗고, 입술은 석탄불처럼 빨겠다.

새뮤얼은 어머니가 죽었다고 믿고 싶진 않았다. 루스가 해 준 말을 믿고 싶었다. 자기도 어머니가 무척 아쉽다고 한 말하고, 살인은 자기가 지은 죄 중 하나가 아니라고 한 말하고. 루스는 이야기할 때 정말 차분하고 확신 있어 보였다, 그리고 루스가 새뮤얼이 아는 사람 중 거의 제일 양식 있는 사람이라는 건 사실이지 않은가? 그런데 양식 있는 사람이 고용주를 죽이고 시체를 지하실에 숨길까? 새뮤얼은 그리리라 상상할 수 없었다.

하지만 조지프는 세상에는 완전히 돌아 버린 사람들이 있고 아무도 이유를 모른다고 말했더랬다.

그날 밤에 새뮤얼은 한참 동안 잠이 들지 못했다. 그대로 누워서 마음속 깊은 데로부터 루스가 결백하다는 믿음이 들기를 바라고, 거기에 비틀려 맺힌 매듭, 어머니가 떠나 있는 허다한 낮과 밤을 거쳐 있는 대로 엉켜 맺히고 만 매듭이 느슨해져 풀리기를 바랐다. 새뮤얼은 진실을 말하는 사람이 어떤 모습일지 정확히 판단이 되진 않았지만 아마도 루스 같을 것이라고 생각했다. 침대 가에 앉아 새뮤얼의 정신이 혼란한 것이라고 말해 주던 루스. 그리고 또 생각에 넣어야 할 게 엽서였다. 엽서들은 미국에서 온 것이고 글씨가 틀림없이 어머니 글씨였다. 그거면 조지프가 해 준 얘기보다 한결 이치에 맞지 않는가?

하지만 새뮤얼은 지하실을 그냥 넘겨 버릴 수가 없었

다, 어째서 루스는 지하실을 보여 주지 않았을까? 새뮤얼이 얼마나 격앙돼 있는지, 무엇을 두려워하는지 루스는 알았다. 그런데 왜 잠긴 문을 열고 새뮤얼의 어머니가 그 밑에 없다는 것을 증명하지 않았을까? 만약 루스가 그냥 보게 해 줬더라면, 어두운 생각들은 불끄개를 덮은 촛불처럼 그냥 훅 꺼져 나갔을 것이라고 새뮤얼은 정말 믿었다.

"새뮤얼?" 루스가 그를 굽어보고 있었다. 양팔을 어긋맞게 하고 대걸레를 받쳐 짚고 선 채였다.

"응, 루스?"

"내가 양말 어쩌랬는지 들었어?"

새뮤얼은 고개를 끄덕였다.

"속이 안 좋니?"

고개를 흔들었다.

"눈 밑에 그늘이 졌네. 피곤해 보이고." 루스는 대걸레를 양동이로 돌려보냈다. "어젯밤에 잠을 잘 못 잤어?"

"두통이 나. 그뿐이야."

"뭐 약 줄까?"

"그렇게 심하진 않아."

루스는 손등으로 새뮤얼의 이마를 짚어 보고, 이어서 뺨을 짚어 보았다. "열은 없구나."

"병난 거 아니야." 새뮤얼이 말했고, 그의 눈은 한 번 더 식료품 저장실 쪽으로 돌아갔다.

"글쎄다, 아침이 다 식었는데 눈곱만큼 깨작거렸는지 말았는지." 루스는 접시를 집어 개수대로 가져갔다.

새뮤얼은 일어섰다. "학교 갈 준비 할게."

"그래…… 그래라."

소년이 거의 문에 다 갔을 때에 루스가 그를 도로 불렀다. 루스는 새뮤얼을 바라보면서, 손가락으로는 목깃에 단 클로버 브로치를 만졌다. "어젯밤에 우리 얘기를 정리했던 줄로 아는데, 지하실이랑 어머님에 대한 그 말도 안 되는 얘기 말이야. 정리된 거지, 그렇지 않니?"

정리 안 됐어. 티끌만큼도 안 됐어. "그래, 루스."

"나도 그렇게 생각했지." 루스가 입술을 핥았다. "그렇지만 내가 생각하기에, 어쩌면 네가 속이 편해지지 않을까 싶어서. 이제 너도 진정이 되어서 사리 분별이 또렷해졌으니까 같이 저 아래 내려가서 한번 살펴본다면 말이지. 어떻게 생각하니?"

마치 루스가 새뮤얼 마음속에 들어온 것 같았다. "지금 가도 돼?"

"안 될 거 뭐가 있겠니."

*

열쇠는 자물쇠에 끼어 꼼짝을 안 했다. "항상 껴 버린다니까." 루스가 중얼거렸다. 새뮤얼은 루스 뒤에 서서(식료품실이 너무 좁아 달리 어디 있을 데가 없었다.) 문이 열리기

115

를 기다렸다. 가슴이 오싹오싹하고, 신경줄이 눈에 부풀어 올라 깜박여야 할 만큼 따끔따끔 아려 왔다.

이를 악물고 손가락에 혈색이 싹 가실 정도로, 루스는 열쇠를 있는 힘껏 돌렸다. 자물쇠가 귀를 뚫는 긁히는 소리를 내며 풀렸다. "원 참 천만다행이네." 루스가 새뮤얼을 흘긋 돌아봤다. "내가 내려가 본 지도 워낙 오래돼서, 자물쇠가 심하게 녹슬었어."

"감자 필요할 땐 내려가는 거 아니야?" 새뮤얼이 물었다.

"그렇게 만날 내려가나." 루스가 말했다. "보통 땐 필요한 걸 여기 식료품 저장실에 둔단다. 내 말은, 자물쇠가 하도 안 써서 빽빽해졌다는 거야. 윌리엄한테 봐 달라고 해야겠다."

루스는 손잡이를 돌렸고 폭 좁은 문이 활짝 열려 그 자리가 시커멓게 뻥 뚫렸다. "그 손전등 이리 주렴, 새뮤얼. 우리 둘 다 목이 부러지기 전에."

새뮤얼은 아버지 손전등을 선반에서 내려 루스에게 넘겨주었다. 루스가 손전등을 켜자 창백한 빛줄기는 사실상 어둠에 묻혀 없어지다시피 했다. "내가 불 켤 때까지는 내려오지 마."

"나 안 떨어져."

"참도 안 떨어지겠다. 새까만 어둠 속에 층계를 내려가다가 떨어진 사람이 그래 있다던?" 루스는 대답은 그야말로 명백하다는 듯이 킁 하고 코웃음을 쳤다. "불 켤 때까지 기다려."

기다리라고? 바로 이 순간 루스를 옆으로 밀쳐 버리고 앞장서 달려들지 않는 데만도 새뮤얼의 자제심이 전부 들어갔다. 조그만 나무 발디딤 판에 발을 내디디면서 루스는 고개를 숙이고 층계에 들어섰다. 어둠 속으로 내려가는 나무 층계가 루스는 눈에 익었다.

"조심해야지." 루스가 속삭였다.

루스가 내려가기 시작하자 소년은 재빨리 뒤를 따랐다. 루스는 그걸 가지고 뭐라고 하지 않았는데 아마 자기 발밑을 살피느라 바빠서일 터였다. 층계에는 난간이 없어서 루스와 새뮤얼 둘 다 벽을 짚어 균형을 잡아야 했다.

다듬지 않은 나무 디딤판이 발길에 닳아 매끄러워졌지만 새뮤얼과 루스가 딛고 내려갈 때 여전히 뚜둑 삐그덕 소리가 났다. 습기와 곰팡이와 물건들이 천천히 썩어 가는 짙은 냄새가 창도 없는 지하 구덩이에 밀폐돼 있다가 두 사람을 맞아 피어올랐다.

"잘 보고 조심해, 새뮤얼." 루스는 바닥에 다다랐다. "마지막 단이 달라서 헛디디기 쉬워."

소년이 지하실 바닥에 발을 디딘 그때에 루스는 천장에서 늘어진 긴 당김줄을 찾아냈다. 단 한 개 갓도 없는 전구가 반짝 살아났다. 새뮤얼은 지하실 가운데쯤에 서서 돌아

보며, 보이는 온갖 것들을 피아했다. 지하실은 주방 절반쯤
되는 크기로, 이끼가 죽죽 낀 돌벽에 아무것도 안 깔린 맨
바닥이었고 천장은 루스가 팔을 뻗으면 건드릴 수 있을 만
큼 낮았다.

"자 어때?" 루스는 지금껏 본 중 최고로 멍청한 생물
을 보듯이 소년을 바라보았다. "시체가 있니? 피 묻은 도끼
는? 잘려 나온 팔다리라도?"

지하실에는 나무 궤짝과 골판지 상자들이 널려 있고 고
작 먼지 낀 포도주 몇 병밖에 없는 뻥 뚫린 선반 하나가 있
었다. 새뮤얼은 이리저리 걸으면서 궤짝을 열어 보고 상
자 뚜껑을 들춰 보고 침침한 구석에 있던 오래된 감자 자
루 무더기를 치워 보았다. 쓴 적 없는 냄비며 팬이 나왔고
등기구 부속에, 부서진 보조 탁자, 탁상시계 몇 개, 이 색
저 색 무지개 색으로 튄 얼룩이 진 거친 침대보와 그 얼룩
들의 원인인 페인트 깡통이며 뻣뻣한 페인트 솔이 나왔다.
새뮤얼이 찾을 수 없었던 것, 애당초 거기에 없었던 것은
바로 어머니였다. 그리고 이 사실은 새뮤얼에게 일종의 공
허감을 주어 새뮤얼의 몸은 찬 바람에 휘말린 듯 공허감에
뒤흔들렸다. 기쁘고 다행스럽기는 했다, 물론 그랬다. 그렇
지만 그 공허감은 이러한 감정들이 아무데도 자리 잡고 발
붙일 수 없다는 것을 뜻했다.

루스가 들고 있던 손전등을 내려뜨렸다. "내가 간밤에

얘기했다시피 여기에 네가 흥미 있어 할 만한 건 아무것도 없어."

그 말은 참말이었다. 새뮤얼은 인정하지 않을 수 없었다. 그렇지만 뭔가 다른 것이 더 있기는 했다. 지하실은 버려진 물건들이 가득 찬 냄새 나는 방 한 칸이었지만, 그 물건들은 깔끔하게 정리가 돼 있었다. 궤짝들은 벽에 붙여 놓았고 상자들은 딱딱 한데 모아 놨으며 심지어 바닥도 깨끗하게 쓸었다. 루스는 걸핏하면 지하실이 엉망진창이라며 생각하기도 싫다고 했다. 하지만 지하실은 전혀 엉망진창이 아니었다.

"정리했어?" 새뮤얼이 말했다.

전구 빛은 인정사정이 없어, 루스의 눈가 입가에 진 잔주름들을 거의 다 드러냈다. "뭐라고?"

"깔끔하잖아." 새뮤얼이 둘러보았다. "루스는 이 밑이 완전 엉망진창이라고 하더니, 깔끔하네."

루스가 코를 울렸다. "너 같으면 이걸 깔끔하다고 할지 모르겠지만, 난 절대 아니야."

새뮤얼은 루스가 무엇이 깨끗한가 여부에 대해 기준이 높다는 걸 인정해야만 했다. "난 그냥……."

"새뮤얼, 나 좀 봐."

소년은 하라는 대로 했다.

"이 밑에 시체를 숨겨 두었던 흔적이라도 보이니?"

새뮤얼은 대답을 건네지 않았다.

"내가 정신 나간 미치광이로 보여?"

그건 대단히 공정하지 못한 질문이었다. 소년은 그런 사람을 겪어 본 일이 없었으니까. 그렇기는 해도, 새뮤얼은 충분히 그렇게 물어볼 만하다는 걸 부인할 수는 없었다. 지하실을 보겠다고 해서 이제 보았으니까.

"너희 어머니는 보스턴에 계셔." 루스가 차분한 확신을 담아 말했다.

"집에 오셨으면 좋겠어."

"그래, 그렇지만 네가 그랬으면 좋겠다고 해서 그렇게 되진 않아. 어머님은 보스턴에 계시고 철공장 일이 해결 날 때까지 거기에 계실 거야." 루스는 소년이 잔뜩 찡그린 걸 보았고, 그게 그녀의 마음을 누그러뜨려 타개책을 내게 만든 듯했다. "물론, 부인이 볼일을 다 마치셨고 지금 이 순간에도 배 타고 돌아오고 계실 수도 있지."

새뮤얼은 아랫입술을 깨물었다. "정말 그렇게 생각해?"

"가능한 일이야. 정말 그러기를 바란다." 루스가 눈썹께를 문질렀다. "그야 확신은 못 하지만. 내가 확신할 수가 있겠니? 그래도 한 가지는 확실하다고 생각해, 너희 어머니가 살아서 잘 계시고 이제 조만간 이 집 현관으로 날듯이 들어오셔서 그렇다는 걸 너에게 증명해 주실 거라는 거."

일부러 하려고 했어도 루스가 이보다 더 근사한 일은

못 해 주었을 터였다. 새뮤얼은 미소 짓지 않을 이유를 찾을 수 없었다. "나도 그렇게 생각해." 그가 말했다.

*

예인선은 길이 겨우 1인치짜리지만 정말 진짜 같았다. 훨씬 큰 본선인 RMS 퀸메리호 복제품과 똑같이 그 조그만 배도 나무를 아주 세밀하게 조각해 만든 것으로 멋지게 색이 칠해져 있었다. 그 모형 일습은 새뮤얼의 아버지 것이었으며 새뮤얼이 일곱 살 된 생일에 이 배를 받으려면 막중한 책임감도 함께 가져야 한다는 전제 하에 새뮤얼에게 주신 것이었다. 그렇기에, 그 배는 새뮤얼 방 벽난로 선반 위에 곱게 둔 채로 거의 가지고 논 일도 없었다. 아무리 배가 놀아 달라고 부르는 것 같아도, 새뮤얼이 가진 전투기들 대대가 다 구조하러 나설 무지막지한 해난 사고에 이 배도 한몫 끼게 해 달라고 소리소리 지르는 것 같을 때조차도 말이다.

퀸메리호는 여전히 벽난로 선반 위에 있었다, 새뮤얼이 염두에 둔 일에 쓰기에는 너무 컸기 때문이다. 하지만 그 배와 한 벌인 네 척의 작은 예인선 중 한 개는 새뮤얼의 교복 상의 주머니 속에 둥지를 틀었다. 침실에서 어머니 서재까지 내내 뛰어온 탓에 새뮤얼은 여전히 헉헉대고 있었다. 이제 동작을 재빠르게 하여, 재빠르게 그림엽서들을 지도책 주위에 늘어놓았다. 이제 학교로 출발할 때까지 겨우

몇 분밖에 안 남았으니 빨리 해야 했다. 그리고 새뮤얼이
계획한 일은 아무래도 도저히 오후까지 기다렸다 할 수가
없었다. 이렇게 새로운 확신이 가슴속에 부풀어 오르는데,
어머니가 집에 오시기를 기다릴 앞으로의 날들을 견딜 수
있게끔 무엇인가 실체가 있어야 할 것 같은 절박함이 드는
데 어떻게. 어머니는 집에 오고 계신다. 어머니는 지금 이
순간에도 배에 타고 계신다. 루스가 보장한 거나 다름없다.

새뮤얼은 루스의 반짇고리에서 꺼내 온(허락을 받을 시
간이 없었고 좀 가져온들 안 될 것 없는 일이었다.) 빨간 실꾸
리를 집어 실 가닥을 풀어내기 시작했다. 엽서들은 뒤집어
서 시간 순으로 배열해 놓았다. 위치가 어딘지야 각 도시
사진을 볼 필요도 없이 다 알고 있었지만. 그래도 새뮤얼
은 좌우간에 확인을 하여 어머니의 여정을 한 번에 한 군
데씩 척척 짚어 나갔다. 엄청나게 조심해 가며 새뮤얼은
빨간 실을 샌프란시스코에 꽂아 놓은 핀에 감았다. 거기가
어머니가 맨 처음 갔던 도시였다. 만족할 만큼 고정이 되
자 새뮤얼은 실꾸리에서 실을 풀면서 텍사스로 늘여 가서
댈러스 중심에 꽂은 핀에 둘러 감았다. 앞으로 또 앞으로
새뮤얼은 계속해 가, 민첩한 손가락이 재빠르게 움직이면
서 빨간 실을 지도책 위 종횡으로 끌어갔다. 도로 캘리포
니아로 왔다가(이번에는 로스앤젤레스였다.) 그다음에는 플
로리다로, 펜실베이니아로, 토론토로, 뉴욕시로, 그렇게 보

스턴에 이르러서야 겨우 멈추었다.

소년은 예인선을 주머니에서 꺼냈다. 그 배가 대양을 가로지르는 여객선은 아니었지만, 어머니가 타고 계실 그런 배는 아니겠지만, 그래도 그거면 될 터였다. 새뮤얼은 이로 실을 끊어 실꾸리를 떼 버렸다. 그런 다음에 실 끝을 예인선에 둘러 묶고 배를 조심스럽게 보스턴항 바로 위에 놓았다. 그 배를 바다로 밀어내면서 새뮤얼의 입술에는 빙긋 웃음이 떠올랐다.

조그만 예인선은 영국을 향하고 있었고 이 생각이 희망으로 소년을 뒤흔들었다. 어찌나 강렬한지 눈이 아리며 체면 차릴 생각도 못 하게 눈물이 차올랐다. 하지만 어린애처럼 왈칵 치민 이 눈물조차도 축복이었다. 왜냐하면 눈물의 막에 어린 새뮤얼의 시야가 뿌예지면서, 책장의 파란색에 잔물결이 일고 휘돌면서 바다의 조수로 화하고 예인선이 광대한 물길을 헤쳐 나가는 게 보일 듯했기 때문이다. 이제 그것을 지도책이라고 부르면 틀린 말일 것 같았다. 바보 같기도 했다. 왜냐하면 그것은 정말로 조그마한 세상이었기 때문이며, 그것이 들려주는 이야기는 그야말로 경이로운 것이었기 때문이다. 어머니는 바다에 계셨다. 새뮤얼이 어머니 서재에 서 있는 지금 이 순간에도. 새뮤얼은 어머니가 저 바다 위 배 갑판에 계신 것을 볼 수 있었다. 난간을 붙들고 소금기 어린 안개 속을 가슴앓이하며 바라보시는 것은. 어머니는 새뮤엘의 이름을 마치 수중한 시구인 양 몇 번이고 거듭해서 부르고 계셨다. 어머니의 작은 사나이에 대한 생각으로 가득 차서. 그리고 집으로 돌아가 새뮤얼과 함께할 그날까지 남은 날수를, 시간을, 분을 헤아리고 계셨다.

15

새뮤엘은 그날 오후 곧바로 집을 향해 걷지 않았다. 책가방을 싸는 데 필요한 것보다 더 시간을 들였고, 그런 다음에는 신발끈을 묶었다 풀었다 하면서 교정이 텅 비도록 앉아 있었다. 이제 10분쯤 더 머무적거리고 있으면 조지프는 기다리는 데 진력이 나서 새뮤얼 없이 언덕을 오르기 시작할 터였다.

조지프가 싫어졌다는 건 아니다. 조지프는 아무튼 간에 새뮤얼의 제일 친한 친구이자 하나뿐인 친구다. 그건 그냥, 꼭 집어 뭐라고 말해야 할지는 몰랐어도 새뮤얼이 자기가 무언가 굉장히 취약한 것을 품고 있는 줄을 알아 조지프와 함께 집으로 가다가는 그게 부서질 게 두려웠기 때문이었다. 조지프가 일부러 그러지는 않을 테고 심지어 자기가 그러고 있다는 것도 모를 테지만, 조지프는 그래 버리고 말 거였다. 원래 그러니까.

새뮤얼은 할 수 있는 한 기다리고 난 뒤에야 교문을 나섰고, 그러다가 식료품이 가득 담긴 바구니를 나르던 필립스 부인과 부딪치고 말았다. 필립스 부인은 마을에 사는 사람을 다 아는 여자로 새뮤얼의 어머니가 거리에서 마주치지 않으려고 피할 몇 안 되는 사람들 중 하나였다.

"너 땜에 넘어질 뻔했잖니." 장바구니를 살펴 달걀이 깨지지 않은 것을 확인하며 필립스 부인이 말했다.(하나라도 깨졌더라면 난리가 났을 터였다.) 그러더니 부인은 새뮤얼을 위아래로 훑어보았다. "너 어머니가 아직 집에 안 오셨나 보지?"

"아직 안 오셨어요, 필립스 부인."

"너희 어머니는 도대체 지구 반 바퀴 도는 항해 길을 뭐에 들려서 그렇게 휙 가셨다니?"

"어머니는 만날 사람이……."

"너희 어머니도 고민이 많았지, 그건 다들 알아." 필립스 부인은 이 말을 누구 다른 사람에게 하기보다 자기 혼자 지껄였다. "그렇지만 무지개를 따라간들 좋을 게 뭐 있어? 내가 너희 어머니한테 그랬다. 그놈의 속 썩이는 철공장 포기하라고. 내가 그랬다니까, 당신한테는 힘에 부쳐. 그랬더니 너희 어머니가 나 보고 뭐랬는지 알아?"

새뮤얼은 몰랐다.

"말하길, '내가 여기 처박혀서 파운드 주화 두 개 달랑 쥐고 맞비비고 있어서야 어떻게 맘이 좋겠어요? 미쳐 버리고 말걸요.' 그러지 뭐냐. 그러더라니까. '살다 보면 다 길이 생길 거야.' 내가 그랬어. 너희 어머니는 자기한테 일을 돌려놓을 계획이 있다고 했지. 일주일이 지나니까, 너희 어머니가 작별 인사고 뭐고 없이 미국으로 배 타고 떠났다는 얘기가 들리더라."

새뮤얼은 정말로 필립스 부인이 마음에 든 적이 한 번도 없었고 이제는 더 싫어졌다. 부인은 정말 갖은 말을 다해 댔는데 새뮤얼은 그중에 좋은 얘기가 있기는 했는지 몰랐다. "어머니는 금방 집에 오실 거예요. 루스 말이 어쩌면 지금 배에 타고 계실 거래요."

이 말에 필립스 부인은 어쩐지 쌀쌀한 미소를 띠었다. "루스가 알겠지, 그야."

다행히도 필립스 부인이 새뮤얼보다 더 붙잡고 수다 떨고 싶은 사람을 건널목에서 보아서, 새뮤얼은 빠져나올 수가 있었다. 하지만 이내 필립스 부인과 안전할 만큼 거리를 벌린 후에도 부인의 말은 갈고리가 되어 새뮤얼을 찔러 들었고 어떤 이유에선지 새뮤얼로 하여금 어머니 편지를 생각하게 만들었다. 지도책에 숨겨 놓은 그 편지 말이다. 새뮤얼은 왜 그 편지를 꺼내서 마저 읽지 않았던 것일까? 그걸 몰래 빼내려고 엄청나게 고생하고 위험을 무릅쓰지 않았던가? 그 순간에, 새뮤얼은 전에 몰랐던 무언가를 깨달았다. 무엇을 하고 싶으면서도 동시에 그걸 하기를 원치 않는다는 것이 가능하다는 사실이었다.

"뭣 땜에 늦었냐?"

새뮤얼이 그쪽을 보니 조지프가 느릅나무 그늘에 앉아 있었다. 새뮤얼은 어깨를 으쓱했다. "할 일이 있었어."

"무슨 할 일?" 조지프가 일어서서 책가방을 들었다.

"그냥 할 일."

조지프는 새뮤얼 옆으로 왔다. "오늘은 뛰지 말고 가면 안 돼? 나 무지하게 피곤하거든. 울 아빠가 어젯밤에 안 자고 난리 피웠어."

"무슨 난리?" 새뮤얼이 물었다.

"거의는 술이지 뭐." 조지프가 새뮤얼 갈비뼈 있는 데를 쿡 찔렀다. "넌 아직 루스 할망구 무서워서 절절매냐?"

"루스는 할망구 아니고 나도 절절매지 않아."

"그렇다고 뭐라는 건 아니야, 요만큼도 아니지. 우리 아빠가 어디로 없어져 버렸는데 엄마가 아빠는 배 타고 멀리 갔다 그러면 난 엄마가 아빨 어떻게 해 버렸나 생각할걸. 엄마 탓 할 일도 아니지, 또."

새뮤얼은 조지프가 하는 소릴 그냥 두어서 그 의미 그대로 남아 있게 할 수 없었다. 그래서 얘기하고 싶지 않던 바로 그 얘기를 했다. 지하실 문 앞에서 루스에게 들킨 것에다 루스를 보고 살인자라고 비난한 얘기. 최종적으로, 새뮤얼은 말했다. "루스가 오늘 아침에 지하실을 보여 줬는데 거기엔 아무것도 없었어."

새뮤얼은 자기 말이 전적으로 이치에 맞았고 그걸로 문제는 해결된 거라고만 생각했다. 그런데 조지프가 뭔가 놀랍다는 듯이 새뮤얼을 보고 있었다. "루스가 너를 안 죽인 건 믿어지지 않는걸. 그렇지만 그때 그 자리에서 그럴 순 없었겠지. 네가 어디로 갔다고 그러겠어?"

"루스는 아무도 죽이지 않았어, 내가 방금 그 얘길 한 거잖아." 새뮤얼이 고개를 저었다. "그리고 너만 아니었으면 내가 그 냄새 지독한 지하실을 기웃거리고 있을 일도 없었을걸."

"그건 그냥 얘기라고 내가 그랬잖아, 안 그랬냐?"

"루스는 아무도 죽이지 않았어." 새뮤얼이 다시 말했다.

"루스가 죽였다고 말한 적 없는데. 그런데 그게……." 조지프는 아주 쉽사리 자진해서 음모 얘기로 빠져 버리는 소년이었으므로, 새뮤얼의 이야기에 깃든 그 빌어먹을 놈의 가능성을 보아 내지 않는다는 것이 조지프에게는 있을 수 없었다. "그게 말이야, 루스가 어젯밤엔 너에게 지하실을 안 보여 준 거잖아. 안 그래?"

"굉장히 늦은 시간이었어." 새뮤얼이 말했다.

둘은 언덕이 가장 가파른 데 와 있었고 둘 다 걸음이

느려졌다. 호흡은 약간 헉헉거리는 숨이 되어 갔다. "아무리 그렇대도, 그때 바로 내려가서 얘길 끝내 버리는 편이 이치에 닿지 않아? 아무것도 숨길 게 없는 사람이 할 법한 일이 그거 아니야?"

"글쎄……."

"모르겠냐, 새뮤얼? 너는 루스 할망구에게 하룻밤 내내 지하실을 치울 시간을 준 거라고. 너네 엄마를……." 조지 프는 말을 하다 멈췄다. 조지프라 하더라도 입 밖에 내지 못할 말이 있기 때문이었다. "내 말은 말이야, 만약에 그 밑에 루스가 너에게 보이고 싶지 않았던 뭐가 있었다고 한다면, 해 뜨기 전까지 그걸 치워 없앴을 수 있었다는 거야."

새뮤얼은 지하실을 생각하고 있었다. 깨끗이 비질이 되어 있고, 상자며 궤짝들이 가지런히 정리돼 있었다. 이 이야기는 조지프에게 조금도 꺼낼 수가 없었다.

"물론, 도움이 필요했을지도 모르지." 조지프가 말했다. "증거를 없앤다는 게 쉽지는 않을 테니까. 루스는 튼튼한 축이지만 그래도, 층계도 생각에 넣어야 하고 또……."

"입 닥쳐!" 새뮤얼은 빽 소리 질러 이 말을 했다. "너 참 썩은 소릴 많이도 한다, 조지프. 네 입이 문제야. 우리 어머니는 미국에 계시고 이제 어느 날이든지 집으로 돌아오실 거야."

언덕 비탈인 데다 다리가 당기는데도 불구하고 새뮤얼

은 억지로 걸음을 더 빨리했고, 그로써 조지프는 금방 뒤처졌다. 그건 아주 만족스러운 일이었다.

"난 그냥 얘기해 본 거야, 그뿐이라고!" 조지프의 말은 숨이 턱에 찬 소리였다. "그걸 가지고 그렇게 화낼 필요 없잖아. 뭔가 안 좋은 냄새가 날 때 경고해 주지 않으면 내가 무슨 친구겠냐."

소년은 뒤를 돌아보지 않았다. "안 좋은 거 없어."

"네 말이 맞았으면 좋겠어, 그건 정말이야."

언덕 꼭대기에 와서 새뮤얼은 발을 멈추고 자기 집 문에 기댔다. 조지프를 기다렸다. 아무리 화가 났어도, 얼마든지 화낼 만한 일이었어도 친구란 그러는 법이니까. 친구는 기다려 준다, 화가 났을 때일지라도. "내일 봐." 새뮤얼이 웅얼거렸다.

"8시에 여기서 만나?" 조지프가 목에서 땀을 훔쳐 내며 말했다.

새뮤얼은 고개를 끄덕였다. 발길을 돌려 진입로로 걸어 올라가기 시작했다.

"조심해, 새뮤얼."

새뮤얼은 발을 멈췄고, 뒤돌아봤다. 대답을 알 것 같았지만 그래도 물어봤다. "뭘 조심해?"

"확실히는 모르겠어." 조지프는 굳이 말 안 한 일들을 암시하는 막연한 표정을 지었다. "어른들이란 어떤 때 보면 썩은 짓거리들을 해치우거든." 조지프가 어깨를 으쓱했다. "착한 어른조차도 그래, 내 생각이지만."

16

루스는 늦는 걸 참지 못했다. 늦는 것은 루스를 화가나 펄펄 뛰게 만들 수 있는 확실한 방법 중 하나였다. 루스는 자기가 약속한 바로 그 시간에 딱 맞춰서 가겠다 한 장소에 가 있는 데에 자부심이 있었다. 제때 오느냐 하는 것을 따지는 루스라 늦는 것은 그녀 눈에 침을 뱉는 거나 진배없었다. 그랬으니 새뮤얼이 진입로를 따라 들어올 때 온세상 시간을 자기가 다 가졌나 할 정도로 너무나도 천천히 걸어오는데 실제로는 20분을 늦었고, 루스는 숨이 반쯤 넘어갈 만큼 걱정하던 터라 그때 얼굴에 굳은 표정을 띤 채 진군하듯 집을 나온 것도 크게 놀랄 일은 아니었다. 루스는 창으로 죽 밖을 살펴보고 있었고, 소년이 오는지 계속기다렸기에 그렇게 할 수 있었다.

"몇 시에 오는 거니, 새뮤얼 클레이?" 루스는 잔디밭을 가로질러 오고 있었다.

"몰라." 손목에 완벽하게 잘 가는 시계를 차고 있었지만 새뮤얼은 그렇게 말했다.

"4시 10분이야. 속이 뒤집히게 걱정하고 있었다고, 네가 차에 치였든지 그보다 더한 일이 생겼든지 한 거라고 생각하면서." 루스는 소년을 넘겨다보았다. 새뮤얼로서는 루스가 뭐가 보일 줄 알고 그러는지 도무지 알 수 없었다. "뭣 때문에 늦었니? 지금까지 뭘 하다 온 거야? 틀림없이 조지프 콜린스가 쓸데없는 데 널 붙들어 둔 게지."

소년은 자기가 교정에서 어정거리고 있었다고는 말할 수 없었다. 그랬다가는 루스가 왜냐고 물을 테고 그래서 좋을 일이 없으니까. 다행히도 새뮤얼에겐 내놓을 패가 한 장 더 있었다. "필립스 부인이 날 붙잡고 얘기를 했어."

이 말에 루스는 어이가 없다는 듯 검은 눈을 치떴다. "그 여자 창피한 줄도 모르는 사람이네. 어머님 이야기를 잔뜩 물어봤겠구나?"

새뮤얼은 고개를 끄덕였다.

"그래서? 뭘 알고 싶어 하던?"

"어머니 언제 집에 오시냐고."

루스가 코웃음을 쳤다. "그래 그게 자기랑 무슨 상관이라지?"

"어머니한테 소식 있었어, 루스? 어머니가 또 뭐 써 보냈어?"

"아침 우편물에는 아무것도 없더라." 루스의 험악한 눈빛이 약간 누그러졌다. "그래도 분명히 이제 멀지 않았을 거야."

"내가 우체국에 가서 어머니가 배 타시기 전에 전보 보내셨는지 알아볼까?"

"배라고? 새뮤얼……." 루스가 숨을 몰아쉬었다. "전보를 치셨으면 집으로 배달이 되었겠지. 내가 이번 주에만 최소 열두 번은 말했으니까 너도 아주 잘 알지 않니."

"루스가 어머니한테서 금방 소식을 듣게 될 거라고 약속했잖아, 루스가 말할 때……."

"시작을 마라, 새뮤얼. 그럴 기분 아니야." 루스는 시선으로 주위를 훑었고 윌리엄이 도끼를 들고 땔나무 광에서 나오는 모습을 포착했다. "참을성을 가져, 너희 어머니는 곧…… 저 사람이 대체 뭘 하는 거람?"

루스가 땔나무 광 쪽으로 걸어갔고 그 양팔은 루스가 무언가 심각한 용무가 있어 갈 때면 늘 그렇듯이 홱홱 흔들렸다. 새뮤얼은 책가방을 내려놓고 슬슬 루스를 따라갔다.

"오후 시간을 장작 패는 일에 다 허비할 작정은 아니었으면 좋겠네요." 새뮤얼이 루스 있는 데 갔을 때 루스는 이 말을 하던 중이었다. "오늘 잔디를 깎아 놔 줘야 한다고요. 이보다 더 막 자랐다가는 사람들이 폐가인 줄 알 거예요."

"여, 안녕, 새뮤얼." 윌리엄은 루스가 말 한마디 하지 않은 양했다.

윌리엄은 새뮤얼이 기억할 수 있는 한 줄곧 정원사로

있었다. 키가 크고, 빗질이 필요해 보일 때가 많은 구릿빛
으로 바랜 머리카락에, 수염이 꽤 덥수룩한 남자였다. 윌
리엄은 걸핏하면 실눈을 떠서 언제 봐도 금방 웃음을 터
뜨릴 것 같은 인상이었다. 새뮤얼의 아버지가 언젠가 한번
윌리엄은 그렇게 나쁜 버릇이 많아 저글링을 할 지경이기
망정이지 안 그랬더라면 썩 잘됐을 사람이라고 말한 일이
있었다.

"안녕, 윌리엄." 소년이 말했다.

"슬로언 씨, 내가 부탁하는 대로 해 주실 거예요?" 루스
의 어조에는 날이 섰다.

윌리엄이 그녀를 향해 미소를 보였다. "의논해 봅시다
그려, 내가 애하고 얘기 좀 한 뒤에요."

루스와 윌리엄은 서로 사이가 나빴다. 지난여름에 새뮤
얼은 둘이 헛간 안에서 이야기하던 걸 본 적이 있었다. 루
스는 성이 나서 윌리엄에게 가까이 붙어 서 있었다. 속삭
이는 소리로 이야기하는 거라고 새뮤얼은 생각했다, 왜냐
하면 루스가 정말로 비위가 틀렸을 때면 늘 그러기 때문이
었다. 그렇지만 윌리엄은 전혀 찔끔한 기색이 아니었다. 그
렇기는커녕 윌리엄의 손은 루스가 윌리엄의 물건 뭔가를
가져가서 그걸 도로 가져오려는 것처럼 루스 몸에 닿아 있
었다. 새뮤얼은 달아나서 어머니에게 자기가 본 걸 얘기했
다, 루스를 도와줘야 할지도 모르겠다고. 그렇지만 새뮤얼

의 어머니는 킬킬 웃었고 루스는 아무렇지 않다면서 새뮤얼에게 사람들을 엿보고 다니는 게 아니라고 했다.

"그래, 사는 게 어떠냐, 새뮤얼?" 윌리엄이 말했다.

윌리엄은 늘 이 질문을 했고 새뮤얼은 대개 어깨를 으쓱했다. 어떻게 대답해야 할지 도무지 잘 모르겠어서.

"오늘 아침에 네 토끼 그놈이 내 라벤더로 끼니를 때우고 있다가 나한테 딱 걸렸지." 윌리엄은 싱긋 웃어서 딱히 기분이 나쁜 것은 아니라는 걸 보여 주었다. "호스 물을 겨눠서 쫓을 수밖에 없었어."

이 말은 새뮤얼을 키득거리게 만들었다.

루스가 숨을 몰아쉬었다. "나는 그놈의 것한테 새싹 한 이랑을 다 뜯겼어, 우리 먹을 것도 없는 판국에."

"너 엄마한테서는 그 그림엽서 더 온 것 있냐?" 윌리엄이 소년에게 물었다.

새뮤얼이 끄덕였다. "월요일에 한 장 왔어요."

"어머니는 거기 미국에서 어떻게 잘 계신대?"

"싫으시대요. 집에 오고 싶어 하세요."

"그야 그렇겠지." 이때만큼은, 윌리엄도 벙싯거리는 표정이 아니었다.

"이제 금방 집에 오실 거예요." 새뮤얼이 말했다. "루스 말이……."

"슬로언 씨." 양손을 꽉 맞잡은 채 루스가 말했다. "잔디에 대해서 내가 할 말은 아주 분명하게 해 드린 것 같은데요. 내 얘기가 분명치 않았나요?"

"내 이름은 윌리엄이에요." 윌리엄은 도끼를 휙 돌려 어깨에 걸메고 루스를 보았다. 콧수염 밑으로 슬그머니 웃음이 떠올랐다. "당신 입술에서도 그 이름이 한두 번은 나왔던 것 같은데."

새뮤얼은 루스의 얼굴에 짜증이 확 퍼지는 걸 보았다. 루스는 눈을 가늘게 흘겼고 뺨이 벌게졌다. "슬로언 씨, 잔디 다듬는 것 못 하세요? 왜냐하면 당신이 못 하는 거면 내가 할 거거든요."

"댁이 다른 정원사를 찾을 수 있을지 심히 의심됩니다 그려." 윌리엄이 말했다. "사람들은 급료를 받는 걸 좋아하는 경향이 있는데 우리 둘 다 알듯이 어제부로 난 2주 치 급료가 밀렸지요."

이 말은 기세등등 부풀었던 루스의 돛에서 바람을 빼 버린 것 같았다. "아시다시피, 슬로언 씨, 요즘 들어 사정이 좀 안 좋아요."

"알아요." 윌리엄이 말했다. "그래서 내가 참을성 있게 가만있었지요. 안 그랬소?"

새뮤얼은 윌리엄이 도끼 자루를 돌리는 데 따라서 도끼 머리가 이쪽으로 왔다 저쪽으로 갔다 하는 걸 지켜보았다.

"그러셨지요." 루스가 헛기침을 했다. "내가 올리브는 내보냈지만 애를 돌보고 끼니마다 음식을 하고 집을 청소, 정리하는 게 내가 할 수 있는 전부예요. 정원도 손봐야 하면 그건 못 해요." 루스가 긴 숨을 들이마셨다. "그러니까 내가 댁의 도움이 필요한 거죠."

"당연지사입니다." 윌리엄이 말했다. "하지만 사람은 먹어야 살지요, 아무리 나같이 아무짝에도 쓸 데 없는 놈이라도 말이에요. 급료를 안 주면 내가 여길 계속 와서 새벽부터 해가 질 때까지 노동을 할 수가 없어요."

루스는 새뮤얼을 짧게 한 번 보고는 도로 윌리엄을 쳐다봤다. "해결이 되도록 손을 쓰고 있어요, 슬로언 씨."

"전에도 그 소린 들었습니다." 윌리엄은 다시 빙글거리고 있었다. "그렇지만 누가 방법을 찾아낼 수 있다손 치면, 내 생각에 그건 당신일 테지요, 터퍼 양."

루스는 다시 헛기침을 했고 새뮤얼은 루스가 장히 불편해 보이는 걸 알아챘다. 그러자 뭐라 이름 짓지 못할 묘한 기분이 들었다. 루스와 윌리엄 사이에 무엇인가 뜻이 통한 것 같은 감각이었다. 잔디를 다듬는 것이나 급료 지불에 대한 게 아닌 다른 뭔가가. 그 이상의 어떤 뜻이.

"내가 부탁한 대로 잔디밭 손봐 주실 거예요?" 루스가 말했다.

윌리엄이 끄덕였다. "정문 가 느릅나무 가지 하나가 죽어서 손을 대 놓지 않으면 떨어질 것 같아요. 그 일이 끝나는 대로 잔디 일을 시작하지요."

"좋아요." 루스는 마주 쥐었던 손을 풀었다. "가자, 새뮤얼. 숙제해야지."

*

철자법 연습 단어들을 다 쓰고 나자 새뮤얼의 주의는 딴 데로 흘렀다. 심지어 자기 앞에 놓인 우유 잔이나 쇼트브레드에 손도 안 댔을 정도였다. 새뮤얼은 윌리엄과 루스에 관해 생각하고 있었다. 그 둘 사이에 무언중에 오간 얘기가 뭐였을까 궁금했고, 그 생각들은 다른 생각들을 건져 올리는 그물 같아서 새뮤얼의 머릿속에는 이내 어두운 상상이 핑핑 돌았다. 조지프가 원흉이었다. 둘이 언덕길을 걸어 올라오면서 조지프가 무슨 말을 해 놓은 것이다. 새뮤얼이 그때는 바보 같은 소리라고 생각했지만 지금은 저절로 루스와 윌리엄에게 결부돼 버린 어떤 말을.

'도움이 필요했을지 모르지.' 조지프는 루스가 새뮤얼의 어머니를 죽이고 새뮤얼이 자는 사이에 시체를 옮긴 이야기를 하고 있었다. 루스는 시체를 층계 위로 끌어내는 데에 도움이 필요했을 것이다. 그게 조지프의 설이었다. 새뮤얼은 이전에 그 생각은 해 보지 못했다. 새뮤얼은 그저 루스가 힘이 세니 혼자서 그 무참한 짓을 다 할 수 있었을 것처럼만 생각했더랬다. 루스는 밀가루 포대들을 차에서 내려 너끈히 나르고 땔나무 광에서 커다란 나무 다발을 날라 들였다. 조지프가 새뮤얼이 한 짓은 이거라느니 하는 얘기를 했을 때 새뮤얼은 괜한 소리라고 생각해 넘겨 버렸다. 루스는 어머니에게 아무 짓도 하지 않았고, 게다가, 세상에 그 누가 그런 끔찍한 짓에 가담해 루스를 도와주겠는가?

그랬는데 새뮤얼은 루스와 윌리엄이 서로 묘한 시선을 던지는 것을, 그러자 루스가 얼굴 붉히는 것을 보고 말았다. 윌리엄은 루스를 향해 빙글거리며 도끼를 이리저리 틀어 댔고, 그 모든 게 무시무시한 느낌을 일깨웠다. 루스가 어머니를 죽였고 윌리엄은 루스가 증거 숨기는 것을 도왔다. 그렇지만 어디에 숨겼나?

"쇼트브레드를 안 먹고 남기다니 너답지 않구나." 루스는 주방 탁자에 행주질을 치고 있었다.

"배가 많이 안 고파." 새뮤얼이 말했다.

"그런 소린 또 처음 듣겠네."

새뮤얼은 그 생각을 믿고 싶지 않았다. 조지프가 자기 마음속에 의혹을 넣어 주지 못하게 학교에 미적거리고 남아 있지 않았던가? 그렇게 쉽게 자기 생각이 바뀌는 것, 어머니가 숨 한 번 쉬고 다음 숨을 쉴 차에 산 사람이다가 또 죽은 사람이 되어 버리는 게 새뮤얼에게 이상한 느낌을 주었다 한들 거기에 의문을 갖지는 않았다. 그에게는 정말로 오만 가지 생각이 다 들었으므로, 어느 한 시간 중에 똑같은 것을 놓고 열 가지로 다른 생각을 할 수 있었다.

"숙제 다 했어." 새뮤얼은 책을 덮었다. "밖에 나가서 자전거 타도 돼?"

루스가 탁자 닦기를 멈추고 새뮤얼을 보았다. "쇼트브레드에 식욕은 전혀 안 나면서, 자전거 탈 만큼 힘은 나니?"

새뮤얼은 쇼트브레드 한 개를 집어서 한 입 물었다. "가도 돼?"

"좋을 대로 해라." 루스는 행주를 수도꼭지 아래 대어 헹궜다. "그렇지만 그 교복부터 확실히 갈아입고, 바지 벗어서 바닥에 팽개쳐 놓지 마. 개어서 치워 두란 말이야."

"알았어, 루스."

*

자전거는 참나무에 기대 세워 두었고 새뮤얼은 거길 그대로 지나쳐 걸었다. 새뮤얼은 시체를 찾아 나선 차였다. 벌써 헛간들은 확인을 해 봤으나 찾아낸 것이라고는 엔진 부속품 몇 개, 아버지 차(루스가 펜잔스로 심부름 갈 때 쓰곤 했다.), 나사못과 못이 든 병들과 연장들이 가득 찬 낡은 벽선반이 있는 벽뿐이었다. 그러고 나니 남은 것은 땔나무 광뿐이었는데 거기야말로 가장 그럴 법한 장소가 아니었던가? 땔나무 광에는 윌리엄하고 루스 말고는 들어가는 사람이 없었다. 창들은 페인트를 덧칠해 가린 채고 문에는 자물쇠가 달려 있었다. 루스가 급하게 지하실에서 시체를 옮겨 두어야만 했다면, 땔나무 광이 그녀의 악독한 범죄를 감추기에 완벽한 장소였다. 그래서 새뮤얼이 향한 곳은 땔나무 광이었다.

"그렇게 서둘러서 어디를 가고 있냐?"

윌리엄은 뜰 건너에서 루스가 부탁한 대로 잔디를 깎고 있었다. 땀이 나도록 일을 한 터라 지저분한 손수건으로 얼굴을 훔치는 중이었다.

새뮤얼은 발을 멈췄다. "자전거 찾아요."

"땔나무 광에서?"

새뮤얼은 뭐라고 말하면 좋을지 몰랐다.

"자전거는 참나무 옆에서 본 것 같은데." 윌리엄이 짓궂은 미소를 띠었다. "넌 분명히 그 옆으로 지나왔을 텐데, 내가 생각하건대."

"아." 새뮤얼은 눈에 들어가는 머리카락을 넘겼다. "못 봤네요."

"눈 뜨고 꿈을 꿨구나, 그렇지?"

새뮤얼은 고개를 끄덕이고 돌아서서, 자기가 온 길을 되짚어 걸어갔다. 참나무에 이르자 새뮤얼은 나무 뒤로 돌아갔고 나무 줄기를 방패 삼아 몰래 윌리엄을 엿보았다. 윌리엄은 도로 잔디 일로 돌아가서 울타리 쪽으로 가는 중이었다. 지금 가면 완벽할 터였다. 새뮤얼은 풀밭을 가로질러 전력으로 달려, 양쪽 신발이 웃자란 풀과 들꽃 북데기

속으로 사라져도, 눈은 땔나무 광만을 보았다.

윌리엄이 잔디깎이 기계 방향을 돌리는 게 보였다. 윌리엄이 고개를 들기만 하면 바로 새뮤얼을 확실하게 보게 될 터였다. 그래서 새뮤얼은 정말로 몸을 날려 땔나무 광 뒤로 숨었다. 두 무릎이 풀을 가르며 쫙 미끄러졌다. 새뮤얼은 일어나서 숨을 골랐다. 그러고 나서 그 작은 돌 건물 가로 돌아가 정원사의 모습에 시선을 못 박았다. 윌리엄은 이쪽을 건너다보고 있지 않았다. 그의 주의는 지금 하는 눈앞의 일에, 높이 자란 풀을 베어 넘기며 대기마저 전율케 하는 잔디깎이의 굉음에 다 쏠렸다. 새뮤얼은 납작 자세를 숙여 엉금엉금 문으로 갔다.

문이 안 잠겨 있게 해 달라고 소리 없이 아버지에게 기도했다. 그런 다음에는 또 어머니에게 어머니를 찾아내게 해 달라고, 그리고 시커먼 심장을 가진 흉악한 사람들인 루스와 윌리엄이 어머니에게 한 짓에 대한 대가를 치르도록 하게 해 달라고도 기도했다. 새뮤얼의 아버지는 듣고 계셨던 게 분명했다, 왜냐하면 문이 그냥 열렸기 때문이다.

안으로 발을 들이니 갓 팬 장작 냄새가 확 끼쳐 왔다. 땔나무 광은 작은 공간으로 맨벽에 녹색으로 칠해진 창 두 개가 있었다. 거미줄이 서까래에서 늘어져 있고 천장 모서리마다 뿌옇게 쳐져 있었다. 새뮤얼은 문 옆에 둘둘 말아 놓은 낡은 양탄자를 들추고 할 수 있는 대로 통나무 토막

들을 옮기며 조그만 공간이라도 다 확인했다. 허리를 굽혀 기름 깡통 하나를 옮겨 놓고, 그런 다음에는 창 아래 후줄 근히 놓인 자루를 조사했다. 잔디깎이 기계가 웅웅대던 소리가 그친 것을 새뮤얼은 눈치채지 못했다.

손 하나가 덥석 어깨를 붙들어, 새뮤얼은 돌덩이가 되었다.

"그러니까 네가 찾는 게 자전거는 아니었던가 본데?" 윌리엄이 등 뒤에 있었다.

새뮤얼은 억지로 몸을 펴고 돌아섰다. "응."

그게 할 수 있었던 최대한이었다.

윌리엄은 여전히 얼굴에 그 희미한 미소를 띤 채였다. 그의 눈이 작은 광 안을 이리저리 훑었다. "그럼 뭘 찾으려는 거지?"

"나…… 나는 루스한테 나무 좀 가져다 주려고." 새뮤얼은 진짜같이 보이려고 애썼다. "루스가 가져오래서."

"루스가 그랬어?" 윌리엄이 수염께를 긁적거렸다. "내가 바로 지난주에 장작을 잔뜩 해서 주방 문밖에다가 놔 줬는데. 그러니까 그걸 루스가 다 땠다는 거야?"

새뮤얼은 아무 데도 다른 데는 보지 않고 윌리엄만 바라봤다.

"내가 보기엔 딴 이유가 있어서 네가 여길 온 것 같구나."

"놀고 있었어요."

윌리엄이 클클 웃었다. "네가 내 땔나무 광 문에 얼씬이라도 하는 건 본 적이 없는데. 무슨 놀이냐, 새뮤얼?"

"어……." 새뮤얼의 머릿속은 찾는 것이 나올 때까지 막 소용돌이쳤다. "정원 어딘가 보물이 묻혀 있는데 해 질 때까지 찾아내지 않으면 없어지는 셈 치고 찾고 있었어요." 새뮤얼은 힘들게 침을 삼켰지만 도움이 되지 않았다. "마법의 보물이에요, 알겠지만."

"마법이라, 그거야?"

새뮤얼은 고개를 끄덕였다.

"아 그래." 윌리엄은 땔나무 광 안을 다시 둘러보더니 굳은살 박인 손으로 소년의 머리를 헝클었다. "그러면 그러고 놀아라."

윌리엄은 가려고 하더니 다시 돌아섰다. "애초에 여길 뭐 하러 왔는지를 잊었군." 문틀을 잡고서 허리를 구부려 기름 깡통을 집었다. "잔디깎이 날이 뻑뻑해."

새뮤얼은 윌리엄이 잔디밭을 건너가는 걸 지켜보았다. 윌리엄은 잔디깎이 기계 있는 데에 거의 다 가서는 돌아보고 소리쳤다. "그렇지만 보물을 찾아내거든 반은 날 줘야 한다, 알았어?"

새뮤얼은 문간에서 고개를 끄덕였다.

"착하네."

새뮤얼은 수색을 재개해 윌리엄이 도끼들을 보관하는 벽선반을 살펴보고 다른 데도 다 다시 확인하고 그런 다음 한 번 더 보았다. 새뮤얼의 심장은 여전히 두근두근 두방망이질 쳤다. 윌리엄에게 들킨 것 때문이었다. 게다가 팔딱팔딱 심한 흥분기가 온몸에 흘러서 가만히 있기가 힘들었다. 하지만 이 난장판의 중심에 뒤죽박죽으로 들끓는 감정들 속에서 단 한 가지 생각만이 불거졌다. 어머니는 거기에 없었다.

17

새뮤얼은 전실을 건너 층계를 오르기 시작했다. 바보 같은 짓을 한 까닭으로 발걸음은 느리게 축 처졌다. 루스와 윌리엄이 좋지 못한 짓을 했다고 생각하다니 얼마나 멍청한 생각이었는지. 정말 자전거를 타고 온 걸로 보이게 자전거는 참나무 밑에서 다른 데로 옮겨 놓았다. 루스는 그런 걸 잘 알아차렸다. 걸어가면서, 새뮤얼은 자기 자신에게 약속을 했다. 이쯤 했으면 루스를 괴물로 생각하는 건 그만둘 때라고. 루스는 새뮤얼에게 거짓말한 게 아니었다, 루스는 새뮤얼의 어머니를 해치지 않았다……. 루스는 그냥 그대로, 평소와 같은 루스였다.

층계를 다 올라와서 새뮤얼은 층계참 오른쪽으로 방향을 돌려 자기 방이 있는 복도로 갔다. 이제 식욕이 돌아왔으니 루스에게 다시 쇼트브레드를 달라고 해 봐도 될 것이다. 그렇지만 우선은 비행기를 갖고 놀고 싶었다. 아무런 걱정도 하지 않고 한동안 놀았으면. 그러니 새뮤얼은 그렇게 했을 터였다, 복도 마루를 가로질러 비쳐 난 빛이 아니었더라면 말이다. 그 빛은 열린 문에서 나온 것으로 환한 햇빛이 쏟아져 벽까지 비추고 있었다. 다만 열려 있는 문이 새뮤얼의 침실 문이 아니었다. 루스의 방 문도 아니었다. 그건 새뮤얼 어머니 방의 문이었다.

새뮤얼은 가까이 가면서 걸음을 늦추었고, 생각하고 그런 것도 아니면서 까치발로 가만가만 다가갔다. 문은 반쯤 열린 채로 열쇠가 꽂혀 있고 안에서 인기척이 났다. 새뮤얼은 소리를 지르고 말 것 같아서 손으로 입을 막았다. 어머니다. 어머니가 집에 오셨고 지금 이 순간 짐을 풀고 계셨다. 아마 긴 항해에 지쳐 새뮤얼을 만나기에 앞서 일단 씻고 기운을 차리고 싶으신 것이리라.

조심조심 다가갈 필요는 없었다, 지금은. 새뮤얼은 문을 마저 밀고 안으로 들어섰다. 하지만 자기가 그러려고 한 것보다는 조용히 행동한 모양이었다, 상대방은 새뮤얼의 기척을 못 들었다. 그녀는 방 건너편 서랍장에 있었다. 새뮤얼 쪽으로 등을 돌린 채 맨 위 서랍을 열고 아주 유심히 들여다보고 있었다. 두 손이 서랍 안으로 들어간 채였다.

"뭐 하는 거야?" 새뮤얼이 물었다.

루스는 화들짝 고개를 들었고 숨을 삼키며 홱 돌아섰다. 루스가 그렇게 창백한 걸 새뮤얼은 본 적이 없었다. "새뮤얼." 루스는 가슴을 부여잡은 채였다. "놀라 죽을 뻔했잖니."

"뭐 하고 있어?" 새뮤얼이 다시 물었다.

"아니⋯⋯." 루스는 열린 서랍을 흘긋 보았다. "내 클로버 브로치 때문에. 그거 알지?"

새뮤얼이 끄덕였다.

"그게 없어졌어. 어떻게 없어졌느냐고 묻지도 마, 모르겠으니까. 그래서 죽어라 찾고 있는 중이다. 다 찾아보고 집을 숫제 들었다 놨는데, 아무 데서도 안 나오는구나."

루스의 브로치가 목깃에 안 꽂혀 있었다. 새뮤얼은 그 브로치가 루스 아버지가 주신 선물이며 루스가 그걸 하지 않은 적이 없다는 걸 알고 있었다. 그러니 그걸 찾으려고 '집을 들었다 놨다'는 건 얼마든지 그럴 법했다. 그렇지만 문제가 하나 있었다.

"왜 루스 브로치가 어머니 서랍에 들어 있을 거라고 생각하는데?" 새뮤얼은 서성서성 대리석 벽난로 가로 가 차가운 벽난로 선반에 손을 댔다.

"왜일 것 같니, 새뮤얼?" 루스가 서랍을 밀어 닫았다.

"너도 알다시피 네가 바로 엊그제 이 방에 몰래 들어왔다가 나한테 걸렸잖아. 어쩌면 브로치가 서랍 안으로 떨어져 들어갔는지 모르겠다고 생각한 걸 네가 뭐라고 할 수 있어?"

"그건 이틀 전 일이야. 루스는 어제 그 브로치 했잖아, 내가 봤어."

"글쎄다, 그랬을지도 모르겠구나." 루스는 머리카락을 다독여 매만졌다. "너무 걱정이 되어 속이 뒤집어져서 똑바로 생각이 안 나네. 그 브로치는 나한테 온 세상만큼 귀중한 거야, 내가 말했지, 다른 덴 다 찾아봤다고."

"어쩌면 그거 지하실에 있을지 몰라. 거긴 찾아봤어?"

"뭐? 말 같지도 않은 소리 하지 마, 새뮤얼." 루스는 방을 가로질러 와 소년 옆을 지나치며 표독한 눈길을 던졌다. "그건 우리 할머니 브로치였어, 우리 아버지가 돌아가시기 바로 전에 나한테 주신 거고. 그러니 만약에 못 찾는다면 난 정말 나 자신을 용서 못 할 거야."

"난 어머니가 집에 오신 줄 알았어." 새뮤얼의 시선은 서랍장에 못 박혀 있었다.

"아 그래, 잘못 알았구나." 루스의 한숨 소리엔 도발하는 기색이 역력했다. "가자, 이제 저녁 식사 준비 시작해야 하니까."

새뮤얼은 문으로 걸음을 옮겼다. "브로치 더 안 찾고?"

"시간이 없네." 루스의 목소리는 이제 매정했다.

루스는 문에 몸을 딱 붙여 새뮤얼이 자기를 지나쳐 복도로 나가게 했다. 그런 다음에 문을 당겨 닫고, 잠근 다음 열쇠를 앞치마 주머니에 넣었다.

"루스가 엄마인 줄 알았어." 새뮤얼의 시선이 가정부의 얼굴을 더듬었다. "방에 걸어 들어왔을 때 나는 루스를 보고 엄마가 거기 서 있는 거라 생각했어."

"저녁 먹기 전에 손 씻고 세수하고 방 정리해. 알았니?"

루스는 빠르게 복도로 걸어갔다. 루스의 신발이 바닥에 부딪는 소리가 째깍째깍 달음질치는 시계 초침 소리 같았다. 새뮤얼은 루스가 혼자 뭐라고 두덜대는 소리를 들은 것 같았지만 확실치는 않았다. 루스는 층계참으로 방향을 돌렸고, 고개를 수그리고서, 층계를 내려가 모습을 감췄다. 소년은 그녀가 사라진 후에도 한참을 거기 서 있었다. 이 일 전체를 생각하면서, 루스가 있었던 빈 공간에 껌껌히 드리운 그림자를 바라보면서 서 있었다.

18

불에 구운 양 살코기에서 김이 피어올랐다. 익어서 오그라든 겉껍질이 로즈마리 잔가지로 아주 뒤덮이다시피 헸다. "배고프니?"

새뮤얼은 또다시 어머니 생각을 하고 있었다. 루스가 서랍을 뒤지던 걸 포착한 일이 새뮤얼이 전부 아닌 걸로 닫아 치운 온갖 생각을 도로 까 풀어놓았다. 루스는 어머니의 편지를 찾고 있었던 걸까? 그 편지들 속 어디에 무엇인가 루스가 찾아내고 싶어 하는 내용이 있었나? 아니면 숨기고 싶은 거든가? 루스는 자기 브로치를 찾고 있었다고 했다, 편지들을 거기 돌려놓을 때 그 안에 떨어졌을지도 몰라서 그랬다고. 그렇지만 루스는 어제 그 브로치를 달고 있었고 매일같이 달고 지냈다. 그러니까 이틀 전에 새뮤얼 어머니 방에서 잃어버렸을 수는 없는 일이었다.

"새뮤얼, 배고프냐고 물었다."

"응." 그러고 나서 다시 말했다. "사실은 별로야."

이 말에 루스는 새뮤얼을 내려다보고 인상을 썼다. "그렇지만 내가 만든 양고기 구이 좋아하잖아."

새뮤얼은 고개를 끄덕였고 분별 있게 이렇게 말했다. "맛있어 보이네."

"자, 그러면, 다시 식욕을 내는 게 좋아. 왜냐하면 앞으로 한동안은 이렇게 멀쩡한 고기를 사 오지 못할 것 같으니까. 올드필드 씨가 우리 집 고기 외상을 끊었어." 루스가 씨근덕거렸다. "내가 무슨 도둑이나 되는 것처럼 마을 사람들이 절반이나 보는 앞에서 외상 청구서를 흔들어 대더라." 루스의 콧방울이 벌어지고 입술은 납작하게 한일자로 다물려 거의 없어지려고 했다. "내가 외상을 다 갚을 때까진 토끼 한 마리 못 사 갈 거라고. 밉살스러운 화상 같으니."

소년은 고깃간 주인 생각을 하기에는 머릿속이 너무 복잡했다, 아무리 밉살스러운 사람이더라도. 새뮤얼이 루스를 불시에 기습했을 때 루스는 화들짝 놀랐고, 돌아보는 얼굴이 창백하니 겁에 질린 표정이었다. 루스는 절대 겁에 질린 표정이 되지 않았다. 무엇인가 못 할 일을 하고 있는 걸 새뮤얼이 기습한 것이고, 그렇다면 답은 하나밖에 없다.

"내가 이른 대로 방 정리했어?"

새뮤얼은 하지 않았다. "했어, 루스."

"이틀 동안 너 저 성경책은 건드리지도 않더라. 프라이스 목사님이 월요일이면 학교에 오실 텐데 말씀 제일 잘 쓴 사람하고 그림 제일 잘 그린 사람한테 상 주신다는 거 알지? 언제 마칠 생각이니?"

"금방 할게."

"내일 학교 가기 전에 해, 불평 없기." 루스는 식탁에 놓여 있던 큼지막한 고기 칼을 들었다. "한 조각 줘, 두 조각 줘?"

새뮤얼은 그러면 루스가 좋아하리라는 걸 알아서 두 조각 달라고 했다. 루스가 포크를 고기에 찌르는 걸, 그 동물의 멀건 핏덩이 찔린 가리 언저리료 운커 솟아 구이는 걸 새뮤얼은 지켜보았다. 이어서 고기를 저며 드는 칼과 쉽게도 잘려 나오는 살코기를 보았다.

'어른들은 어떤 때 보면 썩어 빠진 짓거리들을 해치우거든.' 조지프가 해 준 말이 그랬다. '착한 어른이라도 그래.' 새뮤얼은 모든 걸 다 알 순 없어도 무엇인가 고약한 일이 자기 주변에서 벌어지고 있다는 건 확실히 알았다. 어머니는 정말 너무 오래 집에 안 계셨다. 어머니가 아버지가 돌아가셨다는 이야기를 새뮤얼에게 해 주면서 이제는 우리 둘만 남은 거라고 그러지 않으셨던가? 이제 오로지 너한테는 나, 나한테는 너뿐이라고. 그런데 두 사람이 서로 상대방뿐이라면서 어째서 그중 한 사람이 세상을 횡단하는 항해 길에 잘 있으라는 인사도 없이 나선단 말인가?

"스토브에 그레이비 졸여 뒀어." 루스가 칼끝으로 거길 가리켰다. "가지고 오렴."

"알았어, 루스."

새뮤얼은 일어나서 스토브 쪽으로 갔고 냄비를 들었다. 루스는 새뮤얼 어머니가 미국에 있다고 했지만 새뮤얼은 그 말이 참말이라고 믿지 않았다. 더 이상은 안 믿었다.

"손 데지 않게 조심해." 루스가 말했다.

"그렇게까지 뜨겁지는 않아."

루스는 쿵 코웃음을 치고는 들었던 칼을 내렸다. "토요일에 나 장에서 볼일 마친 후에 같이 공원에 가서 오리한테 먹이 줘도 될 것 같은데. 그럴래?"

새뮤얼은 끄덕였다.

루스는 이제 새뮤얼을 유심히 보고 있었다. "너 아직 위층에서 있었던 일 갖고 꿍해 있는 건 아니지, 설마?"

"아니야."

"너 얼굴에 인상 쓴 걸 보면 뭔가가 있어서 기분이 찜찜한 게 뻔히 보이는데." 루스는 양고기 한 조각을 저며 내어 새뮤얼의 접시에 올려 주었다. 고기를 접시에 놓느라고 칼로 포크를 훑어 내리는 소리가 소년에게는 온몸을 타고 달리는 전율을 불러일으켰다. "소중한 가족 유물 브로치를 잃어버린 게 내가 아니라 너였다고 생각해 보렴."

"아마 루스 방에 있을 거야." 새뮤얼이 앉으면서 말했다. "내가 찾는 거 도와줄게."

"나는 내 방을 안 찾아봤을 것 같니? 온 방을 다 뒤집어엎었어."

"어쩌면 애초에 없어진 게 아닐지도 몰라."

루스가 그를 향해 흰 눈을 떴다. "무슨 소리를 하려는 거야?"

"어머니는 찾아도 안 나오는 물건이라고 해서 없어진 건 아니라고 그러시는걸."

새뮤얼은 루스의 손에 들린 칼이 요리조리 움직이는 걸

지켜보았다. "나한테는 말도 안 되는 소리 같구나."

새뮤얼은 루스에게 이 집이 자기 것인 척하는 거 앞으로 그리 오래 내버려 두지는 않겠노라고 말해 주고 싶었다. 그렇지만 말하지 않았다. 왜냐하면 아무리 난장판으로 어지러운 고민들에 빠진 와중에도 루스의 눈에 어린 살벌한 빛은 볼 수 있었고, 입을 다물어야 할 때를 알았기 때문이다. 게다가, 새뮤얼은 이제 작전을 짰다. 필요한 것은 원조뿐이었다.

19

"필릭스 클레이요."

"번호는 아니?"

"아니요, 성함이 필릭스 클레이예요." 새뮤얼이 속삭였다. "펜잔스에 사세요."

교환원은 끙 하고 작은 신음을 내었다. "끊지 말고 기다리렴."

새뮤얼은 전화기를 귀에서 떼고 귀 기울여 보았다. 층계 지나 저 끝에서 주방에 있는 루스의 기척이 들렸다. 접시끼리 부딪는 소리, 수돗물 흐르는 소리, 아직 저녁 식사 뒷정리를 하고 있는 것이었다. 새뮤얼은 저녁을 서둘러 먹어 치우고 얼른 자리를 뜬 차였다. 눈에 안 띌 순 없는 일이었다.

"다진 고기 파이 안 먹어?" 루스가 물었다.

새뮤얼은 고개를 저었다. "오늘 저녁엔 안 먹을래. 이제 가서 잘 준비 해도 돼?"

"그 소린 또 생전 처음 듣겠네." 루스가 새뮤얼 접시를 집었다. "가, 그럼."

식사 중에 대화는 그리 많이 오가지 않았다. 루스가 이야기할 기분이 아닌 것 같았고 새뮤얼은 무슨 짓을 저지르려는 애처럼 보이지 않으려고 최선을 다하고 있었다. 가끔 한 번씩 루스의 손은 목깃으로 올라갔다. 마치 브로치가 거기 있으리라고 생각하는 듯이. 그랬다가 브로치가 없으니, 잊어버린 게 바보 같다는 듯 얼른 손을 거두는 것이었다.

"이제 연결해 줄게." 교환원이 말했다.

새뮤얼이 고맙습니다, 말하기도 전에 교환원은 빠지고 대신 시끄럽게 딸깍거리는 소리가 났다. 그러곤 아무 소리 없었다가, 전화가 울리는 간헐적인 따르릉따르릉 소리가 났다. 새뮤얼은 또 한 번 전실을 훔쳐보았다.

"여보세요." 목소리가 났다.

"필릭스 삼촌?"

"새미?"

"네."

"어라, 이것 놀랄 일이로구나. 어떻게 지내니, 우리야?"

"저 어머니한테 뭔가 일이 생긴 것 같아요."

"그게 무슨 말이지, 새미? 미안, 이쪽에 사람들이 좀 와 있어서. 삼촌이 런던으로 떠나기 전에 가볍게 다 함께 모인 것뿐이지만."

"새뮤얼?" 루스였다. "새뮤얼?"

돌바닥에 나는 루스의 발소리가 들려왔다.

"새미, 전화 받고 있니?" 펠릭스 삼촌이 전화 저편에서 말했다.

전실은 어둠에 잠겨 있었다. 널따란 실내에 은빛 월광 한 가닥 비쳐 들고 있지 않았다. 새뮤얼은 벽에 바짝 붙었다.

"새뮤얼?" 루스가 주방 문으로 고개를 비죽 내민 채 어둠 속을 뚫어지게 바라보았다. "새뮤얼, 거기 너니?"

소년은 움직이지 않았고, 말 한마디 하지 않았다.

"새미?" 펠릭스 삼촌은 그쪽에 있는 사람들에게 뭐라 말을 하는 듯싶었다. 와글와글 목소리들이 났지만 새뮤얼이 단어를 포착할 순 없었다. 그러다 삼촌이 말했다. "애가 전화 끊었나 봐."

루스는 계속해서 컴컴한 그늘 속을 빤히 보고 있었다. 주방에서 비쳐 난 빛에 얄팍하게 다문 입술이 보였고, 새뮤얼은 루스가 좀 더 잘 살펴보러 전실로 걸어 들어올 것이라고 확신했다. 루스는 무슨 소리인지 모를 잠음을 넘겨 버리는 성격이 못 되었다. 그런데 그때 루스가 흠 하고 숨을 뱉더니 문간에서 모습을 감췄다.

"아직 여기 있어요." 새뮤얼이 소곤거렸다.

"전화가 끊어진 줄 알았다, 새미." 삼촌이 껄껄 웃었다. "지금 교회 안이냐 뭐냐, 오리야? 목소리가 통 안 들리는구나."

배경에서 한풀 꺾인 웃음소리들이 들려왔다.

"어머니한테 무슨 일이 생긴 것 같아요." 새뮤얼이 말했다.

"왜? 무슨 소식이 왔니?"

"아니요, 그렇지만 제 생각에 루스가……."

"루스가 무슨 얘기 들었다던?"

"아니요, 그 얘기가 아니라……."

"루스한테 뭐라고 말 좀 해 달라는 거냐? 그거야? 루스 바꾸렴, 착하지."

"아니에요, 그렇게는 못 해요."

새뮤얼은 삼촌에게 독일 가정부 이야기와 어머니가 작별 인사도 없이 떠난 것과 루스가 어머니 떠나는 걸 본 유일한 사람이라는 것과 그 루스가 어머니 침실에 있다가 자기한테 걸렸다는 걸 말하고 싶었다. 하지만 말이 도무지 똑바르게 나오지 않았다. 막상 나와 줘야 할 때에 나오지 않았다.

"필릭스 삼촌, 우리 어머니 어디 계세요?" 소년의 음성은 속삭임이 될까 말까 했다. "삼촌 아세요? 저한테 말해 주실 수 있어요, 제발?"

"어머니 어디 계시냐고? 미국이지, 미국 아니겠냐. 금 항아리 찾겠다고 어디 다른 데 간 게 아닌 한에야."

"그건 아닐 거예요." 소년이 작은 소리로 말했다.

"있잖니, 오리야, 이쪽 통화 상태가 영 시끄럽구나. 내가 런던 갔다 와서 전화 걸어 주면 어떨까? 그때 실컷 이야기하는 거야."

"어머니가 안 계신 지 118일째예요, 필릭스 삼촌. 어쩔 수 없는 게 아니었으면 이렇게 오래 떠나 계시지 않았을 거예요."

"그러게, 너한테는 큰일이지. 그렇지?" 필릭스 삼촌이 다시 껄껄 웃었다. "삼촌은 딱히 이해가 가지 않지만, 너는 분명히 의기소침하겠구나, 새미. 분명히 네 어머니, 순식간에 집에 오실 거다. 이제 난 끊어야겠다."

"제발요, 들어 보세요…… 무슨 일이 일어난 거예요, 제가 알아요."

저편에서 요란한 떨거덕 소리가 났다. "다음다음 주에 런던 갔다 오면 얘기하기로. 약속하는 거야, 새미. 잠 좀 자려무나, 알았지? 완전히 지친 목소리다."

전화가 딸각하더니 통화가 끊어졌다.

20

영원과도 같은 시간 침대에 누워 천장을 올려다보는
새뮤얼은 잠이 오지 않았다. 밖에 선 참나무 그림자, 악의
를 품은 마녀의 갈고리 손톱처럼 천장으로 죽죽 뻗친 그림
자조차 무서워 눈을 감게 할 만큼의 위력이 없었다. 어떻게
잠을 잔단 말인가? 자려고 하는 것조차 어리석은 짓이었다.
새뮤얼의 마음은 생각들이 마구 휘몰아치는 폭풍이었다.

루스가 올라와 들여다봤을 때 새뮤얼은 잠든 척했다.
시간 낭비였다.

"나는 안 속는다, 새뮤얼 클레이." 루스가 말했다. "네
가 잠들었을 때랑 잠든 것처럼 보이려고 그럴 때랑 나는
보면 알아."

새뮤얼은 눈을 떴다. 루스가 잔받침에 잔을 받쳐 들고
서 침대를 굽어보며 서 있었고, 새뮤얼은 그 잔에 레몬 한
개 즙을 다 짜 넣은 차가 들어 있다는 걸 알았다. 루스는
매일 밤 자러 갈 때 그런 차를 한 잔씩 만들어 들고 갔다.

"이는 닦았어?" 루스가 물었다.

새뮤얼은 고개를 끄덕였다.

"방 정리했다고 그러더니만 휜소리였네." 루스는 바닥
에 전투대형으로 널브러진 비행기들과 앞으로 고꾸라진
병사들을 보고 인상을 찌푸렸다. "거짓말해서 좋을 일이

없어. 새뮤얼, 내가 첫 번이나 말하지 않았니?"

"루스는 거짓말 한 번도 안 했어?" 지당한 질문 같았다.

루스는 비어 있는 손으로 비행기 두세 대를 떠 올려선 보조 탁자에 놓았다. "안 할 수 있는 한은 안 했지."

그렇지만 그건 진짜로 대답한 게 아니었고 새뮤얼도 그걸 알았다. 아마도 새뮤얼의 얼굴에 의심이 드러났던지, 루스가 덧붙여 말했다. "물론, 전적으로 진실만을 말하는 것이 옳지 않을 때가 있단다. 누구의 감정을 보호해 줘야 한다거나 그럴 때."

"뭐에서 보호하는데?"

"글쎄." 루스가 차를 한 모금 홀짝이며 말했다. "때로는 사람한테 할 수 있는 최고 몹쓸 짓이 진실을 말해 주는 것일 때가 있지, 특히 그 말로 인해 득보다 실이 많을 때라면 말이야. 내 동생 앨리스가 한번은 특별한 무도회에 입고 갈 거라며 자기 옷 어떠냐고 물어본 적이 있었어. 그게, 그 옷이야 그만하면 예뻤는데 머리가 엉망이었고 화장은 축제 행사 광대가 생각나더라니까. 그래서 그렇게 말을 했어." 루스가 쿵 하고 코를 울렸다. "그 말이 납으로 된 풍선처럼 뚝 떨어져 버리더구나."

"화를 냈어?"

"아, 그럼. 나는 너무 늦게 깨달았던 거야. 어떤 사람들은, 내 동생 앨리스 같은 사람은 진실을 받아들일 준비가 되어 있지 않구나 하고. 그게 내가 너에게 말해 주려는 것이고." 루스는 양어깨를 반듯이 폈다. "알아 두렴, 난 그래도 내 생각을 말하고 안 좋은 결과를 감내하는 편이 좋단다."

소년은 루스를 말끄러미 응시하고 있었다. "루스는 나한테 거짓말한 적 있었어?"

"무슨 질문이 그러냐!"

"있었어?"

루스는 잔을 잔받침에 얹었다. "한 번도 없어. 이제 자야 할 시간이야."

잠자고 있을 시간일지는 몰라도 새뮤얼은 잠이 오지 않았다. 근심이 근심 위에 차곡차곡 얹혀 가 급기야는 어마어마한 덩어리가 내리누르는 느낌, 폐에서 숨을 다 빼내가 버리는 느낌이었다.

새뮤얼은 어머니의 그 편지를 생각했다. 어머니가 쓰신 장식 글씨 단어들의 곡선 속에 묻혀 있는 부인할 길 없는 파국을 새뮤얼은 감지했다, 비록 딱 집어 무엇이라 이름 지을 수는 없어도……. 하지만 루스가 어머니 서랍을 뒤지고 있었는데, 그렇다면 틀림없이 그 편지를 찾는 거였으리라. 어쩌면 그 속에 루스 입장에서 새뮤얼이 알게 하고 싶지 않은 어떤 내용이 들어 있었을지 모른다. 루스가 어머니에게 한 짓에 대한 어떤 단서가, 아니면 어머니가 실제

로 어디에 계신가가,

소년은 일어섰고 또 한 가지 깨달음이 순식간에 찾아들었다. 한 가지 생각이 들면 일쑤로 다른 생각도 뒤미처 들게 마련이었다……. 루스는 새뮤얼이 그 편지를 훔친 것을 몰랐다. 왜냐하면 만약 알았으면 분명히 벌써 새뮤얼에게 그 애길 했을 것이고 새뮤얼은 루스의 성화를 맞았을 것이기 때문이었다. 그 말은 루스가 그 편지 건을 모른다는 뜻이고, 그러면 아마도 루스가 찾던 건 그게 아니었을 터였다. 그래도, 새뮤얼은 이제 어머니가 아버지에게 뭐라고 써 보내셨는지 읽는 것보다 더 화급한 일은 없을 것만 같았다. 그래서 그것이 새뮤얼이 하려고 하는 일이었다.

*

새뮤얼의 침실 문은 그가 복도로 발을 내디딜 때에 삐걱이고 못되게도 큰 소리로 끼이익 소리를 내었다. 마루 판자도 마찬가지로 새뮤얼을 들키게 만들려고 작심한 듯 찌그덕거리고 신음해 댔다. 마치 누구의 아픈 등을 밟아 가는 것 같았다.

새뮤얼은 먼저 어머니 침실을, 어둠에 잠긴 무덤을 지나쳤고 몇 가지 이유로 이것은 마음 놓이는 일이었다. 흡사 새뮤얼의 어느 부분인가가 본능적으로 이 밤에 또 한 가지 새로운 수수께끼를 떠안는 부담을 버텨 낼 순 없다는 걸 안 듯했다. 하지만 루스의 침실은 들려줄 이야기를 품고 있었다. 등불이 비추는 희미한 빛이 루스 방 문 밑으로 불그레하게 피어났다.

새뮤얼은 멈출 생각이 아니었다. 루스가 늦게까지 안 자고 있는 것이야 별다른 일도 아니었다. 아주 자주, 화장 실에 가려고 자다 일어났을 때에 새뮤얼은 루스 방 불이 켜져 있는 걸 보곤 했다. 그런데 어째서 지금 그 빛이 새뮤 얼을 부르는 것처럼 보인 것일까? 새뮤얼은 몰랐다. 새뮤 얼은 살금살금 문에 다가갔다. 그러고는 한 눈을 감고, 다 른 눈은 열쇠 구멍에 맞추었다.

보이는 광경은 타원형으로, 침실의 모퉁이들이 흐릿하 게 지워져 시야에 둥그렇게 비쳐 왔다. 새뮤얼은 침대를 보았다. 여전히 정돈돼 있는 상태였다. 그리고 방 둘레를 따라 난 창과 그 창 아래 책상을 보았다. 그리고 거기에 루 스가 앉아 있는 모습을 보았다. 잠옷 차림으로, 머리를 풀 고 앉아 있었다. 등 하나가 켜져 있었고 꺼먼 병 하나가 루 스 옆에 오도카니 놓였다. 부모님이 저녁 식사 때 마시곤 하던 값비싼 포도주 병과 꼭 같아 보이는 병이었다. 저것 만 마시면 사람이 뜬금없이 불쑥 국가적 자부심을 내세우 다가 말을 맺지도 못하고 잠이 들고 만다고, 어머니가 아 버지를 탓하던 바로 그 술 말이다. 루스는 아래를 보고, 평 소에 꼿꼿이 펴고 있는 어깨를 구부정히 수그리고서 오른 쪽 팔꿈치가 굽어진 상태로 움직이는 참이었다. 새뮤얼은 루스가 글을 쓰는 것이라고 생각했다.

밤중에 편지를 쓰는 것이 그렇게 굉장히 이상한 일일 것은 없으리라고, 새뮤얼은 추론했다. 사람들은 낮이건 밤이건 아무 때나 편지를 쓴다, 그렇지 않은가? 아마도 루스는 자기 여동생 앨리스에게 편지 쓰고 있는 것이리라. 이제 곧 두 번째 결혼을 하는 동생에게.(이것은 구설수에 오를 일도 아니었다, 첫 남편이 열차에 치여 죽었기 때문이다.) 그런데 왜 루스를, 무언지 글을 써 나가는 데에 완전히 정신을 쏟고 있는 그녀를 지켜보는 일이 새뮤얼 배 속에 딴딴한 매듭을 지어 놓는가? 공포 탓은 아니었다, 두려워할 일이 뭐가 있는가? 그건 공포보다 훨씬 더 다급한 무엇이었다. 새뮤얼은 루스가 뭘 쓰고 있는 건지 알아야만 했는데, 왜냐하면 이 깊은 밤의 글쓰기가 자기 어머니와 관련 있는 무언가일 거라는 상상을 도무지 안 할 수가 없었기 때문이다.

새뮤얼의 손이 문손잡이를 붙들었다. 막무가내로 쳐들어간다면 루스가 엄청나게 화를 내리란 건 알고 있었다. 아마 새뮤얼을 때릴 것이다, 방 저쪽까지 날아가도록 밀쳐 버릴 것이다. 전에도 그런 적은 있었다. 새뮤얼은 개의치 않고 싶었다, 자기가 용감해서 루스가 어쩌든지 감수할 수 있기를 바랐다. 그럼으로써 루스가 뭘 하고 있었는지를 알게 된다면……. 하지만 새뮤얼을 루스의 방 문에 오게 만들고 열쇠 구멍을 엿보도록 밀어붙이다시피 한 그 조수는 차올랐을 때와 마찬가지로 갑자기 쭉 빠져 버렸다. 이제, 루스의 침실로 밀고 들어가는 것은 그저 무모한 생각으로만 여겨졌다. 시간은 늦었고 새뮤얼은 어머니 편지를 손에 넣어 자기 방으로 가지고 가면 되는데 그거면 충분할 것 같았다, 적어도 오늘 밤에는. 새뮤얼은 그렇게 자신을 타일렀다.

새뮤얼은 문손잡이에서 손을 뗐다. 하지만 새뮤얼 방의 문이 삐걱거리고 복도 마루 판자가 뚜둑 들리던 것과 똑같이, 그 문손잡이도 들키지 않고 빠져나가고 싶은 새뮤얼의 바람은 아랑곳하지 않았다. 문손잡이가 헐거웠기에 (루스는 항상 그걸 고칠 생각을 하고 있었다.) 놓으니까 덜걱거렸다. 큰 소리가 난 것도 아니고 많이 덜걱거린 것도 아니었다. 하지만 충분히 덜걱거렸다.

열쇠 구멍을 통해서 새뮤얼은 루스가 고개를 드는 걸 보았다. 루스는 자기 앞 서랍을 열었고, 무엇이었는지 몰라도 쓰던 것을 그 속에 넣어 치우고 문을 돌아보았다. 루스의 눈이 불길하게 가늘어졌다. 하지만 루스가 열쇠 구멍을 통해 새뮤얼을 볼 순 없었다, 그럴 수가 있겠는가? 루스가 벌떡 일어났고, 앉았던 의자가 뒤로 확 밀리면서 바닥에 직 끌리고 기우뚱 넘어가 침대에 걸쳐졌다. 새뮤얼은 물러났다. 루스가 방 안을 건너오는 빠른 발소리가 들렸다, 마치 전쟁의 북소리처럼 쿵쿵 울리는 소리. 새뮤얼도 달렸다,

건실을 가로지르며 막 도망쳤다. 루스의 방 문이 벅컥 열
린 것은 새뮤얼이 자기 방으로 뛰어 들어가 문을 닫은 것
과 동시였다.

등을 문에 붙인 채, 숨을 급박하게 몰아쉬면서, 새뮤얼
은 목이 너무나 바싹 말라 침을 삼키는 것조차 큰일이었
다. 침대로 가려고 한다면 필경 루스가 기척을 듣고 말 터
였다. 이미 늦었기에 그야말로 가만히 조용히 있는 것 말
고 다른 아무것도 할 수 없었다. 밖에서, 루스의 기척이 나
는지 귀 기울였다. 루스는 이제 달리고 있지 않아서, 새뮤
얼은 이따금씩 나는 마루 판자 밟는 소리로 루스가 돌아다
니고 있다는 걸 짐작할 따름이었다. 하지만 천천히 움직이
고 있었다.

"거기 누구지?" 루스의 목소리는 속삭이는 소리라기엔
높고 밭았다. "새뮤얼, 거기 너니?"

루스의 발소리가 가까워져 왔다. 새뮤얼은 가슴을 진
정시키려 애썼지만 입을 다물 때마다 숨이 밖으로 막 터져
나오려고 했다. 한동안 침묵이 흘러서 소년은 루스가 아직
거기 있는 건지 궁금했다. 그러다 새뮤얼 방 바로 밖에서
마룻장이 신음했다. 문손잡이가 달칵하고 돌아가기 시작했
고, 그 소름 끼치는 끼이익 소리가 새뮤얼의 다리에서 힘
을 앗아 갔다. 새뮤얼은 눈을 감고, 숨을 멈췄다.

커다란 꽝 소리가 정적을 깼다.

새뮤얼은 루스가 숨을 삼키는 소리를 들었다. "아빠?" 루스가 속삭인 말은 그랬다. "아빠?"

확실하지는 않았지만, 새뮤얼은 루스 침실의 그 의자가 넘어진 것일 거라고 짐작했다. 문손잡이가 도로 제자리로 돌아오고 곧이어 빠른 발소리가 멀어져 가는 게 들렸다. 안도의 물결은 너무나도 강력해 새뮤얼은 어지러움을 느꼈다. 새뮤얼은 등 뒤로 문을 느꼈고, 위기가 지나갔는데도 여전히 그 자리에 얼어붙어 있었다. 유일하게 움직이는 것은 빠르게 솟았다 내려앉는 가슴통뿐이었다. 새뮤얼이 방 안을 가로질러 침대로 기어 들어갈 엄두를 낸 것은 족히 일이 분이나 지나서였다.

새뮤얼이 거기 오래 누워 있지 않아서 문이 열렸고 루스가 들어왔다. 소년은 옆으로 누워서 최선을 다해 천천히, 깊게 숨을 쉬며 깊이 잠든 척했다. 그는 등불 빛이 자기 얼굴을 비추는 걸 느꼈고 다름 아닌 루스의 숨소리를, 새뮤얼 자신의 숨소리보다 한결 빠른 숨소리를 들었으며 루스 숨결에서 나는 시큼한 냄새를 맡았다. 루스는 그 자리에 한동안 그대로 있었다. 새뮤얼로서는 얼마나 오래인지 알 수 없었던 시간을, 그저 새뮤얼을 보고만 있었다. 그러다 루스가 무슨 말을 중얼거렸다, 새뮤얼은 '어처구니없이'라는 말을 들은 것 같았다. 그러고는 루스가 방에서 걸어 나가, 문을 닫았다.

새뮤얼은 루스가 간 뒤에도 한참 동안 눈을 감고 있었
다. 감히 움직이거나 소리를 낼 엄두가 나지 않았다. 새뮤
얼은 그저 그 자리에 누워서 잠든 척했다. 루스가 열쇠 구
멍을 통해 보고 있을 가능성도 얼마든지 있는 이상 그것이
현명한 일이라는 걸 충분히 알고 있는 새뮤얼이었다.

21

아침 식사 때 루스는 명랑하고 쾌활해, 도무지 루스 같
지 않았다. 루스는 아주 기분이 좋아서 주방을 왔다 갔다
하고 때때로 낮게 무슨 소리를 내기까지 했는데, 마치 혼
자 가만히 노래를 흥얼거리는 것 같았다.

"잠 잘 잤니?" 새뮤얼이 식탁에 앉자 루스가 물었다.

"잘 잤어."

"달걀이 다 떨어졌어. 버터도 남은 게 없구나." 루스는
새뮤얼 앞에 소시지 두 개와 빵을 좀 담은 접시를 놓아 주
었다. "무슨 시끄러운 소리 못 들었니?"

새뮤얼은 눈을 빵에만 두었다. "무슨 소리?"

"아, 아무것도 아니야." 루스는 짧은 웃음 소리를 내놓
았다. "내가 침대에서 책을 읽다가 잠이 들었던가 봐, 책이
손에서 스르르 떨어져서 바닥에 아주 쾅 하고 부딪혔지 뭐

니. 죽은 사람도 벌떡 일어날 만큼 요란하더라, 정말." 루스는 식탁에 한 자리를 차지하고 앉았다. 루스 앞의 죽 그릇에는 굴뚝에서 연기가 나듯 무럭무럭 김이 올랐다. "그 소리에 깨지 않았어?"

"아니."

"다행이네."

"난 어젯밤에 이상한 꿈 꿨어." 그런 일 없었다, 물론. 하지만 루스의 거짓말이 새뮤얼의 가장 대담한 부분에 불을 댕긴 것 같았다. "모르겠지만, 꿈인 것 같았어…… 그런데 꼭 진짜같이 느껴졌어."

루스는 죽을 한 숟가락 가득 퍼 먹고 냅킨으로 입을 닦았다. "무슨 꿈이었는데?"

"귀신." 소년이 작은 소리로 말했다.

"귀신?" 루스가 고개를 갸웃했다.

"내 침실 밖에 귀신이 있었어, 복도를 왔다 갔다 걸어 다녔어."

"마음 뒤숭숭한 꿈을 꿨으면 계속 생각하지 않는 게 최선이야." 루스가 재빨리 말했다.

"귀신이 눈처럼 새하얬어, 머리가 길고 숨결은 냄새가 너무 지독해서 기절할 지경이었어. 화가 난 귀신이었어, 루스. 살에 구더기가 끓는 것처럼 구멍이 숭숭 나 있었어."

"그거면 충분해, 새뮤얼. 이런 이야기는 아침 식사 자리에서 할 게 아니야."

"그 귀신이 복도를 왔다 갔다 했는데 등불처럼 빛이 나고, 발이 없었는데도 신발이 마루 나무에 자박자박 부딪히는 소리가 났어. 귀신이 날 잡으러 오는 거라고 생각했거든, 그렇잖아, 그래서 겁이 났어…… 귀신이 무슨 말을 자꾸자꾸 소곤거리는 게 들렸어."

"참 끔찍한 꿈도 꿨다." 루스가 이 말을 어찌나 딱 부러지게 했던지 이 화제는 이제 그만이라는 것 말고 다른 뜻은 있을 수 없었다. "식어 버리기 전에 그 소시지 먹는 게 좋아."

소년은 루스를 쳐다봤다. "내 꿈에 나온 그 귀신이 뭐라고 소곤거렸는지 알아, 루스? 몇 번이나 자꾸 하던 말이 뭐였는지 알아?"

"아침 식사 해라, 새뮤얼." 루스는 숟가락으로 죽을 뒤적거렸다. "먹고 나서 옷도 입어야 하고……."

"'아빠.'"

루스의 눈빛이 확 안 좋아졌고, 입술은 굳게 다물어졌다.

"귀신이 복도를 걸으면서 한 말이 그거야. '아빠! 아빠! 아빠!'"

"그만해!"

루스가 너무나도 세차게 숟가락을 패대기치듯이 내려놓는 바람에 죽이 튀어서 식탁에 떨어졌다. 그 화내는 위력이 뻗쳐 와 새뮤얼을 의자에 도로 주저앉힌 것 같았다.

"네 꿈 이야기는 더 안 들어 줄 거야, 새뮤얼 클레이." 루스는 안 그러면 그 자리에 있지 못할 것처럼 탁자 끝을 꽉 붙들고 있었다. "너 이 녀석 무슨 귀신에 씌어서 그러지. 그렇지만 아무래도 귀신이 문제인 건 아닌 것 같다."

새뮤얼은 머리카락이 눈에 늘어졌지만 걷어 올리지 않았다. "그러면 뭐가 문젠데?"

"네가 말해 보렴, 우리 둘 다 알게."

"어머니가 계셔야 돼."

"어머니는 여기 안 계셔!" 루스가 호통쳤다. "너 여기 있고 나 여기 있지, 하느님 도와주소서, 그렇지만 너희 어머니는 여기 없고 네가 아무리 부탁하고 조르고 칭얼거려 봐야 어머니가 오실 만큼 다 준비가 되기 전에는 어머닐 오시게 못 해."

말 한마디 한마디가 새뮤얼의 생살을 찔러 헤치는 단도였다. 루스는 어찌나 영악하게 말을 하는지 그 말들은 참인 동시에 잔혹했다. "어머니한테 이를 거야, 어머니한테 얘기해서……."

"어머님은 네 말 못 들으셔, 지금 어디 계신데 말이 들려." 루스가 차갑게 말했다. "그리고 난 너희 어머니 이야기는 지금까지 물리도록 했어."

그러는 게 겁쟁이 짓이기는 했다. 새뮤얼은 알고 있었

다. 그렇지만 겁쟁이 짓이 와르르 무너져 버리지 않을 유일한 길일 때도 있는 법이었다. 새뮤얼은 벌떡 일어났고 주방을 도망쳐 나갔다.

*

"그게 다야?"

소년들은 언덕 오르기 전 느릅나무 그늘에 앉아서, 어떻게 된 일인지 상황을 파악하는 중이었다. 새뮤얼이 지난밤 있었던 일들과 자기가 본 광경을 들려주었고, 조지프는 심하게 실망했다.

"루스는 무슨 소리가 들리니까 누가 있나 하고 나와 본거네." 조지프는 막대기로 흙을 쿡쿡 찌르고 있었다. "루스가 네 방 문을 박차 쓰러뜨리고 잠옷이 피범벅이 돼서 손에 칼 들고 뛰쳐 들어온 것도 아니잖아. 와, 그랬으면 큰일이었겠다."

"내 방 문에 왔었어." 새뮤얼이, 두 다리를 당겨 세워 팔로 안으면서 말했다. "문손잡이에 손도 대고 다 했어. 그 쿵소리가 아니었으면 들어왔을 거야."

"그래도 루스가 널 죽이려고 했다는 얘긴 못 돼."

"루스가 '아빠'라고 말하는 걸 들었어." 새뮤얼은 다리를 더 바싹 끌어안았다. "그리고 내가 꿈꾼 척 얘기를 하니까 진짜 화를 냈어. 어찌나 화가 났던지 난 루스가 영락없이 무슨 짓을 하겠구나 생각했어."

"무슨 짓?"

"몰라. 뭔가 예삿일이 아닌 짓."

새뮤얼은 학교로 걸어오는 길에 조지프에게 모든 걸 다 털어놓은 차였다. 글쎄, 루스가 너희 어머니 운운한 이야기 말고는 다 털어놓았다.

"루스 할망구 아버지는 죽었다고 하지 않았어?" 조지프가 말했다.

"응, 루스가 어렸을 때 돌아가셨는가 봐."

"어, 너 모르겠냐? 루스는 네가 문손잡이 딸깍한 소리를 듣고 자기 아빠가 귀신이 돼서 자길 찾아온 줄 안 거네."

조지프는 얼토당토않은 생각을 엄청나게 많이도 해내던 친구지만 이 생각은 그중 하나가 아니었다.

"귀신에 씌고 싶어 하는 사람들이 있단 말이야." 조지프가 말을 이었다. "울 엄마가 하는 소리거든."

조지프는 멋모르고 한 이야기였지만 그 말에 새뮤얼은 뺨이 붉어졌다. '너 이 녀석 무슨 귀신에 씌어서 그러지.' 루스가 딱 그 말을 했더랬다.

"루스가 어머니 침실에 있다가 나한테 들켰을 때 말인데." 새뮤얼이 말했다. "겁먹은 모습이었어. 진짜로 질겁하더라고. 나한테 보여 주고 싶지 않은 무슨 짓을 하던 차에 내가 불쑥 나타난 거야."

"엉큼한 사람이야, 루스 할망구는." 조지프는 보일락 말락 감탄하는 뜻으로 고개를 까닥했다. "물론, 진짜로 자기 브로치를 찾고 있던 것일 수도 있겠지. 얼마든지 결백할 수도 있어."

"루스는 거짓말을 해, 조지프. 어젯밤 말인데, 루스는 자기가 침대에서 책 읽다가 책이 바닥에 떨어졌다고 했어. 그렇지만 난 그 말이 참말 아닌 걸 알아. 루스는 책상 앞에 앉아 뭘 쓰고 있었어. 난 그게 뭐였는지 그것만 모를 뿐이야."

조지프가 어깨를 추썩였다. "어른들은 노상 거짓말을 해. 어쩌면 루스는 일기를 쓰고 있었던 걸 거야, 자기 비밀을 낱낱이 다 고백하는 그런 거. 다른 사람 그 누구에게도 알리고 싶지 않은 모든 걸 다 써 두는 거지." 이 생각에 어찌나 격한 가능성이 보였던지, 조지프는 돌연 몸을 곧추세우고 막대기로 땅을 쳤다. "루스가 그거 어떻게 하는지 너 봤냐?"

"뭐를 어떻게 해?" 새뮤얼은 생각이 딴 데 가 있었다.

"일기장 말이야, 바보 같기는."

"뭐였든 간에 그건 서랍에 넣던걸."

조지프는 새뮤얼의 팔을 쿡 찔렀다. "만약에 네가 그 일기장을 손에 넣으면, 루스 할망구가 나쁜 짓을 하는 사람인지 알 수 있을 거야. 내 생각에 루스는 자기가 누구를 죽였으면 그 얘기를 전부 종이에 써 두는 꼭 그런 사람일 것 같거든. 알겠어? 그래서 늙은 후에 다시 읽어 보고 자기가 저지른 온갖 썩어 빠진 짓거리들을 추억할 수 있게 말이야."

이 생각은 흥흥한 데다 새뮤얼 자신의 선입견과도 그야말로 한 궤를 달리는 것이 듣자 하니 무척 마음이 혹했으므로, 소년은 절로 그쪽으로 기울고 그 말이 믿어지는 것을 스스로 어찌할 수가 없었다.

22

학교에서 집에 온 때에 새뮤얼은 어머니에게서 무슨 소식 온 것 없느냐고 묻지 않았다. 아침 식사 때 그 일을 치르고 나니 물을 엄두가 나지 않았다. 그 대신에, 새무얼은 곧장 위층으로 가 옷을 갈아입었고 그런 다음에는 로빈 후드를 찾아보러 뜰로 나갔다. 토끼는 산울타리 덤불 밑에서 쉬고 있었는데, 양배추 잎 한 장을 통째로 그 녀석에게 먹여 주며 그렇게나 절대적으로 자유로운 생물체를 보고 경탄하노라니 다소 마음에 위안이 되었다. 새뮤얼은 배가 고파 못 참게 된 때에야 도로 집 안에 들어가 볼 마음을 내었다. 배고픔이 루스를 대면하는 게 무서운 마음을 능가할

지겹이 되고야 겨우,

가 보니 루스는 작은 초콜릿케이크에 당의를 펴 발라 입히던 차였다. "반시간 전에 이것 구워지는 냄새 맡고 들어올 줄 알았다만." 루스가 말했다.

새뮤얼은 말없이 주방으로 걸어 들어갔다. 그랬다, 저 케이크 한 조각 정말로 먹고 싶긴 했다. 그렇지만 루스를 보자 이왕의 일이 확 도로 떠오르며 이내 분노의 불꽃이 붙어 타올랐다.

"그래 학교는 어땠어?" 루스가 물었다.

"지루해." 새뮤얼은 팔짱을 낀 채로 자리에 앉았다.

"그렇구나." 루스는 진한 초콜릿색 당의 위에 색색 장식 설탕 가루를 뿌렸다. 더없이 미미한 웃음기를 띤 채였다. "배울 만한 게 하나도 없었던가 보구나? 이 세상에서 알아야 할 일들은 전부 다 알고 있어서?"

새뮤얼이 그런 말은 안 했다. 그냥 지루하다고 말했을 뿐이고, 그거야 더할 나위 없는 참말이었다.

"다 됐네." 루스는 양손을 앞치마에 문질러 닦고 새뮤얼을 건너다보았다. "한 조각 먹을래?"

물론 한 조각 먹고 싶었지만, 새뮤얼은 차마 그렇다고 말을 못 했다.

"배 안 고파?" 루스가 말했다.

"조금." 새뮤얼이 중얼거렸다.

"그렇겠지." 루스의 의뭉스러운 미소에 새뮤얼은 케이크를 바로 그 낯짝에 던져 버리고 싶은 기분이 되었다. "오늘 오전에 마을에서 내가 누굴 만났게?"

새뮤얼이 그런 걸 어떻게 안단 말인가? 하지만 한 박자 늦게 어쩌면 어머니에 관한 이야기일지 모르겠다는 생각이 들었다, 뭔가 소식을 들었다거나. 그리고 일단 그 생각이 들자 선택의 여지가 없이 이렇게 말할 수밖에 없었다. "누구 만났어?"

"콜린스 부인." 루스는 찬장으로 가서 접시 한 장을 꺼냈다. "우체국 밖에서 아주 즐겁게 이야기를 나눴단다."

루스가 말하는 품이 뭔가 심상찮은 데가 있었다. 목소리는 경쾌하고 얼굴에는 상쾌한 미소가 떠올라 있고. 새뮤얼은 슬슬 불안한 마음이 들었다. "무슨 얘기를 했는데?"

"여러 가지로." 루스는 접시를 식탁에 놓고 서랍에서 칼을 꺼내 왔다. "부인 말이 조지프가 네 얘기를 떠벌떠벌 오래도 한다더구나."

새뮤얼은 루스가 초콜릿케이크를 인심 좋게 한 조각 큼지막하게 썰어 접시에 담는 걸 지켜보고 있었다. 새뮤얼이 말했다. "아아."

"정말 '아아'지." 루스가 케이크를 새뮤얼에게 건넸다. "콜린스 부인 얘기론 조지프는 내가 지하실에 사람 시체를 산더미같이 쌓아 놓고 있다고 믿는다던걸." 루스는 새뮤얼만 바라보았다. "그게 상상이나 가니?"

소년은 가만히 있었다.

"조지프 어머니는 하나부터 열까지 기막히게 우스운 얘기라고 생각하시던데, 나도, 당연하지만, 같이 농으로 알고 재미있어하고 말았지." 루스는 서랍에서 포크를 꺼내 새뮤얼 손에 건네주었다. "추악하고 못 돼먹은 거짓말에서 재미있는 구석을 찾는다는 게 어렵기는 했지만 말이야." 루스는 빙긋이 웃었다. "얼른 먹어, 네가 제일 좋아하는 것인 줄 아니까."

식욕이 달아나 버린 후였지만 새뮤얼은 한 입 떼어 물었다. 오로지 케이크에만 집중하고 주방 안에서 왔다 갔다 하는 루스는 보지 않으려고 했다.

"네 친구 조지프가 어디서 그런 이야기를 얻어들었는지 짐작 가는 데라도 있니, 새뮤얼?"

새뮤얼의 입은 고맙게도 가득 차서 대답 안 하기를 한결 쉽게 만들어 주었다.

루스는 이제 개수대에 가 있었다. 수도꼭지에서 흐르는 물에 칼을 씻고 있었다. "고양이가 혀라도 잘라 먹었어? 조지프가 어디서 그딴 생각을 얻어들었는지 물었잖아?"

"난 몰라."

"네가 몰라?"

"응. 아니, 몰라."

"내가 온종일 궁리를 한 덕택에 결론에 이르기는 아무래도 이 집 사람 누가 조지프한테 그 얼토당토않은 얘길 해 준 게지 싶은데."

전혀 진실이 아닌 결론이었다. 그 이야기가 조지프한테서 나온 것이었지만, 새뮤얼은 배신자의 자기 보호 본능을 갖지 못한 아이라 그렇게 실토하긴 싫었다.

"나 좀 봐, 새뮤얼." 루스의 목소리는 부싯돌만큼이나 딱딱했다.

케이크는 맛이 있었지만 그걸 먹는 게 눈곱만큼도 즐겁지 않았다. 새뮤얼은 고개를 들었다.

"네 입에서 나오는 바보 같은 소리들을 밤낮으로 들어야 하는 것만 해도 나로선 충분히 곤욕이야." 루스는 칼로 새뮤얼을 가리키고 있었다. 칼에서 바닥으로 물이 뚝뚝 떨어졌다. "한데 네가 이 어처구니없는 이야기를 동네방네 온 마을에 퍼뜨려서 마을에 가서도 그런 소릴 들어야 하는 노릇은 내가 안 당할 거야. 콜린스 부인 말고 다른 누가 그런 얘길 들으면 어떤 일이 생길 것 같아?"

소년은 그에 대해 답할 말이 없었다.

"그러면 그 사람들이 경찰을 부를 거야. 경찰이 이 집에 와서 그 이야기에 한 푼어치의 진실성도 없다는 걸 알게 될 것이고 그러면…… 자, 그러면 경찰들은 너를 보자고 할 텐데 왜인지 알아?"

새뮤얼이 고개를 저었다.

"왜냐하면 그 사람들은 네가 마음에 병이 있다고 생각할 것이기 때문에 그래, 새뮤얼. 그 사람들은 널 많이 아픈 애로 볼 거야, 왜냐하면 건강한 마음에 그처럼 흉흉한 생각들이 깃들 리가 없으니까. 그러면 널 이 집에서 데려가서 병원에 넣어 버리고 다시는 못 돌아올까 겁난단 말이야. 그게 네가 바라는 일이야?"

주방 안이 갑자기 싸늘해지면서 새뮤얼은 살갗에 오소소 소름이 돋는 걸 느꼈다. 새뮤얼은 루스 말을 믿기가 싫었다. 하지만 루스는 그야말로 확고하게, 정말 새뮤얼이 걱정되는 듯이 말했는데 그런 일은 루스가 잘 알지 않을까?
"그러는 건 싫어." 새뮤얼이 말했다.

"싫지? 자, 그러면, 그 이야기가 벌써 퍼진 것 이상으로 더 퍼지지는 않길 빌려무나." 루스가 칼을 개수대에 넣었다. "이 동네에서 뒷소문이란 건 벌 떼한테 꿀단지를 열어 주는 꼴이기는 하지만 말이야." 루스는 이제 인상을 쓰고 있었다. "너 누구 딴 사람한테 이 끔찍한 얘기 했어?"

"아니, 안 했어."

"맹세해?"

"응, 루스."

"그거 하난 대견하네." 루스 입가에 빳빳이 그어졌던 선들이 누그러졌다. "그러면 그 얘긴 더 하지 말자꾸나."

새뮤얼은 자기도 모르게 고개를 끄덕이고 있었다.

"케이크 마저 다 먹지 그러니. 그러고 나서 숙제해." 루스는 개수대에서 분주하게 굴고 있었고 이제 성이 났던 것도 잦아든 듯했다. "초콜릿케이크잖아. 네가 제일 좋아하는 거지, 다름 아니게."

이 말에 새뮤얼은 루스가 맨 마지막으로 만들었던 초콜릿케이크 생각이 났다. 아니, 다 만들지는 못했지만, 아무튼…… 루스가 새뮤얼의 한 팔을 움켜잡고 식탁으로 확 밀친 탓에 그 케이크 반죽이 바닥에 쫙 엎질러졌던 것이, 그만 좀 뛰어다니라고 이제 충분히 난리 쳤으니 그만하라고 말을 한 후였기에 루스 얼굴에 떠올랐던 노여움이 생각났다. 새뮤얼은 배 속이 팽팽히 당겼고 배고픔은 사라져 버렸다. 그래도, 루스는 자기가 케이크 먹는 걸 보고 싶어 하리라는 건 알고 있었다. 그래서 새뮤얼은 포크를 들어 또 한 입 크게 떼어 물었다.

"어떠니?" 새뮤얼이 채 케이크를 삼키기도 전에 루스가 물었다.

"맛있어."

루스는 식료품 저장실로 갔고 한 손에 양파를 그득 쥐고 나왔다. "오늘 저녁에는 돼지고기 남은 걸로 파이를 구우려고. 남은 고기가 넉넉해서 몇 조각 썰어 넣으면 파이가 맛있어질 거야."

도마 있는 데로 가서 양파 껍질을 벗기기 시작하는 루스를 새뮤얼은 지켜보았다. 루스는 새뮤얼에게 등을 돌린 채였지만 말을 하면서 때때로 한 번씩 고개를 들곤 했다. "원래는 신선한 채소를 곁들여서 닭이나 오리를 구울 작정이었다만, 그게……." 루스가 한숨 지었다. "지금 당장은 가금육을 살 만큼까지 돈이 안 되고 올드필드 씨네 외상 져 놓은 것도 잔뜩 있고 하니까, 남은 걸로 때우게 됐구나."

"우리 돈 없어?" 새뮤얼은 케이크를 또 한 입 먹었다.

"사정이 빡빡하네. 그렇지만 굶어 죽을 지경은 아니야. 그렇진 않지, 어느 모로 보나."

난데없이 주방 안을 휩쓸고 간 명랑한 분위기가 새뮤얼의 기분에는 대단한 영향을 끼치지 못했다. 루스가 경찰이 오느니 새뮤얼을 어디로 데려다가 어느 구역질 나는 병원에 가두어 두느니 한 말들 모두가 새뮤얼에게 멍을 남겨 새뮤얼은 또 한 입 케이크를 먹기에 억지로 애를 써야 했다.

"자, 남은 음식 다시 해서 먹는 것에 대해서도 조지프 콜린스한테는 아무 말 하지 말길 바란다." 루스가 지시했다. "내가 정육점에서 공공연히 망신당한 얘긴 온 마을이 다 들었을 게 틀림없거든, 그러니 우리가 불에다 장작을 더 지필 건 아니야. 잘 알았지, 새뮤얼?"

새뮤얼은 루스에게 대답을 하려고 케이크를 얼른 삼켰고 그 즉시 목에 이상한 느낌을 받았다. 무엇인가 묘한 것,

생경한 것이 꿀꺽 넘어가는가 싶더니 목에 걸렸다. 그것은 거기에 꽉 들어박혀 움직일 생각을 안 했다. 아무리 삼키려고 힘을 주어도 소용없었다. 새뮤얼은 그 물체를 억지로 넘기는 데 정신이 없어서 숨이 마음대로 쉬어지지 않는 걸 깨닫지 못했다. 이제 얼굴이 뜨거워졌고 새뮤얼은 죽어라고 폐에서 숨 한 가닥을 뽑아 올리려 애썼다.

루스가 고개를 들었지만 돌아보지는 않았다. "잘 알았느냐고? 내가 말했잖아, 새뮤얼."

새뮤얼은 목구멍에서 꼴록거리는 소리를 내고 있었다. 적어도 소리를 내려고 애는 쓰고 있었다⋯⋯. 하지만 숨이 모자라 그 소리도 금세 꺼져 버렸다.

"대체 그게 무슨 소리야?" 루스가 말했다.

소년의 가슴은 주먹 쥔 듯 꽉 죄어들었고, 눈에는 눈물이 고여 왔다. 공기 부족으로 머리가 핑핑 돌았다. 벌떡 일어서자, 그 서슬에 의자는 나동그라지고 새뮤얼은 식탁 위에 꽝 하고 엎어졌다.

루스가 몸을 휙 돌렸다. 루스는 소년의 아주 새빨개진 얼굴을, 그리고 눈에 어린 공포를 보았다. 한순간 만이었지만, 루스는 머뭇거렸다. 어떻게 해야 할지 망설이는 것처럼. 그러고 나서 루스가 소리쳤다. "새뮤얼!"

가정부는 주방을 가로질러 달려와 소년을 앞으로 밀었고, 이어서 등을 두들겼다. 새뮤얼은 눈앞이 뿌예지며 머릿

속에 압력과 통증이 왔다. 루스가 다시 새뮤얼의 등을 쳐
새뮤얼은 식탁 위에 납작하게 사지를 뻗었다. 루스는 다시
등을 때리고 또 때렸다.

새뮤얼은 이제 막 토할 것 같았다. 그런 느낌이었다. 그
러더니 뭔가가 뿍 튀어 나가고 피와 토사물이 주르륵 주방
식탁 위에 쏟아졌다. 새뮤얼은 허겁지겁 숨을 들이마시고
기침을 하기 시작했다.

"하느님 감사합니다." 루스는 한 손을 새뮤얼 등에 얹
어 둔 채였다. "천만다행이다."

새뮤얼은 다시 한번 숨을 쉬고 또 쉬었다. 입가를 훔치
고 그다음에는 뿌옇게 눈물이 어린 눈을 훔쳤다.

"괜찮아?" 루스가 의자를 일으켜 세우고 새뮤얼을 달
래 앉혔다.

"숨을 쉴 수가 없었어. 목이 막혔던 거야."

루스가 물 한 잔을 가져다주었다. "케이크에 사레 들렸
던 게지."

입안에서 씁쓸한 피 맛을 느낄 수 있었다. 새뮤얼은 식
탁 위에 고인 토사물을 가리켰다. "케이크 때문이 아니야."

루스는 거길 굽어보고 토해 낸 것 가운데서 크기가 대략
건포도만 한 물체를 발견했다. 미끈미끈하게 피범벅이 돼
있는 물체였다. 루스는 그걸 집어 창 쪽으로 들어 보았다.

"뭐야?" 새뮤얼이 물었다.

"유리." 루스의 이 말은 들릴락 말락 했다. "유리 조각 이네."

어떻게 유리 조각이 초콜릿케이크에 들어갈 수가 있느냐고 미처 묻기도 전에, 루스는 저쪽으로 가 그것을 수돗물에 대고 씻었고 씻은 것을 식탁 위에 내려놓았다. "케이크를 만들다가 크림 병을 떨어뜨렸어……. 병이 탁자에 부딪혀서 산산이 깨졌지. 파편들은 전부 바닥에 떨어진 줄로만 알았는데……."

새뮤얼이 마실 때 손에 쥔 잔의 물은 바르르 떨렸고, 목으로 넘어가는 차가운 액체가 마치 불이 밀고 들어가는 느낌이었다.

"손에 기름칠이 돼 있나 봐, 내가 원체." 루스의 얼굴은 거미줄을 친 양 온통 찡그려졌다. 루스는 서서 새뮤얼을 굽어보며 입을 벌려 보게 했다. "아프니?"

"목만 아파."

"피가 좀 났다만 큰 상처는 안 보이는구나." 루스는 더 가깝게 몸을 기울여, 퀴퀴한 숨결이 더운 바람처럼 새뮤얼의 얼굴에 끼쳐 왔다. "네가 원하면 울프 선생님한테 전화할게." 그러더니 루스는 소년의 턱을 손으로 받쳤다. "물론 그건 네가 정할 일이야, 하지만 울프 선생님은 정말 참견 좋아하는 양반이라 네 목 말고 달리 또 자기가 신경 써야 할 게 있구나 알아챌까 봐 그저 걱정이 되는구나."

새뮤얼은 꿈꺽 목을 울렸다가 그만 아픔에 우거지상이 되었다. "달리 또 어떤 거?"

"글쎄, 내가 말했듯이, 네가 요새 워낙 마음에 문제가 있어서, 누가 너를 보면 그게 딱 보일 테고, 그러면 질문들을 해 댈 것이고, 그러면, 글쎄다, 나는 다만 네가 궁리궁리를 해 낸 그 무시무시한 얘기들을 그 양반이 듣는 일이나 없기를 바랄 따름이지 뭐, 살인이며 나쁜 짓에 대한 얘기들. 그 소릴 다 들었다가는 네 정신이 망그러졌다 생각할 게 틀림없고 갖가지 검사를 하려고 들 텐데, 아마 저기 런던에 있는 병원들 중 어디에서 할 것이고 그러고 나면, 널 어떻게 할는지 생각하고 싶지도 않구나. 내가 최선을 다해서 넌 그저 어머니가 그리운 거고 이 오만 가지 황당무계한 생각들은 상상이 걷잡을 수 없이 뻗친 결과라고 말은 하겠다만, 의사 선생님들은 나 같은 사람들 얘긴 도무지 귀담아들어 주질 않는걸." 루스는 생긋 미소 지었지만 마음은 담겨 있지 않았다. "너 목 다친 건 그냥 저절로 잘 아물 게 틀림없지만, 그래도 혹시 네가 울프 선생님을 불러 달라면 지금 당장 그렇게 할게. 네가 결정할 일이란다, 새뮤얼."

새뮤얼은 고개를 저었다. "의사 선생님 부르지 마."

루스는 새뮤얼 턱을 받치던 손을 내렸다. "네가 바라는 대로 하마."

"옷 갈아입어야겠어." 새뮤얼은 셔츠와 바지에 묻은 피와 토사물을 내려다보았다.

"냄새가 하늘 꼭대기까지 뻗치겠다." 루스는 행주를 집어 수돗물에 적셨다. "난 이 난장판을 치울 테니까 그동안 목욕을 하지 그러니?"

"알았어."

"꿀 넣고 차 좀 우려 줄게. 그거면 목이 언제 그랬냐는 듯이 개운해질 게다."

새뮤얼은 일어섰다. 목에서 피가 울컥 올라오는 맛이 나서 억지로 삼켜 내렸다. "고마워, 루스."

23

등불 빛 아래 지도책이 환했다. 새뮤얼은 작은 탁자 앞에 앉아, 양팔을 팔짱 끼고 손 위에 고개를 얹은 채 눈으로 보스턴과 웨스트콘월 사이를 건너다녔다. 하얀 책장 위에 등불이 부드러운 주황색 빛을 비추어, 사막의 모래언덕인 양 타오르며 빛이 났다. 가운데 제본된 곳에 가면 책장이 조금 구부러져 들어가기에 영국과 미국 사이 파란 바다가 어두운 전망을 품고 부풀어 오른 듯이 보였다. 새뮤얼의 어머니는 지금 이 순간 저 대양을 건너는 배에 타고서 새뮤얼이 있는 집으로 돌아오고 계실까? 그런 희망을 품은 적도 있었지만 바보 같은 생각이었구나 망연해지고 말았더랬다……. 대서양에 오도카니 얹혀 있는 저 조그만 나무 예인선이 새뮤얼이 어리석었다는 증거물 아닌가? 새뮤얼은 배에 묶인 빨간 실을 보고 그 끝을 눈으로 좇아, 어머니가 들렀던 곳 전부를 표해 놓은 핀들의 그물을 꾸불꾸불 역으로 더듬어 갔다. 무언가를 소원한다는 데 그 일을 이룰 힘이 깃들어 있지는 않았다.

소년의 목은 몹시 아팠지만 출혈은 거의 멈추었다. 입에서는 아직도 쓰고 역한 맛이 났지만 최악의 두통은 지나갔다. 새뮤얼은 루스가 하라고 한 대로 몸을 씻었다. 루스가 차를 가지고 들어와 스펀지를 집어 들고 얼굴과 목에 묻은 토사물을 닦아내 주었다. 그러면서 평소답지 않게 온갖 자잘한 걸 가지고 계속 말을 해 댔다. 토요일에 장에서 쇼트브레드와 케이크가 몇 개 나갔으면 좋겠다느니, 품질 좋은 치즈 값이 어처구니없이 비싸다느니, 윌리엄이 다음번에는 뭘 해 줘야 하겠다느니.(앞쪽 울을 따라 난 산울타리를 손보는 일이었다.) 때로 한 번씩 루스는 하던 말을 멈추고 새뮤얼에게 괜찮으냐고 물었고 새뮤얼은 매번 괜찮다고 대답했다.

"넌 도무지 아무 말이 없구나." 루스는 이렇게도 말했다.

그러면 새뮤얼은 그저 어깨만 추썩였다. "피곤해."

"그래, 그야 그렇겠지."

목욕을 한 후에 새뮤얼은 주방에 내려가 우유 한 잔을 마셨다. 루스 말이, 자기가 탄 꿀차 다음으로 새뮤얼의 목에 꼭 알맞을 것이 그거라고 했던 것이다. 그래서 소년은 그녀의 조언을 따랐다. 글쎄, 아무튼 구실은 그랬다. 실제로는 루스가 저녁으로 돼지고기 파이를 만드는 데 발이 묶인 새 슬쩍 빠져나갈 수 있기를 바란 것이었다. 그때쯤 되니 해가 이미 거의 저물게 되어서, 새뮤얼이 어머니 서재에 들어왔을 때엔 밖으로 돌출된 창에 놀이 못 견디게 아름다웠다. 그래서 새뮤얼은 그리로 갔고, 창 앞에 서서 뒤뜰의 나무들 너머 뉘엿뉘엿 저가는 황혼 빛을 바라보았다. 붉은색과 보라색으로 얼룩얼룩 피멍이 든 상처 같은 놀이었다. 그러자 어머니를 지독히 그리지 않기가 힘이 들었다.

'그 사람들은 널 많이 아픈 애로 볼 거야, 왜냐하면 건강한 마음에 그처럼 흉흉한 생각들이 깃들 리가 없으니까.' 루스가 한 말은 새뮤얼 마음속에 똬리를 틀었다. '그러면 널 이 집에서 데려가서 병원에 넣어 버리고, 넌 다시는 못 돌아올지 몰라.' 새뮤얼의 정신에 문제가 생긴 걸까? 그럴 가능성은 미처 생각해 보지 못했다. 새뮤얼이 언제나 끔찍한 생각들을 하던 건 아니었다. 그렇지만 요즘 들어서는, 자기가 생각해도 나쁜 것 중에서도 가장 나쁜 상황을 상상하지 않았다고는 못 할 터였다.

새뮤얼은 자기 정신이 건전했으면 싶었다. 자기가 여느 아이들 같기를 바랐다. 어머니가 집에 왔더니 새뮤얼이 정신이 돌아 버린 아이들이 가는 병원에 들어가 있다고 하면 어떡하나? 그랬다간 그 일을 크게 짐스럽게 생각하시리라는 걸 새뮤얼은 알고 있었다. 어머니는 애가 정신이 망가졌다고, 몹쓸 병에 걸렸다고 생각하실 것이고 어쩌면 다시는 새뮤얼을 가까이 두고 싶어 하지 않으실지 모른다. 이 위험 부담은 굉장히 현실적이라 안 그럴 것처럼 생각할 순 없었다.

새뮤얼은 지도책이, 그 지도책 속에 숨겨 놓은 것이 자기를 끌어당기는 걸 느꼈다. 책상 앞에 앉아서, 지도와 눈높이를 맞춘 채, 어머니의 여행 경로를 표시한 핀들을 갈망하는 눈으로 응시하던 새뮤얼이었다. 새뮤얼은 미쳐 버린 것일까? 그리고 만약에 그렇다고 한다면, 미친 사람이 자기가 미쳤는지를 어떻게 확실하게 알 수 있을까?

루스는 새뮤얼이 끔찍하게도 치 떨리는 일들을 생각해 냈다고 그랬다. 충분히 타당한 말이다. 루스가 어머니 서랍을 뒤지는 걸 본 때에 새뮤얼은 루스가 정말로 잃어버린 자기 클로버 브로치를 찾고 있었던 것이라고는 믿으려 하지 않았다. 새뮤얼은 그 광경이 루스가 무언가 흉악한 짓을 했다는 증거라고 생각해 버렸다. 새뮤얼의 정신이 그렇게 생각하도록 한 것이다. 게다가, 바로 이날 오후만 해도,

새뮤얼은 유리 조각을 두고 흉한 생각을 하지 않았던가? 루스가 크림 병을 깨뜨렸다는 이야기를 하자마자 새뮤얼은 퍼뜩 어쩌면 루스가 유리 조각을 일부러 케이크에 넣었을지 모르겠다고 생각하지 않았던가? 새뮤얼의 정신이 루스를 의심하게끔 한 것이고, 새뮤얼이 그 '아빠'란 말을 언급한 일과 또 그 후에 콜린스 부인이 지하실에 산더미같이 쌓였다는 시체들 이야기를 했던 일을 가지고 루스가 무척 성을 냈던 일을 떠올리게 만들었다. 루스가 이런 식으로 나를 응징하는 건가, 어쩌면 심지어 죽이려는 건가 생각하게 만들었다. 그리고 새뮤얼이 숨 막혀 하는 걸 보고 나서 루스가 머뭇거렸던 걸, 단지 한순간이었지만 머뭇거렸던 그 순간을 떠올리게 만들었다.

이런 것들은 하나같이 끔찍한 생각들, 무엇인가 마구 뒤얽히고 썩어 버렸다는 걸 말해 주는 생각들이었다. 울프 선생님은 한 번 척 보기만 해도 새뮤얼이 뭔가 이상하다는 걸 알 터였다, 루스 말이 그 말이었다. 새뮤얼은 나쁜 생각을 그만해야 한다는 걸 알고 있었다. 어머니는 미국에 계신다. 하지만 루스가 말한 그대로, 이제 금방 집에 오실 것이다. 잘못된 건 아무것도 없다. 새뮤얼은 어머니가 보내 준 그림엽서들을 받았다. 새뮤얼이 얼마나 보고 싶은지 모르겠다고 써 보내신 그 엽서들을. 그거면 충분히 증거가 되지 않는가?

비록 실제로는 수백 수천 마일 떨어진 데 계실지라도, 어느 의미로는 그보다 더 가까운 데 어머니가 계신다는 생각으로 새뮤얼은 온기를 얻었다. 왜냐하면 어머니의 일부가 지도책 책장 사이에 숨겨져 있기 때문이었다. 새뮤얼은 그동안 어머니 편지를 끝까지 읽을 마음이 나지 않았다. 왜냐하면 어머니가 바스에서 휴양하는 동안 새뮤얼이 찾아오지 말았으면 좋겠다고 쓰셨기 때문이었다. 새뮤얼의 병든 정신은 이 말에 무언가 끔찍한 뜻이 담겨 있는 것처럼 생각하게 만들려고 했다. 어머니가 새뮤얼이 가까이 오는 걸 싫어했다는 뜻인 것처럼. 그렇지만 용기를 끌어모아 그 편지를 다시 펼쳐 볼 수 있다면, 그 내용이 어머니가 자기를 무척 많이 사랑하셨다는 걸 보여 줄 게 틀림없다고 새뮤얼은 믿었다. 그리고 어머니가 자기가 찾아오는 걸 원하지 않았다고 한다면, 글쎄, 거기에는 틀림없이 정말 너무나도 타당한 까닭이 있었을 것이라고도 믿었다. 그래서 소년은 핀과 실 들이 얼크러지지 않게 조심해서 지도책 뒤쪽을 들추어 남극 지도 사이에 끼여 있던 봉투를 끄집어냈다.

새뮤얼은 봉투를 든 채 무슨 발소리가 들리지나 않는지 귀 기울여 보았다. 모든 게 고요했다. 새뮤얼은 편지를 꺼내어 바로 둘째 장으로 갔다. 눈으로 호화로운 필기체 글씨 사이를 헤집어 찾던 행을 찾아냈다.

당신이 편지에다 새뮤얼이 나를 얼마나 그리워하고 날 찾아 우는지 그런 이야기를 써 보내시면 문제가 악화되기만 해요. 내가 얼마나 비참한 심정인지를 당신이 아신다면, 그 아이가 날 붙들고 늘어지고 계속 계속 날 찾을 때마다 나는 숨을 못 쉴 것 같은 느낌이에요, 여보. 꼭 물결 치는 수면 아래로 끌려 내려가는 것 같은데 너무나 깊이 빠져 들어가 당신조차도 내게 닿지 못할 것만 같아요.

새뮤얼은 읽기를 멈췄고 시선은 휙 날아 읽기 시작한 지점으로 돌아갔다. 그 문장들을 재차 읽으면서, 이해해 보려고 온 힘을 다했다. 물결 얘기는 왜 나왔는지 잘 모르겠지만 그 나머지는 충분히 알 것 같았다. 새뮤얼의 어머니는 새뮤얼을 위해 옆에 있어 주고 싶은 마음이 너무나도 간절해 때로 숨이 막힐 것만 같다는 거였다. 그렇다, 그 뜻이었다. 새뮤얼을 향한 어머니의 사랑은 너무나도 커서 어떨 때는 거기에 익사해 버릴 것 같은 기분이 들었던 것이다.

그것이 바로 어머니가 새뮤얼이 찾아오지 말았으면 했던 까닭이었다. 새뮤얼을 만나면 너무나도 흥분할 것이고 기운이 쪽 빠지리라는 걸 알고 계셨기 때문이며, 쉬어야 할 때 그러는 건 지혜롭지 못한 일이다. 살짝 미소를 띤 채로 새뮤얼은 다음 장으로 넘어가 계속 읽어 나갔다.

할 수 있는 일이라고는 그저 도망을 치지 않는 것뿐인 날들도 있어요. 괴물 같은 여자라고 생각하진 말아 줘요, 그렇지만 때로 난 진짜로 머릿속에서 계획을 세워 봐요. 어디로 도망갈지, 도망가 살면 어떨지를요. 우리 가족이 함께하는 생활이 싫다는 것은 아니에요. 그저 사방에 문제가 있으니까 그럴 뿐이에요.

결혼해 사는 삶이 즐겁기만 한 것은 아니지요. 내가 그럴 걸 기대했다고는 생각지 마세요.

부탁하고 싶은 건 나도 끼워 달라는 것뿐이에요. 당신이 우리의 재정 위기를 혼자만 품으려고 하시는 줄 알고 있어요. 우리가 부닥친 난관에서 나를 보호하려고 그러는 거죠. 그렇지만 당신, 어쩌면 내가 도울 수 있을 거라 생각해 보신 적 있나요?

당신 마음에 내 역할은 오직 하나뿐인 것 같아요, 바로 내가 적합하지 못한 그 역할. 당신이 아이는 더 잘 다뤄요, 나는 꿈도 꾸지 못할 정도로……. 당신과 그 애 둘이 어찌나 자연스럽고 편한지 가끔씩 난 두 사람이 다 질투 나 속이 상해요. 이해할 수 있겠어요, 내 사랑? 난 정말 사랑하고 싶은데

새뮤얼은 편지지를 넘기려고 끝을 밀었다. 그렇지만 셋째 장이 밀려 나간 자리에 다음 장은 나오지 않았다. 왜냐

하면 다음 장이 없었기 때문이었다. 새뮤얼은 편지를 다시 훑어보았다. 첫 장, 둘째 장, 셋째 장. 한 장 한 장을 꼼꼼히 만져 보았다. 넷째 장이 다른 장 뒤에 붙어 있을지도 몰라서였다. 그런데 그렇지도 않았다. 소년은 마지막 문단을 다시 읽었고, 미간에는 흉터처럼 진한 세로 금이 그어졌다. 그리고 잠시 시간이 지나자 단어들이 흐릿해지며 전혀 읽을 수 없게 되어 갔다.

새뮤얼은 이해할 수 없었다. 어느 모로 생각해도 좋은 기분이 아니었다. 단지 어머니가 행복하지 못했다는 걸 알았을 따름이었다. 그리고 그다음 장이 굉장히 중요하다는 것하고. 어머니는 무슨 말을 하려고 하셨던 걸까? 새뮤얼에 관한 얘기를 쓰려던 참이었을까? 새뮤얼의 비뚤어진 정신이 다시 그를 조종하기 시작했지만 새뮤얼은 온 힘을 다해 그런 생각들을 쫓아 버렸다.

어머니는 새뮤얼을 사랑하셨다. 어머니는 그 무엇보다 더 새뮤얼을 사랑했으니 증명하라 해도 할 수 있었다. 필요한 것은 그 편지의 남은 부분뿐이었다. 그거면 모든 게 환히 밝혀질 터였다. 왜냐하면 어머니가 편지 말미에 새뮤얼에 관해 무언가 각별한 말을 쓰셨을 게 틀림없으니까……. 더없이 애틋한 감정을 편지에 토로하는 게 보통 그 언저리 아니던가? 없어진 편지지는 아마도 어머니 침실에 있는 다른 편지들 사이에 섞여 들어간 것일 듯했다. 새뮤얼은 편지를 접어 남극으로 돌려보냈다. 그런 다음에 책상 서랍으로 가 열쇠를 꺼냈다.

"새뮤얼!" 루스의 목소리는 아닌 밤중에 개 짖는 소리였다. "너 어디 가 있는 거니?"

"여기야." 새뮤얼이 마주 소리쳤다. 발소리가 나나 들어 봤지만 나지 않았다.

"여기가 어디야?"

"어머니 서재."

"도대체 뭣 하러?"

"그냥 지도책 보고 있어."

"어, 저녁밥 준비 다 됐다. 그러니까 얼른 내려와."

새뮤얼은 서랍을 닫고 열쇠를 주머니에 넣은 다음 주방으로 발걸음을 돌렸다.

24

"목은 어떠니?"

"피 나던 건 멎었어." 새뮤얼이 말했다.

"거봐, 그럴 거라고 하지 않던?"

새뮤얼은 고개를 끄덕였다. "그래도 아직 아파."

"내일 아침이면 그것도 없어질 거다, 내 말 기억해 두렴."

저녁을 먹은 후면, 루스가 기분이 좋을 경우에 때로 둘이서 거실에서 차나 핫초콜릿을 마실 때가 있었다. 루스는 라디오 듣기를 좋아했다. 대개 탐정극 아니면 아주 똑똑한 사람들이 질문에 답을 하는 퀴즈쇼 같은 걸 들었다. 루스는 걸핏하면 그 똑똑한 사람들보다 먼저 답을 대서 새뮤얼이 루스에게 저런 퀴즈쇼에 나가서 상을 타라고 말한 것도 한 번만이 아니었다. 루스는 매번 손을 내저으면서 자기는 학자 선생님이 못 된다고, 게다가 가정부가 퀴즈쇼 우승했다는 소리 들어 본 사람이 있느냐고 말하곤 했다.

새뮤얼은 핫초콜릿을 한 모금 더 홀짝였다. 벽난로의 불은 간신히 타오를락 말락 하는 정도로 소년이 보고 있는 사이에 거의 다 탄 통나무가 으스러져 내리기 시작했지만, 평소와는 달리 거기에 정신이 팔리질 않았다. 새뮤얼은 어떻게 살짝 몸을 빼어 그 편지의 없어진 뒷장을 찾아낼까 생각하는 중으로, 쉽게 될 일이 아니라는 것은 충분히 알고 있었다.

루스는 원래부터가 온 사방에 한꺼번에 나타나는 사람이었지만 최근 들어서는 한술 더 떴다. 마치 언제나 새뮤얼에게 눈을 두고 있는 것 같았다. 루스는 새뮤얼 옆을 지나가지 않으면 찾으러 오고 또 멀찍이서 보고 있곤 했다. 새뮤얼이 실제 가기도 전에 어디로 갈지를 아는 모양이었다. 새뮤얼은 두 번을 위층 화장실을 써야겠다고 말했는데 루스가 두 번 다 아래층 화장실도 아무렇지 않으니 그쪽을 쓰라고 했다. 그랬다, 어느 정도 공작을 해야 할 일이었다.

"「시편」 쓰는 건 끝냈니?" 루스는 독서용 안경을 낀 채 새뮤얼이 즐겨 입는 셔츠의 구멍을 깁던 중이었다.

"어." 새뮤얼이 어깨를 추썩였다. "그게, 거의 다 됐어."

"오늘 끝내기로 했잖니." 루스는 안경 너머로 새뮤얼을 건너다보았는데, 그것은 자기가 그야말로 심각하다는 걸 전달하는 방식이었다. "내가 분명히 그렇게 일렀지 않아?"

"학교 갔다 와서 하려고 했는데 그만⋯⋯."

그만 그때 유리 조각이 목에 막혀 거의 죽을 뻔했잖아. 루스가 초콜릿케이크에 넣어 구운 유리 조각이. 소리 내어 한 말은 아니었지만 침묵의 어간에 그 말이 철벅거리며 설친 것과 같아서, 루스는 콩 하고 헛기침을 했고 어조에 모가 좀 죽었다. "그래, 오늘이 아직 끝난 것은 아니겠구나." 루스가 손목시계를 내려다보았다. "잘 시간까지 아직 45분 있어. 성경책 가져와서 지금 끝내."

"그렇지만 프라이스 목사님은 월요일이나 돼야 오실 건데."

"그렇더라도, 지금 해치우는 게 제일 낫지."

갑자기 해결책이 새뮤얼 앞에 솟아난 셈이었다. 새뮤얼은 의자에서 내려가 문 쪽으로 걸음을 옮겼다. "루스 말이 맞아. 끝내야지. 잘 자, 루스."

"잘 자라고?" 루스가 다시금 안경 너머로 새뮤얼을 보았다. "아니 지금 잘 자라는 인사를 할 건 뭐니?"

"성경책 내 방에 있어."

"도대체 성경책을 뭣 하러 거기 갖다 뒀어? 주방에 있지 않아?"

성경책은 주방에 있었다. 하지만 새뮤얼은 그대로 밀어붙여야 한다는 걸 알았다. "내가 저녁 먹고 나서 위에 갖다 뒀어, 자기 전에 쓸 수 있게."

루스는 이 말을 잠깐 가늠해 보는 것 같았다, 눈이 실눈으로 가늘어졌다. 결국에는, 루스가 말했다. "글쎄다, 그러면 올라가서 가지고 오렴."

"내 방에서 끝내면 안 돼?" 새뮤얼은 몸짓으로 안락의자 두 개 사이에 놓인 라디오를 가리켰다. "굉장히 헷갈릴 것 같은데."

"말 같지 않은 소릴." 루스는 셔츠를 등 쪽으로 들고서 자기가 바느질한 걸 살펴봤다. "꼭 그래야 한다면 라디오 끌게. 아무튼, 네가 프라이스 목사님이 읽을 수 있게 제대로 표준 영어로 글을 쓰는지 내가 확인해야 되겠거든."

이건 도움이 되지 않는 소리였지만 새뮤얼로서는 그러면 그런 대로 해 봐야 했다. "알았어, 루스."

새뮤얼은 라디오에 달린 시계를 확인했고, 그런 다음

빠른 걸음으로 침실로 들어갔다.

*

계단을 달려 올라가고 싶었지만 그러면 루스가 그걸 가지고 뭐라고 할 공산이 컸다. 루스는 계단에서 뛰는 걸 질색하고 싫어했다. 마소가 우르르 몰려가는 소리 같다면서 머릿속이 다 울린다고 했다. 그래서 새뮤얼은 한 발에 두 단씩 넘겨 디디면서 계단 판자를 쾅쾅 밟지 않는 한에서 최대한 빠르게 계단을 올라갔다.

계단참에 다 올라오니 할아버지 시계의 고약한 초침은 새뮤얼에게 시간이 별로 없다는 걸 상기시키는 게 기쁜 듯했다. 새뮤얼은 이제부터 어머니 침실에 무단으로 들어가서, 그 편지의 없어진 뒷장을 찾아내고, 그런 다음에는 몰래 주방으로 숨어들어 성경책과 쓰기 공책을 빼낸 다음에 루스의 의심을 불러일으키지 않도록 거실로 돌아가야만 했다. 정말로 시간이 없었지만 바로 그 순간에는 편지의 나머지 부분을 찾아내는 일만이 사악한 생각들을 쫓고 모든 일을 한결 낫게 할 유일한 방법인 듯 느껴졌다.

계단참을 벗어나면서 새뮤얼은 뛰기 시작했다. 복도에 쫙 드리운 음산한 그림자들 따위에는 아예 신경 쓰지 않았고 창으로 은은히 비쳐 들어 길고 휑한 복도를 일종의 안개 같은 빛으로 물들인 달빛을 거의 눈치도 못 챘다. 어머니 방 문 앞에 멈춰 선 때에 새뮤얼은 이미 주머니에서 열쇠를 끄집어내고 있었다.

문이 열렸고 소년은 침실로 뛰어들었다. 깔개에 발이 걸려 하마터면 바닥에 쾅 넘어질 뻔했다. 커튼이 쳐져 있었기에 새뮤얼은 전등 스위치를 찾아 벽을 쭉 만져 가야 했다. 등을 켜고는 침대를 뛰어넘어 신속하게 자기 목표물 쪽으로 갔다.

맨 위 서랍을 확 여는데, 왼쪽이 걸렸다. 아기 담요가 깔끔하게 개켜져 있고 다른 것도 전부 가지런했다. 새뮤얼은 서랍 속에 든 것들이 엉망으로 어질러져 있을 줄로만 알았다. 루스가 브로치를 찾아 뒤진 후이니까. 그렇지만 모든 게 말끔히 정돈되어 다 제자리에 그대로 있었다. 새뮤얼은 아버지의 아기 담요를 들어내 서랍장 위에 놓고 그 갈피에서 얄팍한 편지 꾸러미를 찾았다. 없었다.

새뮤얼은 나쁜 생각들을 원치 않았지만 그래도 그런 생각들이 그를 할퀴어 들었다. 새뮤얼이 어머니가 편지에 뭐라고 썼는지를 알 수 없도록 루스가 그 편지들을 치워 버린 거라는 생각밖에 들지 않았다. 아니야, 새뮤얼은 자기 자신에게 상기시켰다. 루스는 자기 브로치를 찾고 있었던 거야, 그 이상은 없어. 그냥 자기 브로치를 찾고 있었을 뿐이라고. 자기 아버지한테(하느님이 그 영혼을 쉬게 하시길.) 받은 거라서 루스에게는 정말 큰 의미가 있는 물건이니까. 편지는 거기에 있을 게 틀림없었다. 그냥 계속 찾아봐야 하는 것이었다. 새뮤얼은 어머니의 금 귀걸이와 루비 목걸이가 들어 있는 녹슨 차 깡통을 꺼내 담요 위에 놓았다. 그 밑에는 흰색과 빨간색 줄무늬가 든 포장지 한 꾸러미가 있고 왼쪽으로는 주소록 하나와 누군지 몰라도 이름이 워즈워스라고 하는 사람의 시집 한 권이 있었다. 그것들을 한쪽으로 치워 놓으니 이 물건들 밑에서 새뮤얼이 찾던 보물이 나왔다.

소년은 편지 꾸러미를 묶은 끈을 풀었다. 총 네 통이 있었다. 다섯 통째는 아래층 어머니 서재의 지도책에 숨겨져 있다. 새뮤얼은 벽난로 선반 위 탁상시계에 흘긋 눈길을 주었다. 자리를 뜬 지 8분째였다. 루스가 이제 곧 새뮤얼을 찾아 나설 터였다, 벌써 나서지 않았다면 말이지만. 그래도, 새뮤얼은 그 빠진 편지지들을 찾아내야만 했다.

새뮤얼의 손이 빠르게 움직이며 편지 한 통 한 통을 열어 갔다. 편지들은 모두 새뮤얼 아버지 앞으로 온 것이고 바스의 같은 주소에서 보낸 것이었으며, 단어들이 뿌옇게 흐린 채 눈앞에 획획 스쳐 가긴 했다지만 거기에 새뮤얼의 이름은 도무지 언급돼 있지 않고 그저 온천과 정신적으로 활기를 되찾았다는 얘기와 보일 선생 얘기만 아주 잔뜩이었다. 나오지 않은 건 편지의 넷째 장이었다. 그게 어떻게 종적도 없이 사라져 버렸을 수가 있나? 어딘가에 분명히 있을 것이다. 중요한 편지 낱장이 그냥 없어지고 말진 않는다.

이 점을 계속 생각할 시간은 없었다. 새뮤얼은 다시 탁상시계에 눈길을 두었다. 10분째다.

"새뮤얼, 거기 위층에서 뭘 하고 있는 거야?"

루스가 전실에 나와 있는 것 같은 소리였다. 아마 층계 아래에 와 있을 터였다.

"지금 가, 루스!" 새뮤얼이 마주 소리 질렀다. "또 화장실에 가야 해서 그랬어."

"정말 그랬어? 흠 그래, 내려오기나 해. 내려와서 그 지긋지긋한 「시편」 쓰는 거 끝을 내라고."

"알았어, 루스!"

새뮤얼은 편지들을 있던 자리에 도로 넣었다. 뭐가 어쨌든 그 편지들은 그에게 있어 봐야 소용이 없고 또 어쩌면 루스가 확인을 해 볼지 몰랐다. 그다음으로 새뮤얼은 차 깡통을 집어 서랍 안 맨 밑에 놓은 다음 담요로 그걸 덮었다. 손이 생각보다 빠르게 움직이고 있었던 까닭에 새뮤얼이 알아차리는 데에 잠깐 시간이 걸렸다. 알아차린 그때가 우뚝 멈춘 때였다. 새뮤얼은 담요를 도로 걷고 차 깡통을 다시 집어 들었다. 어머니가 제일 아끼는 패물이 든 깡통을…… 어머니가 결혼식 날 하셨던 귀걸이와 새뮤얼이 태어났을 때 새뮤얼 아버지가 선물한 목걸이가 들어 있는. 시간이 없었는데도 새뮤얼은 그걸 집었는데 이유는 오직 한 가지였다. 깡통에서 달그락 소리가 나질 않았다. 원래 내던 왜곡된 타악기 소리, 깡통 안에서 패물이 돌아다니며 쟁그랑 달그락 내던 소리가 아까는 안 났다.

"새뮤얼 클레이, 내가 꼭 거길 올라가서 널 데리고 내려와야겠니?" 루스가 소리쳤다.

"지금 가!"

새뮤얼은 깡통 뚜껑을 비틀어 열고 안을 보았다. 그러자 거기에는 컴컴하게 텅 빈 자리가, 다른 것 없이 의문만이 가득한 공간이 있어 나쁜 생각들을 새뮤얼의 눈앞에서 새삼 춤추며 날뛰게 만들었다.

25

악마는 새뮤얼을 찾으러 오지 않았다. 복도를 따라 쿵쿵거리며 걸어오는 소리를 듣게 될 것이라고, 벼락 칠 것 같은 모습을 하고 올 게 거의 틀림없다고 새뮤얼은 예상했다. 하지만 그런 일은 벌어지지 않았다. 새뮤얼은 모든 걸 서랍에 다 도로 넣은 다음, 침실 문을 잠그고 주방에서 성경책과 쓰기 공책을 가져오려 서둘러 뒤쪽 층계를 내려갔다.

좁은 계단을 날듯이 달려 내려가 직통으로 주방에 이어진 뒤편 통로를 따라갔다. 루스는 질 나쁜 사기꾼이었다, 이제는 그걸 알겠다. 루스는 새뮤얼 어머니의 가장 귀

한 패물을 훔쳤다. 요전 날 루스가 서랍을 뒤지고 있다가 새뮤얼에게 들켰을 때 새뮤얼이 적발한 게 바로 그거였다, 썩어 빠진, 나쁘기 한량없는 강도 모양으로 도둑질을 하던 거. 조지프가 했던 말 그대로였다, 루스는 진짜 나쁜 짓을 하는 사람이었다. 그런데 만약에 루스가 새뮤얼 어머니의 패물을 새뮤얼 어머니 방에서 대놓고 훔칠 정도로 악독한 사람이라면, 훨씬 더 나쁜 짓을 할 수도 있으리라고 믿는다는 게 정말 그렇게 힘든 일일까? 루스가 어머니를 해쳤다, 그 텅 빈 차 깡통이 고래고래 소리 질러 알려 주지 않았던가? 어머니가 한밤중에 사라져 버린 원인이 루스였다. 어머니가 119일 동안이나 돌아오지 않은 게 루스 때문이었다. 루스는 악마였다.

없어진 패물에 대해 루스에게 따질 것이다. 새뮤얼은 그래야만 한다는 걸 알았다. 하지만 그렇게 했다가는 루스가 하지 말라고 한 바로 그 짓을 했다는 걸 알게 될 것이고 그랬다가는 이야기가 도둑맞은 귀걸이와 목걸이 얘기가 아니게 될 것이다. 그때는 어머니 침실에 침입한 새뮤얼이 얼마나 끔찍하게 못된 애인지에 대한 이야기가 되고 말 것이다. 루스는 그렇게 만드는 데 일가견이 있었다. 이번만큼은 루스가 상황을 왜곡하고 비틀어서 새뮤얼에게 덮어씌우도록 가만히 있지 않을 것이다. 루스가 어머니를 죽였다. 그리고 그 유리 조각을 초콜릿케이크에 넣어서 새뮤얼마저도 죽이려고 했다.

　루스는 자기가 굉장히 영리한 줄 알았겠지. 아마 이 모든 음모를 미리 꾸몄을 것이고 자기가 집을 독차지하고 새뮤얼 어머니의 패물도 곁들여 차지하겠다고 꿈을 꾸었으리라. 그 독일 가정부랑 똑같다. 그렇지만 루스는 자기 생각만큼 영리하진 못했다. 새뮤얼이 루스가 뭘 노리는지 알았으니 루스는 감쪽같이 그 짓을 저지르진 못할 것이다. 새뮤얼은 루스에게 뭔가 끔찍한 짓을 해 버릴 것이다. 망치로 머리를 후려쳐서 피를 철철 흘려 죽게 만들든가 아니면 층계 아래로 밀어서 뼈가 부러지고 목이 뚝 부러지는 소릴 들을 것이다. 루스가 한 짓에 대한 대갚음으로 새뮤얼은 루스를 죽일 것이다. 어머니가 저쪽 세상에서 내려다보시면서 새뮤얼이 복수를 해 주길 바라고 계시지 않겠는가? 어머니를 자기에게서 빼앗아 간 것에 대해, 냉혈의 살인자이자 뻔뻔스러운 도둑인 루스가 대가를 치르게 만들리라. 그러려면 생각을 좀 해야 할 것이다. 어느 정도 계획도 세워야 할 것이다. 하지만 새뮤얼은 그렇게 할 터였다.

　주방은 여러 겹의 엷은 어둠에 싸여, 찬장은 어스름에 잠겨 보이지 않고 커다란 식탁은 불길하게 시커먼 상자로 보였다. 새뮤얼은 어둠 속에서 뭔가 분간을 해 보려고 실눈을 뜨고 상자형 냉장고 방향으로 빠르게 움직여 갔다. 가슴속에 노여움이 있어도 거기에 두근두근 박동하는 것이 두려움인 건 부인할 수 없었다. 들키는 날에는 성경책이 새뮤얼 침실에 있었던 게 아니라는 것과 새뮤얼이 거짓말을 했다는 것을 루스가 알게 될 터였다.

새뮤얼의 오른쪽 팔꿈치가 냉장고를 쳤다. 손을 내밀어 손이 닿자 새뮤얼은 자기 쓰기 공책과 성경책을 찾아 주위를 더듬었다. 찾을 수가 없었다. 그래서 새뮤얼은 알았다, 그게 무엇을 뜻하는지 그냥 알아차렸다.

"뭐 찾고 있니?"

루스의 목소리가 싸늘한 바람처럼 그에게로 불어왔다.

새뮤얼은 어둠 속을 보고 눈을 깜박거렸다. "루스?"

불이 들어오자 루스가 거기에 있었다, 문가에 서 있었다. 성경책을 든 채였다. 루스의 얼굴은 창백한 빛 속에 놀랍도록 매끈하고, 눈은 두 개의 시커먼 연못 같고, 입은 싱긋 웃음 지을 듯 말 듯 한 모양으로 새겨진 듯했다. 새뮤얼은 겁을 내기가 싫었다. 루스는 끔찍한 짓들을 저질렀다, 이제 그런 줄을 알고 있었다. 그러니 새뮤얼이 루스에게 느껴야 할 것은 두려움이 아니라 분노였다. 그래도 실제로 겁이 났다. 새뮤얼은 무서웠다.

"넌 내가 바보인 줄 아니?" 루스는 내용이 이해 가지 않는 책을 읽듯이 새뮤얼을 바라보고 있었다. "그런 거야, 새뮤얼? 나한테 그냥 아무렇게나 핑계를 대 놓고 나쁜 짓을 꾸미는 것 따위 쉽다는 거야? 그사이에 나는 아래층에서 머저리처럼 앉아 네 옷이나 고치고 있을 테니까? 그런 생각이야?"

"아니야, 루스."

"그렇지만 네가 딱 그러고 있다가 들킨 것 아니니?" 루스는 이 말을 나직하게 조곤조곤 했다. 그러면서 성경책을 내려다봤다. "이게 어디 있는지를 가지고 나에게 거짓말을 해 놓고 위층으로 올라갔잖아?"

새뮤얼은 할 말을 생각해 낼 수 없었다.

루스는 이제 고개를 설레설레 흔들고 있었다. "네가 할 수 있는 일치고 내가 모를 일이라곤 없단다, 새뮤얼. 이 집은 네가 몰래 하는 짓들을 숨겨 주지 않아, 집이 다 귀띔해 주지. 마룻장 밟는 삐거덕 소리 하나하나가, 뒤쪽 층계 딛는 발소리 하나하나가, 전등 켜는 딸깍 소리에 열쇠 돌리는 소리 하나하나 전부…… 귀 기울여 들을 만한 감각이 있는 사람이라면 누구한테든 이 집이 사연을 들려주거든."

"난 성경책이 위층에 있는 줄 알았어."

"아하, 그러셔?" 루스는 문틀에 기대고 있었다. "그러니까 내 면전에 거짓말을 한 건 아니다 이거지? 그냥 네가 성경책을 네 방으로 갖다 놓은 줄로만 알았다는 거지? 자기가 하지도 않은 일을 막 상상해서 한 줄로만 알았다고? 그런 형편없는 변명을 나보고 믿어 달라 그러는 거야?"

새뮤얼은 고개를 끄덕였다. 루스의 냉랭한 분격은 대가

리가 여럿 달린 짐승이었다. 갖가지 무기를 가지고 있었다. 그리하여 새뮤얼 자신의 정당한 노여움을 쉽사리 묵살해 버렸다. 새뮤얼은 자기가 루스가 한 짓을 알고 있으니만큼 그녀에게 대항해 싸울 채비가 되리라고 생각했을지 몰랐다. 그렇지만 이제 새뮤얼은 루스가 산전수전 다 겪어 두려움을 모르는 백전노장이라면 자기는 일개 병졸이 될까 말까 하다는 것을 알게 되었다.

"나는 네가 사람 속이는 짓거리나 하면서 구정물에 뒹굴도록 두고 보지 않을 거야." 루스의 목소리에 다시 원래대로 심지가 섰다. "신발끈 매듯이 쉽사리 거짓말을 해 대는 사람은 제대로 타락한 거야. 나는 그걸 용납하지 않아, 새뮤얼 클레이." 루스는 손가락 하나를 세워 들었고 까딱여 새뮤얼을 불렀다. "이리로 와."

전화가 날카롭게 울리는 바람에 두 사람 모두 기겁했다. 루스는 전실 쪽을 흘긋 내다봤다가 다시 새뮤얼을 보았다. 소년에게는 그거면 충분했다. 새뮤얼은 뒤쪽 층계로 달아났다.

26

"이리 돌아와!" 루스가 고함 질렀다. "지금 당장, 새뮤얼!"

무섭게 지르는 소리이기는 했다. 소리소리 지르는 말 한마디 한마디에 독기가 서려 있었지만 또 다른 뭔가도 있었다. 새뮤얼은 루스의 노성에 이골이 나서 그 조그만 빈 틈, 눈곱만 한 멈칫거림, 망설임을 알아들었다.

루스는 전화를 받지 않고 내버려 둘 수가 없는 사람이 었다. 전화벨 소리가 그쳤을 때 새뮤얼은 2층 계단참을 달 리고 있었고, 이어 아래층 전실에서 루스의 목소리가 나는 걸 들을 수 있었다. 새뮤얼은 난간까지 안전할 만큼 거리 를 둔 채 쭈그려 앉았다.

"듣기만 해도 굉장한데요." 루스가 말하고 있었다. "그 런 모임에 가시면 아주 흥미로운 사람들을 많이 만나시겠 네요……. 아, 그럴까요? 아마 생각하시는 것만큼 쉽게 충 격받진 않을 거예요, 저도." 그러고 나서 루스가 웃었는데 진심으로 웃은 소리 같았다. 루스는 전화선을 손가락에 감 아 꼬면서 조금이지만 몸을 흔들거리고 있었다. "없어요, 클레이 씨. 클레이 부인께서 언제 돌아오실지 아직까지 아 무 소식이 없네요."

클레이 씨라고? 그건 새뮤얼 아버지의 이름이었지만, 아버지는 영원한 휴식에 드셨든지 아니면 저쪽 세상에서 지켜보고 계시든지 할 터였다. 작게 드리웠던 혼란의 구름 은 빠르게 걷히고 새뮤얼은 루스가 필경 필릭스 삼촌과 통화하고 있으리라는 걸 깨달았다. 그러자 저절로 몸이 앞으로 기울며, 이야기를 들으려고 귀에 힘이 들어갔다.

"그렇죠, 아, 클레이 부인이 어떠신지 그거야 굳이 말씀드릴 것도 없잖아요." 루스의 목소리가 아주 명랑하게 매도의 말을 했다. "원래부터 오래도록 묶여 있기는 질색하시니까요." 침묵. "누가 아니래요."

들려온 이 말은 소년으로 하여금 이를 꽉 물고 콧숨을 씨근대게 만들었다. 루스가 어머니를 두고 거짓말을 하고 있었다. 꼭 어머니가 원해서 집을 떠나 계신 것처럼 보이게 만들었다. 새뮤얼 어머니가 집에 안 계신 건 바로 자기 때문인데. 새뮤얼은 벌떡 일어섰다.

"아, 그래도 그럭저럭 꾸려져요." 루스가 말을 이었다. "글쎄요, 사정이 빡빡하지 않은 척하진 않겠지만요, 그래도, 말씀드렸다시피 이럭저럭 꾸려 나가고 있어요." 잠깐 사이가 떴다. "아쉽게도 새뮤얼은 친구 집에 갔네요. 그 친구가 생일이라 하루 자고 가라고 초대해서요."

새뮤얼은 층계를 달려 내려가던 참이었다. 필릭스 삼촌과 통화를 해야만 했다, 모든 걸 다 말해서 삼촌이 경찰을 부르게 해야, 경찰이 와서 루스를 감옥으로 잡아가게 해야만 했다. 감옥으로, 교수대로. 가정부는 흘긋 시선을 들어 새뮤얼이 층계에 있는 걸 보았다.

"네, 클레이 씨." 루스의 말은 이제 굴러떨어지듯 막 나왔다. "꼭 이야기해 줄게요. 파티 즐겁게 하세요."

새뮤얼은 마지막 세 단을 한 번에 뛰어내려 전력으로 달려갔다.

"선생님도 좋은 저녁 보내세요."

새뮤얼은 공중에 손을 휘둘렀다. 전화 수화기를 붙잡으려 했다. 하지만 루스가 세차게 수화기를 내려놓았다. 새뮤얼은 어찌나 속도를 냈던지 멈추지 못하고 루스를 넘어 탁자에 몸을 부딪혔고, 그 서슬에 수화기가 받침에서 튀었다. 수화기는 깡 소리를 내며 바닥에 떨어졌다.

루스가 몸을 굽혀 차분히 수화기를 있어야 할 자리로 되돌려 놓았다. "그쯤이면 망신스러운 짓도 하룻밤어치는 넉넉하게 한 줄 알았는데, 아주 기록을 경신하는구나, 새뮤얼."

소년은 양손을 허리에 댄 채 가쁘게 숨을 쉬었다. "필릭스 삼촌이었잖아, 아니라고 하지 마."

"내가 왜 그러겠니?" 루스는 자기 머리를 매만졌다.

"삼촌이랑 통화할래. 삼촌한테 네가 한 짓 다 이를 거야."

"그러서?"

새뮤얼은 전화로 팔을 뻗어 수화기를 홱 낚아챘다. "지금 당장 전화 걸 거야."

"그러든가. 집에서 건 것도 아니던데." 루스는 견딜 수 없을 만큼 우월해 보였다.

새뮤얼은 울상이 되었다. 그러지 않으려야 않을 수가 없었다. "어디 계신데?"

"그건 너 알 바 아니야."

"삼촌은 나하고 통화하려고 전화하신 거야."

"무슨 바보 같은 소리니." 루스가 한숨을 쉬었다. "너희 어머니 소식을 물으러 하신 거지."

"다 들었단 말이야." 두려움은 스러졌고 분노가 새뮤얼을 휩쓸어, 루스의 눈을 똑바로 볼 용기를 주었다. "네 말이 맞아, 루스. 귀 기울여 들어 보면 이 집이 비밀을 말해 주지. 넌 필릭스 삼촌한테 내가 없다고 그랬잖아. 신발끈 매듯이 쉽게 거짓말하는 사람은 바로 너야!"

새뮤얼의 대담한 태도에 충격을 받았을지 몰라도, 루스는 드러내 보이지 않았다.

"그걸로 날 탓할 수 있어?" 루스는 노려보는 새뮤얼을 마주 보았다. 새뮤얼이 아는 것이 없었던들 진심으로 불쌍하게 자기를 보는구나 생각했을지 몰랐다. "넌 정신이 이상해졌어, 새뮤얼. 더구나 하루하루 더 악화되는 것 같아. 네 입에서 나오는 미친 소리를 숙부님이 어떻게 생각하실지 주님만이 아실 거다. 그분이 좋은 뜻으로 하시는 조치를 내가 막아 줄 수 있을 것 같니? 넌 병원에 감금될 거고 내가 그걸 못 하게 할 길은 하나도 없을걸."

"나 아픈 애 아냐."

"아아, 그렇지만 실제로 아픈걸. 그렇지 않고야 달리 어떻게 설명하겠니? 건강한 애가 사람을 속이고 몰래 돌아다니니? 건강한 애가 오밤중에 문에 귀를 대고 엿듣고 다녀? 건강한 애가 삼촌한테 전화해서 살인이라느니 음모론을 속닥거리고? 아, 그렇고말고. 그 일도 난 다 알고 있어. 그리고 결정적으로, 건강한 애라면, 그래 자기 어머니가 지하실에 토막 시체가 돼 있는 거라고 정말로 믿겠니?"

루스의 말은 확신을 송두리째 싹 파내 버릴 힘이 있어 여태까지 새뮤얼을 다 세지도 못할 만큼 여러 번 무너뜨린 바 있었다. 새뮤얼이 아픈 거라는 말, 새뮤얼이 정신에 병이 들었고 그래서 실제로는 그렇지 않은 갖은 일들을 상상해 내고 있다는 건 강력한 한마디였다. 한 가지 아주 중대한 일이 아니었더라면 그 말로 새뮤얼 머릿속의 다급한 목소리가 입을 다물었을지 몰랐다.

"차 깡통." 새뮤얼이 작은 소리로 말했다.

이 말에 루스는 인상을 구겼다. "뭐라고?"

"어머니 차 깡통." 새뮤얼은 루스를 향해 한 걸음 나섰다. "어머니의 제일 좋은 패물들이 들어 있던 거. 어머니가 아버지랑 결혼할 때 했던 귀걸이랑 내가 태어났을 때 아버지가 어머니한테 준 루비 목걸이."

루스는 이제 말을 이해했고 그런 표정이 얼굴에 뛰놀

았다.

"며칠 전만 해도 거기 있었어." 새뮤얼이 말했다. "그런데 지금은 없어졌어."

"어머니 침실에 뭐가 있고 없고를 네가 어떻게 알아? 그 문은 잠겨 있는데." 이런 말을 들으니 루스는 이 일의 사소한 한 부분에 연연하는 것 같았다. 그것만 붙들고 늘어지는 식으로.

새뮤얼은 주머니에서 열쇠를 끄집어내어 바닥에 툭 던졌다. 이제 열쇠가 무슨 소용인가? "네가 그 패물들을 빼갔어, 루스. 브로치를 찾던 게 아니었지, 안 그래? 루스가 찾아 뒤지던 건 어머니 목걸이하고 귀걸이였어."

"브로치는 정말 잃어버렸어, 네가 믿건 안 믿건 간에. 그리고 패물에 대해서라면……." 새뮤얼은 루스가 그러지 않았다고 부인하거나 아니면 적반하장으로 새뮤얼이 도둑질을 한 거라고 비난해 올 걸 기다렸다. 하지만 루스는 그러지 않았다. 그러지 않고, 이렇게 말했다. "내가 가져갔지."

"훔친 거지! 루스 게 아니잖아, 그러니까 도둑질한 거야!"

거실에서 비쳐 드는 부드러운 빛이 루스의 머리카락에 어려 반짝거렸다. "내가 왜 쇼트브레드를 그렇게 많이 구울까?"

소녀의 눈이 가늘어질 대로 가늘어졌다. 그게 대체 무슨 관계가 있단 말인가? 헷갈리게 만들려고 그러는 것이니 호락호락 넘어가지 않을 터였다.

"내가 왜 매주 수백 개씩 쇼트브레드를 굽지?" 루스가 다시 말했다. "너한테 질문하는 거야, 새뮤얼."

"시장에서 팔잖아." 새뮤얼이 날카롭게 말했다. "그게 도대체 무슨 상관인데?"

"그런데 이렇게 훌륭한 저택의 수석 가정부가 왜 매주 토요일마다 장에 나가서 땡전 한 푼 없는 과부 모양으로 쇼트브레드랑 케이크를 팔고 있을 것 같니?"

새뮤얼은 대답하길 거부했다.

"내가 올리브를 내보내야만 했던 것과 같은 이유야. 윌리엄에게 급료를 못 준 이유, 그리고 정육점 외상을 못 갚은 이유. 네 어머니가 미국으로 배 타고 가시면서 남기고 가신 돈이 다 떨어졌거든. 1페니 동전 두 개를 맞비비려고 해도 없어서 못 할 지경이니 밥상에 먹을 것을 올려놓을 길이라고는 오로지 내가 구운 걸 장에 내다 파는 것뿐이란다. 청구서에 돈 들어갈 일에……. 이 집은 큰 저택인데 지탱해 나갈 돈이 하나도 없어."

루스가 엮어 내려 하는 이야기는 지극히 평범한 것이었지만 새뮤얼은 루스가 그 그물로 자기를 감싸도록 가만있지 않을 터였다. "우리 어머니 물건을 훔쳤잖아."

"난 그런 짓 하지 않았어!" 루스는 큰 소리를 질러 목소리가 저 위 둥근 천장에까지 가 닿아 되울렸다. "너희 어머니가 길을 떠나시기 전에 나에게 그 패물 있는 데를 알려 주시고 방문 열쇠를 내게 맡기고 가신 거야." 루스는 새뮤얼 발치에 떨어져 있는 물체를 흘긋 내려다봤다. "하나뿐인 열쇠를. 그게 아니었어도 나는 그런 줄 알았지. 부인은 남겨 둔 돈이 바닥나거든 내가 그 패물들을 팔라고 하셨어."

"거짓말이지!" 새뮤얼이 뱉은 말도 루스의 말과 똑같이 짜랑 울렸는데, 어쩐지 마음이 든든해졌다. "어머니는 그 패물들을 최고로 좋아하셨어. 나한테 백번이나 그렇게 말씀하셨어, 어머닌 다른 목걸이랑 반지랑 귀걸이도 갖가지로 다 갖고 계시단 말이야. 어머니가 왜 그런 걸 안 팔고 아버지한테 받은 것들을 파셔?"

"왜냐하면 그것들은 다 없어졌기 때문이야, 새뮤얼. 너희 아버지 돌아가시고 나서 작년에 거의 전부 다 팔아 버리셨어. 빚이 너무나 큰데 너희 할아버지께서는 도와줄 마음이 없으셨지. 꽃병에 그림에 다른 것들도 전부 사라져 버리던 걸 너도 분명히 눈치챘을걸. 어느 날에 여기 있다가, 다음 날 보면 없었으니까. 네 말이 맞아, 네 어머닌 그 목걸이랑 귀걸이를 제일 좋아하셨어. 그래서 마지막까지 남겨 두신 거지. 그렇지만 돈이 필요할 때에는, 물건이야

훨씬 덜 중요해지지. 물건을 팔 때는 그게 필요 없어서가 아니라 그저 선택의 여지가 없기 때문이라고."

루스가 하는 말은 정말 맞는 말처럼 울렸다. 집 안 곳곳 사방에서 물건들이 사라졌더랬다. 올리브는 나가게 됐고 윌리엄은 급료 때문에 불평했다. 새뮤얼은 돈에 관한 곤란을 안 지도 오래되었고 새뮤얼 어머니는 새뮤얼에게 문제를 숨긴 적이 없었다. 때로는 어머니가 할 줄 아는 말은 그 얘기가 다인가 생각이 들 지경이었다. 그리고 어머니는 자주 집을 떠나가셨다. 링컨셔의 철공장에 들르거나 자본금을 모으러 애를 쓰느라고 사방으로 돌아다니셨다.

그러니까 이제 알 것 같았다. 루스가 어머니 침실에서 서랍 속을 휘젓고 있었던 까닭을……. 루스는 그 양철통을 찾고 있었던 거였다. 그렇지만 그렇다고 루스가 결백한 건가? 어머니가 루스에게 그 패물들을 빼내 가도 된다고 허락을 했는지 어쨌는지 새뮤얼이 어떻게 알까? 새뮤얼이 가진 증거라고는 루스의 얘기뿐인데 그게 무슨 가치가 있나? 루스는 새뮤얼이 필릭스 삼촌과 통화 못 하게 하려고 거짓말을 하지 않았나? 루스는 그게 필릭스 삼촌이 새뮤얼이 상태가 좋지 않은 걸, 마음에 병이 든 걸 알까 봐 그런 거라 했지만 새뮤얼은 그 말을 믿지 않았다. 루스는 끔찍한 짓을 했다. 새뮤얼의 목은 삼켰던 유리 조각 때문에 아직까지 쓰라렸다. 루스가 넣어서 케이크를 구운 그것. 그 케이크는 초콜릿케이크였고 새뮤얼이 제일 좋아하는 거였는데, 루스는 새뮤얼이 그걸 먹길 바랐기 때문이고 사실 꽉꽉 먹으라고 명령을 하다시피 했다. 그리고 루스는 머뭇거렸다, 그랬지 않은가? 새뮤얼을 살리러 달려왔어야 했던 바로 그때에, 루스는 이쪽을 봐 놓고도…… 서 있기만 했다. 그 잠깐의 시간이 일이 초를 넘진 않았지만 새뮤얼은 보았고 그게 뭘 뜻하는지를 깨달았다.

"루스는 날 죽이려고 그랬어." 새뮤얼은 고개를 끄덕거렸다. "내가 그 유리 조각 삼켜서 목 막혀 죽으라고 그런 거야."

루스가 밑으로 몸을 숙여 바닥에서 열쇠를 집었다. "힘든 밤이었으니 우리 둘 다 잘 때가 된 것 같다. 「시편」은 아침에 끝내려무나."

새뮤얼이 아예 아무 말 안 한 것처럼 그랬다. 그게 최악이었다.

새뮤얼은 어머니 생각을 했다. 루스의 손에 살해당한 어머니. 자기 눈을 번들거리게 할 증오가 필요했다. "조지프 말이 다 맞았어. 루스가 우리 엄말 죽였어. 루스가 죽여서……"

움직인 게 번개 같았다. 루스의 손이 휙 날아와 새뮤얼의 목을 붙잡고 벽에다 밀어붙였다. 루스가 목을 세게 짓눌러 새뮤얼은 루스의 손을 떼어 놓으려고 손목을 거머쥐었다. 그러고 나서 루스는 자기 손에 꽉 들어간 힘을, 불거진 핏줄을 보았고 그러자 제정신이 든 것 같았다. 루스가 손에서 힘을 빼자 새뮤얼은 머리를 덜컥 앞으로 내렸다. 헉하고 급한 숨을 들이마시자, 루스의 손은 가슴으로 내려가 가슴을 붙들었다. 루스는 새뮤얼에게 바짝 육박해 와 입을 귀에 대었다. "유쾌하지 못한 상황을 만들고 싶진 않아, 정말로. 그렇지만 그 소릴 다시 하는 날에는 내가 뭘 할 수 있는 사람인지 배우게 될 거다."

새뮤얼은 벗어나려고 애를 썼지만 루스의 손은 요지부동이었다.

"네가 상태 안 좋은 거 알아." 루스가 속삭였다. "그래서 불쌍하니 잘해 주려고 노력한다. 그렇지만 앞으로 참아주는 데에도 한계가 있으니 앞으로 그런 일이 생기면 그때가 다 까놓고 결판 나는 날이야. 의사 선생님 오시라고 해서 너를 어떻게 할지 그 양반이 결정하게 할지도 몰라. 네 머릿속 네 마음이 자꾸 널 안 좋게 만드는 중이야, 새뮤얼 클레이. 나로서는 더 이상 어찌할 수 없게 된 것 같아 두렵구나."

루스는 잡았던 손을 풀고 열쇠를 새뮤얼 손바닥에 꾹 쥐여 주었다. "이거 있었던 데에 도로 갖다 놓고 침대에 들어가."

루스는 천천히 전실에서 걸어 나가며, 머리카락을 다

독이고 아마도 천천히 쉰 한숨이었을 어떤 소리를 내었다. 그 소리는 멀리서 나는 음악 소리처럼 넓은 전실을 떠돌았는데, 제자리에 서서 후들후들 떨며 숨을 고르던 새뮤얼은 루스가 콧노래를 부르고 있다고 맹세라도 할 수 있었다.

27

기다리는 것이 가장 고약했다. 새뮤얼은 루스가 확인하러 오리라는 걸 알고 있었다. 항상 그러니까. 와서 새뮤얼이 제대로 침대 속에 이불 덮고 누워 있는지 보고 무뚝뚝하게 잘 자라는 인사를 하곤 하니까. 새뮤얼은 똑바로 누워서 마음속으로 온갖 일들을 얘기가 되도록 제대로 배열하려고 애썼다. 루스가 어머니에게 뭔가 끔찍한 짓을 했다. 아마도 죽였을 것인데, 새뮤얼이 그 사실을 알아냈다는 걸 이제 알았다. 그게 루스가 초콜릿케이크에 유리 조각을 넣은 까닭이었다. 누구 다른 사람에게 이르기 전에 새뮤얼을 없애 버리려고. 마음에 병이 든 건 새뮤얼이 아니었다. 그건 루스였다. 루스는 미치광이, 냉혈의 살인범이었고 작정하고 새뮤얼을 죽여 없애려고 했다. 그래야 집을 자기 혼자 차지할 수 있을 테니까.

이 확신에 나름의 문제도 없지 않았다. 새뮤얼의 아버

지는 바닷물 같은 옳은 것 속에 한 가지 틀린 게 나오면, 향유에 파리가 빠진 꼴이라고 말씀하시곤 했다. 그림엽서들이 바로 향유 속 파리였다, 루스의 범죄에 의문을 갖게 하는 단 한 가지다. 그 엽서들은 미국에서 왔고 새뮤얼 어머니의 글씨로 쓰여 있었다, 소년은 그것은 부정할 수 없었다. 조지프는 루스가 미국에 아는 사람이 있어서 같이 음모를 꾸민 사이라 그가 루스 대신 엽서들을 보내고 있었던 것일 수도 있다고 그랬다. 그렇지만 그 사람이 새뮤얼 어머니의 필체가 어떤지를 어떻게 알까?

새뮤얼은 침을 삼키다가 움찔했다. 여전히 목이 아팠다. 경찰을 불러서 루스에 대해 이를 수도 있었다. 경찰은 틀림없이 자길 도와줄 터였다. 새뮤얼의 어머니가 루스 같은 괴물딱지와 함께 있게 새뮤얼을 버리고 갔을 리 없다는 걸 알아줄 터였다. 어머니가 미국에 가서 그 콧대 높은 은행가들을 만나자고 새뮤얼을 그냥 두고 휙 가 버리신 게 아니라는 걸. 뭔가 잘못됐다는 걸, 이토록 오랜 시간 어머니를 새뮤얼에게 못 오게 만든 어떤 무시무시한 짓을 루스가 저질렀다는 걸 알아줄 터였다.

새뮤얼의 두 눈에 눈물이 고여 와, 넘쳐 나왔다. 하지만 새뮤얼은 어두워서 다행이라 생각하며 눈물을 쫓았다. 슬픈 것이 아니었다. 화가 난 것이었다. 그리고 그 분노로 새뮤얼의 입술은 꽉 다물렸고 두 주먹은 불끈 쥐어졌다. 모든 게 잘못됐고 그건 전부 루스 탓이었다. 새뮤얼의 분노는 또 다른 원인도 있었다. 새뮤얼은 증거를 하나도 못 갖고 있다는 걸 알고 있었다. 어머니는 지하실에도 없고 땔나무 광에도 없었다. 그리고 모두들 루스를, 루스가 하는 무지막지한 거짓말들을 믿어 주었다. 콜린스 부인이야말로 최악이었다. 그 아주머니는 새뮤얼 어머니가 칼에 찔려 죽어서 시체가 어디 숨겨졌다는 걸 가지고 루스하고 같이 재미있다고 웃었다. 그게 자기가 들어본 중 제일 우스운 이야기, 정말 말도 안 되는 이야기라고만 여겼다.

경찰도 똑같겠지, 그렇지 않을까? 경찰들도 콜린스 부인처럼 웃고 말 것이다. 새뮤얼에게 필요한 건 증거, 진짜 증거인데, 다행히 그걸 어디에서 얻을지 새뮤얼은 알고 있었다. 루스를 열쇠 구멍으로 엿보지 않았던가, 앞으로 구부정히 앉아서 열심히 글을 쓰던 모습을? 조지프는 루스가 자기가 한 갖은 살인자 짓을 다 털어놓은 일기를 썼을 거라고 짐작했다. 이제 이 가설이 정말 맞다는 생각은 새뮤얼 마음속에 오래 사귄 친구처럼 들어앉아 있었다. 루스는 꼭 그럴 사람이니까 그 일기장은 자백으로 읽을 수 있을 터였다. 새뮤얼이 해야 할 일은 그 일기장을 손에 넣는 것뿐이고, 그러기만 하면 모두들 루스가 새뮤얼의 아름다운 어머니에게 무슨 짓을 했는지 알게 될 것이다. 119일 동안이나 안 오시는 새뮤얼의 어머니에게.

일 분 일 분 시간이 흐르고 루스는 새뮤얼을 들여다보러 오지 않았다. 마음속에 돌풍이 휘몰아치고 심장은 노여움에 끓고 있어도, 시간이 지나 이윽고 잠의 천사들이 살며시 내려와 새뮤얼에게 손을 뻗었다. 그때쯤에 새뮤얼의 눈꺼풀은 무거워져 와, 그럴 때가 아닌데도 소년은 어쩔 수 없이 지난 기억을 돌이켰다.

*

전실 위 난간 층에 아침 햇살이 찰랑거렸다. 창으로 흘러들어 나무 마루에 쏟아지는 햇살이었다. 벽들까지도 빛나는 금이 되고 대리석 기둥들은 마치 햇빛이 그 속에 퍼부어 들어차기라도 한 듯 봉긋하게 부푸는 듯이 보였다. 빛은 눈이 멀 듯 너무나도 찬란해서, 그럴 수 없을 만큼 너무나도 금빛이라서, 새뮤얼은 한 손으로 눈을 가리지 않을 수 없었다.

새뮤얼은 자기 방 창으로 벌써 보았고 그래서 층계참으로 달려온 것이었다. 잠을 깨어 일어난 일이 기억나진 않았지만 분명히 일어나긴 일어났을 것이다, 일어나 창 쪽으로 그냥 가 봤다. 집으로 걸어오는 그 모습을 새뮤얼이 딱 본 게 바로 그때였다. 그래서 새뮤얼은 한달음에 달려왔다, 층계를 내려갈 때 난간 손잡이에 손을 거의 대지도 않았다.

문이 열리자 햇살이 안개처럼 확 넘쳐 들어왔고, 시야가 걷히자 새뮤얼은 내려다보아 산들바람에 실려온 듯 가

뿐하게 전실로 들어오시는 어머니를 보았다. 어머니는 단을 따라 담쟁이 무늬가 들어 있는 제일 좋아하는 노란 옷을 입고 계셨고, 흑백 바둑판무늬 바닥에 어머니 가방들이 한데 놓여 있었다. 어머니가 새뮤얼을 보셨고 그때 떠오른 미소는 너무나 멋졌다. "정말 아름다운 아침이지." 어머니가 새뮤얼에게 말했다. "그래서 역에서부터 걸어왔단다." 그러고 나서 어머니는 양팔을 활짝 벌렸고, 눈은 오직 새뮤얼만을 바라보았다. "아, 나의 작은 사나이가 얼마나 그리웠던지."

두 사람은 최고로 오래 얼싸안았다, 둘 중 누구도 팔을 풀고 싶은 마음이 없었다. 어머니에게서는 백합과 박하 향이 났고 새뮤얼은 어머니가 큰 소리로 우시는 소리를 들을 수 있었다. 그건 모두 어머니가 새뮤얼을 끔찍이 그리워했고 집에 오니 너무너무 행복해서 그러시는 거였다. 이윽고 어머니가 몸을 젖히고 새뮤얼의 얼굴을 다정히 양손에 감쌌다.

"새뮤얼." 어머니의 환한 미소가 문득 흐려져 갔다. "새뮤얼?"

손이 얼굴에서 어깨로 내려가고 새뮤얼의 몸을 흔들기 시작했다. 도톰한 빨간 입술이 흐릿해져 가느다란 한일자 입이 되었다. "새뮤얼!"

새뮤얼의 눈이 팔락팔락 흔들리다 반짝 뜨이고, 새뮤얼

은 한 손으로 눈을 가린 채 실눈을 떴다. 손가락 사이로 새뮤얼은 볼 수 있었다. 자기 침대 가장자리에 앉아 있는 그녀를, 침대 곁 등의 잔잔한 빛이 그 얼굴에 비치는 것을.

"깨워서 미안하다." 미안한 기색은 조금도 없었지만 루스는 그렇게 말했다. "아까 있었던 일 그냥 그대로 두기 싫어서." 루스는 한숨을 쉬고 잠깐 눈을 감았다 떴다. "요즘 들어 우리가 서로 제일 안 좋은 모습만 끄집어내는 것 같은데 계속 이렇게는 못 가, 그렇지 않겠니?"

루스는 가운 차림이었고 새뮤얼은 혹시 루스가 몸이 아픈 건가 궁금했다. 눈이 부었고, 머리는 일부는 아직 틀어 올린 채지만 얼굴에 기다랗게 늘어진 머리 가닥들도 있었다. "새뮤얼, 마음의 병에 지면 안 된다. 살인이니 나쁜 짓이니 속살거리는 그 못 돼먹은 생각들보다 강해져야 해."

루스는 자세를 숙여 새뮤얼의 얼굴에 가까이 왔다. 그 숨 냄새가 지독히 시큼해서 식초인가 싶었다. 자다가 온 것인가 보다고 짐작한 건 루스의 말이 느린 데다 느닷없이 눈을 감으려고 하다가 문득 깜짝 놀란 듯이 도로 확 뜨곤 했기 때문이었다.

"나는 이 문제의 근원을 알아. 암, 알고 있지." 루스는 새뮤얼 얼굴 앞에다 한 손가락을 세워 흔들었다. "이 얼토당토않은 얘길 애당초 네 머릿속에 넣어 준 건 조지프 콜린스야. 아니라고 잡아뗄 생각은 아예 하지도 마."

새뮤얼은 제일 친한 친구이자 유일한 친구를 비호할 참이었지만 미처 그러기 전에 루스가 다시 말했다.

"그 애는 상식이라고는 요만큼도 없는 바보인데 그 애 입에서 나온 소리를 한마디라도 믿다니 부끄러운 줄 알아. 그 바보 같은 지하실 타령도 그 애가 장본인 아니냐?"

새뮤얼은 고개를 저었다.

"글쎄다, 나는 못 믿겠는데. 요전 날 네가 땔나무 광을 기웃거린 것도 그 애 까닭인 게 틀림없지." 루스는 새뮤얼의 얼굴에 한순간 스쳐 간 질겁한 표정을 보았고 고개를 끄덕였다. "아, 그럼. 윌리엄이 다 얘기해 줬단다. 윌리엄은 신경증인가 하더라, 네가 묻혀 있는 보물인지 뭐 그런 걸 찾겠다고 여기저기 쑤시고 돌아다니던 걸 보고. 내가 차마 그 사람한테 네가 진짜로는 뭘 찾고 있었는지를 얘기할 엄두가 나야지." 루스는 무지하게 가려운 사람처럼 턱을 막 문질렀다. "마음속 깊이에서는, 새뮤얼, 네 마음속 깊은 데서는 너도 뭐가 진실인지 알 거다. 설마하니 정말로 내가…… 너희 어머니를 살해했다고 믿을 리가 있겠니?"

소년은 어머니 모습을 그려 보았다. 꿈에 나왔던 그 모습으로, 노란 옷을 입고, 주위에 온통 햇살이 찬란하고, 집에 돌아와 너무나도 행복해하시던 모습으로. 그리고 그 일이 결코 일어나지 못할 것임을 알았다. "믿어."

"그래." 루스는 쿵 하고 콧숨을 쉬었다. "그렇다면 이것 좀 말해 보렴, 새뮤얼. 내가 왜 그랬을까? 도대체 뭣 때문에 내가 그런 짓을 했겠니? 너희 어머니는 나에게 오로지 공정하고 친절하게만 대해 주셨는데."

보통 루스가 새뮤얼에게 무엇을 물었을 때 새뮤얼은 머릿속을 더듬어 루스를 가장 화 안 나게 할 답을 찾았다. 하지만 그 정답, 루스가 들으리라 기대하는 답들이 도통 떠오르지 않았고 남은 것이라고는 오직 진심에서 나온 답뿐이었다. "어머니가 해고하려고 그러시니까 어머니를 살해한 거야."

루스는 혁 소리를 냈지만 표정은 의기양양하게 웃고 있었다. "그래 이젠 해고야? 왜 부인이 나를 해고하려고 그러셨을지 물어봐도 되겠니?"

"돈이 다 떨어졌잖아. 올리브도 내보내야 했고 어머니는 너도 내보내려고 그러셨어. 그랬더니 네가 엄청 화가 나서 무슨 짓을 한 거야. 어쩌면 그러려고 한 게 아니었을지도 모르지만 실제 해 버렸고 그런 이상은 끔찍한 진실을 숨겨야만 했어, 안 그랬으면 교수형당할 테니까."

"네 말이 맞다고 치자. 너희 어머니가 나를 내보내려고 했다 쳐 보자. 그러면 어떡하게? 어머님이 이 집 살림을 하시게? 청소하고 요리하고, 네 시중을 들어 주고, 그러면서 동시에 철공장도, 계속 돌리는 건 고사하고 망하지 않게 해야 하는데 그 일도 하고?" 루스는 눈꺼풀을 퍼덕이다 도로 내리감았다. "너희 어머니가 달걀 한 알이라도 삶는 거 본 적 있어?"

새뮤얼은 본 적이 없었다.

"어머님이 한곳에 1분 이상 못 있는다는 거 너도 잘 알지." 루스는 하품을 했는데 입을 가리지도 않았다. "생각을 해 보라는 거야, 새뮤얼, 정말이지 생각을 해 보라고. 그래 너희 어머니가 나를 내보내겠니? 이 집 살림을 굴러가게 해 줄 하나뿐인 사람을? 내 덕분에 자기는 좋을 대로 눈 깜짝할 새 휙휙 여기도 가고 저기도 가고 하는 마당에?"

새뮤얼은 그 모든 말이 타당하다는 걸 부정할 수 없었다. 하지만 그게 루스가 조금이라도 덜 악독하다는 뜻은 아니었다. "어쩌면 이 집이 좋아서 그런 짓들을 다 한 것일 수도 있지." 새뮤얼이 말했다. "루스는 이 집이 너무 좋아서 혼자 독차지하려고 그러지, 그래서 어머니를 죽인 거야."

"말 같지 않은 소릴." 루스가 클클 웃으면서 말했다.

"그래서 어머니 패물들을 가져갔지, 잘나신 마님처럼 걸고 우쭐하게 돌아다니려고."

"잘나신 마님?" 루스가 헛숨을 뱉었다. "그 패물들은 너 학교 간 사이에 펜잔스에 있는 사람한테 갖다줬어. 그 사람이 제일 좋은 값을 받게 런던으로 보내 줄 거야."

루스는 모든 것에 척척 대답을 했다. 그러니까 어머니

누 더 까마득히 먼 데 계시고 더 찾아내기 힘들 것만 같았다. 자기가 자칫 눈물을 쏟기 직전인 게 막 느껴졌다.

"루스는 나쁜 사람이야."

루스의 손이 올라와서 새뮤얼 눈에 걸치는 머리카락을 걸어 넘겼다. "누구 때문에 조바심치고 온몸으로 돌아오기를 비는 심정이 어떤지 안단다. 우리 아빠도 멀리 떠나셨지." 루스는 자기 스스로 마음에 안 든다는 듯이 설레설레 고개를 저었다. "아니, 멀리 떠나신 게 아니네. 돌아가신 거지, 그게 아빠가 하신 일이야. 그 일이 났을 때 나는 너보다 그리 나이가 많지도 않았어."

새뮤얼은 루스도, 같잖은 그 아버지도 아랑곳하고 싶지 않았다. 그렇지만 설령 루스 같은 악당에게라도 꼭 답을 들어야 할 문제란 게 있는 법이었다.

"어떻게 해서 돌아가셨어?"

"아빠는 대장장이였지. 실력도 좋았어. 그렇지만 평생 행복하실 수가 없었어. 애는 쓰셨지만…… 온 사방으로 행복을 찾아 다니셨지만 행복을 찾았을 때조차도 아빠는 그걸 오래 간수하질 못하셨어."

행복이 무슨 찾아서 찾을 수 있는 물건인 것처럼 이야기한다는 건, 새뮤얼이 듣기에 그리 말이 되는 것 같지 않았다.

"아빠는 어떤 때는 며칠씩 침대에서 안 나오고 또 홀

쩍 어딜 가서 일주일이나 지난 다음에 오기도 했는데 떠날 때보다도 더 울적해져서 오셨지." 루스는 어깨를 추썩였고 새뮤얼은 아마도 슬픔일 것 같은 감정으로 루스 눈동자에 물기가 씌워져 있는 걸 보았다. "사람이 인생에 지쳐 나가떨어져서 삶이 자기가 살 만한 게 아니구나 마음먹게 된다는 건 끔찍한 일이야. 아빠는 그 전에도 한 번 그런 적이 있었는데……."

새뮤얼은 전에 한 번 뭘 어떡한 적이 있었다는 말인지 확실히 몰랐지만 좋은 일은 아니었으리라고 짐작했다.

"여름이었는데 아빠가 일을 놓으셨어. 뭐든 다 관둬 버렸지. 엄만 가계를 유지하려고 할 수 있는 대로 일을 하셨지, 삯빨래를 하시고 시내 사람들 집에 가서 청소 일도 하시고. 보통 집에 없으시니까 아빠 수발은 나한테 맡기셨어." 루스는 머리를 깔끔 단정하게 틀고 있기라도 한 것처럼 다독여 만졌다. "총은 안 보이는 데로 감춰 놨더랬어, 아빠가 손대지 못하게. 그렇지만 어느 날, 바로 그날에 내가 뒷방으로 들어갔더니 아빠가 총을 안고 계시더라고. 총이 무슨 말을 할 걸 기다리는 것처럼 들여다보고 계셨지. '엄마한텐 아무 말 마라.' 아빠가 나에게 말했단다. '내일 사냥 가서 토끼를 잡아다가 엄마를 놀라게 해 줄 거니까.' 나는 아빠 말을 믿었어. 정말로 우리 기도가 응답 받은 줄 알았어, 아버지가 원래대로 회복돼 가시는구나 생각했어."

소녀은 이제 앞뒤를 알 수 있었다. 이 이야기가 어디로 가고 있는지를 깨달았다. 그 때문에 저절로 일어나 앉게 되었다.

"그날 밤에 우리가 잠든 사이에 아버지는 닭장 옆으로 내려가 해치워 버리셨어." 루스는 눈을 꾹 감았고 한 손을 입에 대었다. 새뮤얼은 루스의 손가락이 떨리고 있는 걸 보았다. "나는 아무한테도 총 이야기를 하지 않았지만, 아빠가 그러는 걸 못 막은 걸로 엄마가 날 탓하는 건 알 수 있었지. 엄마는 아빠가 한 짓 때문에 아빠를 미워했고 또 나도 똑같이 미워하셨어. 그렇게 날 두들겨 팼지. 나도 또 그러려니 했고. 왜인지 아니, 새뮤얼?" 깊디깊은 신음이 차올라 루스의 입으로 흘러나왔다. "아빠가 그리되신 게 다 행이다 싶었거든. 하느님 도와주소서. 아빠는 평화를 찾으셨고, 나는 그래서 기뻤어."

루스는 세게 코를 훌쩍이고 몸을 일으켰다. 울적한 두 눈이 새뮤얼에게 향했다. "우리 아빠는 혼자 생각에 씌었던 거야. 그런데 너를 보면 똑같은 일이 벌어지고 있는 게 보여. 그러지 말아야 해. 네가 남자애인 거 알고, 남자애의 머릿속에 양식 있는 생각 따위 좀처럼 떠오르지 않는다는 거 아는데, 그래도 그따위 악한 생각들은 마음에서 지워 내야만 해. 그건 독이고, 맞서 싸우지 않는 한은, 새뮤얼, 그 독이 너나 나나 둘 다 망하게 해 버릴 거야. 나는 평

판도 건실한 정직한 여자고 네가 그 얼토당토않은 얘길 이이상 조금이라도 퍼뜨리는 걸 두고 보지 않을 거야. 알아듣겠니?"

새뮤얼은 루스를 바라볼 수 없었다. 하지만 고개는 끄덕였다.

"나는 네가 두 살 때부터 이 집에서 일해 왔어. 그러니 내가 이걸 내보이는 사람은 못 되지만 언제나 너희 가족 모두에게 가장 부드러운 감정을 갖고 있어. 그래, 그 말이야, 그렇게 놀란 표정 하지 마. 그랬기 때문에 네가 내가 무슨 말로 못 할 짓을 할 수 있을 것처럼 진짜로 믿는다는 생각을 하니 그렇게나 울컥 화가 났던 거야." 루스는 빠르게 일어섰는데, 그러고 나선 몸을 가누기 위해 벽을 짚어야 했다. "자, 이 바보 같은 짓거리는 지금 이 자리에서 끝난 거야. 아주 확실하게 잘 알겠지, 새뮤얼 클레이?"

"응."

"그 침대 등 빛이 있어야 방을 나가겠구나." 루스는 돌아서서 문 쪽으로 갔다. "내가 나가면 불 끄렴, 그리고 잘 자."

침실이 다시 어둠에 잠기자, 새뮤얼은 한 손을 가슴에 얹어 쿵쿵 뛰는 박동을 느꼈다. 두려움도 느껴졌지만 새뮤얼은 무엇인가 다른 것이 심장 박동을 그렇게 거세게 몰아친 원인이 되었다는 것을 감지했다. 바로 사냥감을 잡는

사냥꾼의 흥분이다. 루스는 자기가 자기 옛얘기를 해서 새
뮤얼을 진정시켰다고 생각했다. 하지만 본의 아니게 패착
을 내고 말았다. 루스는 자기 아버지가 죽었을 때 좋아했
다. 그 일로 기뻤다고 자기가 그랬다. 새뮤얼로서 루스가
살인자라는 데 더 이상의 증거가 필요했다고 한다면, 이제
그 증거를 얻은 터였다.

28

　루스가 갖은 죄악을 저질렀어도, 정작 덜미가 잡히기는
빨간 실 한 오라기 때문이겠구나. 새뮤얼은 그 생각에 빙
그레 웃음이 나는 걸 참을 수 없었다. 오밤중에 어머니 서
재로 내려와 불을 켠 이유가 그것이었다. 이 돌파구가 열
린 것은 그림엽서가 발단이었다. 아니다, 발단은 루스가 자
기 아버지가 죽길 바랐다는 것과 시커먼 본심을 그대로 고
백한 이 증언이 다른 사람 아닌 루스 본인 입에서 나왔다
는 것 때문에 생각에 꽉 차 새뮤얼이 잠을 이루지 못한 것
이었다. 그 얘기는 새뮤얼에게 상상 이상으로 크게 부담이
되었다. 왜냐하면 새뮤얼의 어머니에 관해 차마 입에 올리
지 못할 무슨 일인가가 벌어졌다는 걸 확정해 주는 것이었
으니까. 하지만 그 고백이 새뮤얼 자신에게는 충분히 확실

해도 증거가 될 것처럼 생각해 버릴 수는 없었다. 여전히 루스 얘기 대 새뮤얼이 하는 얘기의 문제가 아닌가? 그리고 루스는 말하는 데 일가견이 있고 뭐든지 자기에게 유리하게 비틀 수 있는 사람이 아니었나?

새뮤얼에게는 루스의 일기장이 필요했다. 아니면 다른 것 무엇이라도 루스의 유죄를 증명해 줄 게 필요했다. 그렇게 오래오래 궁리를 했으면 무언가 떠올랐어야 할 일이었다. 몇 시간이나 생각한 것 같은데 쓸 만한 생각은 전혀 나지 않았고, 새뮤얼은 자기가 못나서 생각을 못 해 내는 거라고 생각했다. 보조 탁자에서 그림엽서들을 집어 든 것은 차라리 반사적인 행동이지 딱히 다른 게 아니었다. 그 엽서 한 장 한 장을 천 번이나 읽은 새뮤얼이었지만, 추론하기에 엽서의 마법은, 그 엽서를 손에 들었을 때 배 속에서 몽실몽실 피어오르던 그 따스한 느낌은 이제 없을 터였다. 이제는 이게 십중팔구 미국에 있는 루스의 사악한 공범이 쓴 것이리라는 걸 아니까. 그래도, 거기 쓰여 있는 글씨는 너무나도 어머니 글씨를 닮았고 단어들도 또 그래서, 새뮤얼은 어머니에게 가까워지는 느낌이 들지 않는 척은 할 수 없었다.

엽서 한 장 한 장 앞면에 나와 있는 사진들, 항구 사진, 다리 사진, 하늘과 맞닿은 도시의 윤곽선 들은 새뮤얼에게 거기 쓰인 글만큼이나 익숙했다. 사진들을 지그시 바라보고 있으면, 아니 오히려 사진을 뚫고 그 너머를 바라보고 있으면 새뮤얼의 마음은 지도책으로, 거기 꽂힌 조그만 깃발들과 자기가 손수 핀 하나하나를 감고 예인선에 연결해 놓은 빨간 실과 그 실을 끌며 대서양으로 나서는 예인선으로 날아갔다. 얼마나 바보 같은 짓이었던가. 어머니가 배 타고 집으로 오고 계실 거라는 루스의 거짓말에 사로잡혀 있던 새뮤얼이었다. 썩어 빠진 그 말 한마디 한마디를 좋다고 덥석 받아 삼키지 않았던가? 새뮤얼은 그래서 그때 한숨을 쉬었다. 계속 지도책 생각과 어머니를 향한 희망도 꿈도 그 핀과 꼬리표 한 개 한 개가 그렇듯이 그 지도책 책장에 아주 못 박혀 버린 거로구나 생각하고 있었다.

돌파구는 아무 예고 없이 얻으려는 노력도 필요 없이 문득 새뮤얼에게 찾아왔다. 꼭 알맞은 생각이 때로 그러할 것처럼. 손에는 그림엽서를 들고 마음의 눈으로는 지도를 볼 때, 한 가지 생각이 불현듯 새뮤얼의 머릿속에 그냥, 형태까지 다 갖춘 채로 뚝 떨어져 들어왔다. 너무나 가망 있는 생각이라 숨을 훅 들이켰을 정도였다. 루스의 살인 계략이라는 향유에 이것이 파리 한 마리가 되지 않을까? 새뮤얼은 엽서들을 굽어보았고, 자기에게 필요한 그 한 장을 찾아냈다. 그걸 다시 읽어 보았다. 그러자마자 그대로 침대를 박차고 나와, 손에 엽서들을 든 채로, 할 수 있는 한 조용히 어머니 서재로 숨어 내려오고 말았다.

등에서는 침침한 빛이 비칠 둥 말 둥 해 지도책까지 잘 닿지도 않았다. 그렇지만 그걸로 충분했다. 새뮤얼의 눈은 빨간 실이 그린 경로를 따라 여행했다. 샌프란시스코, 댈러스, 로스앤젤레스, 플로리다, 펜실베이니아, 토론토, 뉴욕시, 보스턴. 하지만 그 시선을 도로 끌어당겨 돌아오게 한 건 미국 서해안의 주였다. 새뮤얼은 텍사스주 댈러스에서 온 5월 24일 자 엽서를 들었다.

　가장 사랑하는 새뮤얼,

　내가 너를 그리듯이 너도 무섭도록 내가 그립니? 샌프랜시스코에 큰 기대를 했었는데 썩 잘되지가 못했구나……. 은행가들이란 본래 상상력이 없다지만, 정말이지 얼마나 따분한 사람들인지. 그쪽이 손해지! 나는 뒤도 돌아보지 않고 댈러스로 진격해 왔어, 여기서 내 편을 얻어 수표책을 열게 만들고야 말 결심으로. 가능한 한 곧 집으로 갈게, 나의 작은 사나이야. 루스한테 잘해.

　사랑과 입맞춤을 보내며,

　어머니가.

다른 엽서들도 다 그랬듯이 그것 또한 세지도 못할 만큼 너무나 많이 읽은 엽서였지만, 이번에 단어들이 면밀히 들여다보는 새뮤얼의 시선 아래 갈라지는 듯, 쪼개져 열리면서 장식적인 필기체에 가려 있던 시커먼 마음을 드러내 보이는 듯했다. 어머니는 샌프란시스코에서 실망을 겪고 댈러스에 도착했다고 엽서를 썼다. '뒤도 돌아보지 않고', 그렇게 썼다. 그래 놓고 바로 그다음 엽서, 열흘 후에 보낸 엽서에서 어머니는 로스앤젤레스에 가 있었다. 그 엽서 내용은 주로 날씨에 관한 것으로 지독하게 덥다고 했다. 그리고 플로리다에 도착하면 다시 쓰겠노라 약속도 했다. 그러니까 새뮤얼 어머니는 아예 돌아가려는 마음 없이 서해안 주를 떠났으면서 다시 캘리포니아로 돌아간 것이었다.

새뮤얼은 그 엽서를 내려놓고 다시 지도책 쪽으로 주의를 돌렸다. 손가락으로 댈러스에서 로스앤젤레스에 이어진 실을 따라갔다. 어머니는 엽서에서 오직 앞으로 진격할 것이라고 딱 잘라 말을 하면서 뒤로 돌아갔다. 말이 되지 않았다. 루스가 실수를 한 것이다. 그것까지는 확실했다. 하지만 그 생각을 하니 정신이 핑 돌며 또 다른 가능성들이 피어올랐다. 늦은 시간과 이 새 발견으로 인한 소름 끼치는 흥분 탓에 그런 생각들이 절로 드는 걸 누를 수 없는 것도 무리가 아니었다. 만약에 서로 말이 어긋나는 그림엽서가, 어머니가 함정에 빠져 보낸 신호라면 어떡할까? 루스의 악독한 공범이 어머니를 미국 어디에 가둬 두고 있는 것이라면? 생각해 볼 만한 문제였다. 새뮤얼의 어머니는 자기 뜻에 반해서 엽서를 쓰도록 강요받고 있는 것이고, 영리한 분이다 보니 엽서 글에 암호를 심어 넣은 것이다, 새뮤얼만이 풀 수 있을 암호를. 새뮤얼이 보고 무언가 잘못되었다는 것을 알게 될 그런 암호를. 그럴 법한 생각일까? 새뮤얼은 이 생각 전체가 뒤죽박죽 혼란스럽지 않다고는 생각 안 했다. 그렇지만 최악으로 고약한 음모들은 대개 얽히고설켜 복잡한 게 아니던가?

사실은 거짓말을 하지 않았다. 댈러스에서 보내온 그림엽서에 어머니는 샌프란시스코를 뒤도 돌아보지 않고 떠났노라고 쓰셨다.(그 말은 곧 캘리포니아주를 떠났다는 얘기였다.) 그러고서 바로 이어서 도로 캘리포니아에 왔다. 어머니가 어째서 그런단 말인가? 말이 행동과 어긋났다. 만약에 돌아갔던 거면 왜 그다음에 보낸 엽서에서 이유를 설명하지 않았을까? 그러기는커녕, 날씨 얘기만 주절주절 해놓았다. 소년은 이제 그 엽서를 바라보며 고개를 살래살래 흔들었다. 이 사실을 알아차리는 데 그렇게 오랜 시간이 걸렸다니 부끄러운 일이었다. 비록 이토록 사악한 음모란 범죄자의 마음을 갖지 않은 사람으로서는 속내를 다 읽지 못할 것인 게 틀림없기에 이 점이 대체 무엇을 증명하는 것인지 완벽하게 다 알지는 못했을지라도, 어머니가 미국을 가로질러 활기차게 여행하고 계신다는 소설 속에서 잘못 쓰인 한 줄을 발견해 냈다는 것만은 알 수 있었다. 그리고 그건 또 한 가지 의미하는 바가 더 있었다. 루스의 영리한 수작은 본인 생각보다 훨씬 못했다.

*

토요일이면 늘 그렇듯이 공원에 사람이 북적여 오리들은 버릇없이 골라 가며 먹었다. 그렇지만 새뮤얼은 그다지 그쪽에 관심을 두고 있지 않았다. 새뮤얼은 연못가에, 어린애 둘을 데리고 온 어머니 옆에 서 있었다. 둘 다 남자애였다. 어머니는 몸을 굽히고 조그만 애들에게 이 오리 저 오리 얘기를 했다. 심지어 오리에게 이름까지 붙여 놓았고, 얘기를 하는 내내 두 아이 등 한복판에 각각 한 손을 대고 있었다. 이 광경은 너무나도 다정해 보였고, 새뮤얼은 그걸로 그 애들을 미워하기 싫었지만 꽤 힘이 들었다.

루스는 이날 아침 장에서 장사가 잘되었다. 쇼트브레드는 전부 팔렸고 티케이크도 거의 다 나갔다. 자리를 걷고 있는데 목사님 사모님인 프라이스 부인이 루스에게 와 티케이크와 레몬타르트를 대량으로 주문하고 싶은데 월요일까지 해 줄 수 있겠느냐고 물었다. 오전 중 다과회에 교회 위원회 사람들이 모이는데 자기 집 요리사는 손목을 삐어서 아예 자기 몫을 못 하게 되었다는 거였다. 그렇게 된 까닭에 새뮤얼은 지금 혼자서 연못가에 서 있었다. 루스는 아직까지 프라이스 부인과 얘기를 나누는 중이었다, 역사상 제일 훌륭한 가정부인 척을 하고.

새뮤얼은 방으로 돌아간 후에 잠을 이루지 못했다. 그야, 조금은 잤지만 제대로 못 잤다. 어떻게 잠을 잤겠는가? 그림엽서에서 새로 발견한 사실도 곱씹어 봐야 할 일이었다. 악한 속내를 고백한 것과 다름없는, 자기 아버지가 자살한 게 기뻤다는 루스의 말은 고사하고라도 말이다. 루스는 아버지 손에 총을 쥐여 주기라도 할 작정이었던 게 아닌가? 그렇다면 루스가 새뮤얼의 어머니에게도 그에 못지않게 악독한 그 어떤 짓을 했다 한들 그리 무리한 생각은 아닐 것이다. 어머니가 미국에 잡혀 계신다는 가설은 백주 대낮에 생각해 보니 좀 힘이 떨어졌다. 그게 정말 있을 법한 일일까? 아니, 새뮤얼은 어머니가 미국으로 가는 배에 타기나 했을지 의심스러웠다. 어머니가 무슨 일을 당했든, 배후는 루스였다. 보려고 하는 사람 눈에는 보이게끔 지도책이 그 방향을 가리키고 있었다. 그렇지만 새뮤얼 자신과 같이 확연하게 상황을 보도록 누구를 설득할 수 있을까?

"멀쩡한 빵만 아깝지." 루스가 갈색 외투 단추를 잠그며 새뮤얼 뒤로 왔다. "오리들이 너무 잘 얻어먹어서 거들떠도 안 보는 거야."

루스는 아침이 되자 원래 모습으로 돌아간 터였다. 머리카락을 뒤로 싹 넘기고, 얼굴에는 희미하게 찡그린 표정을 굳히고, 아침 먹는 동안 새뮤얼을 향해서는 두 마디나 건넸을까 말까 했다. 새뮤얼은 루스가 간밤에 그만 괴물딱

지 같은 자기 본성을 드러내고 만 탓에 스스로에게 화가
난 것이라고 생각했다. 루스가 왜 그렇게 허심탄회하게, 낮
과는 너무나도 다르게 이야기를 해 왔던지 새뮤얼은 알 수
없었다. 어쩌면 졸린 상태였기 때문에, 졸린 사람들은 자기
도 모르게 안 할 말을 하기 때문에 그런 것이었으리라. 아
마 그 때문이었을 것이다.

어린 남자애 둘을 데리고 온 어머니가 새뮤얼에게 미
소를 던졌고 새뮤얼은 마주 미소 지으려고 최선을 다했다.
"난 오리가 허겁지겁 먹지 않아도 괜찮아." 그 어머니가 새
뮤얼에게 말했다. "겨울이 되면 굶게 될 테니까 그때까지
다 아껴 두려는가 보다."

"오히려 욕심에 차서 저러겠지요." 루스가 말했다. 루스
는 심지어 오리라 할지라도 식탐 부리는 것은 용납 못 했
다. "쪼그만 것까지 덥석덥석 다 집어먹으니 살이 찌지, 안
그랬으면 그렇게 빠르게 피둥피둥해지려고요."

그 어머니는 곧 일어서서 양쪽으로 아이들의 손을 잡고
장에서 토피 사과*를 사 주겠다고 약속하면서 데리고 떠
나갔다. 남자애들은 어머니가 1년 내내 가는 크리스마스를
약속하기라도 한 것처럼 환성을 질렀고 그들이 떠나갈 때
새뮤얼의 시선은 그 걸음을 뒤따랐다.

---

* 사과를 막대에 꽂아 얇게 토피 사탕을 입힌 길거리 간식.

"버릇을 아예 버려 놨네, 정말로." 루스가 중얼거렸다. "자, 우리도 이제 가야지. 너는 「시편」 마저 써야 하고 나는 레몬타르트 일흔두 개하고 딸기 티케이크 네 개를 만들어야 하니까."

둘은 집으로 향했고, 루스는 제과를 개시했다. 그러는 동안 새뮤얼은 주방 식탁에 앉아서 성경 구절을 쓰라는 지시를 받았다. 서둘러 이리저리 왔다 갔다 하면서 루스는 혼자 뭐라고 중얼거리거나 새뮤얼 귀에는 장송곡 같기만 한 콧노래를 부르거나 했다. 새뮤얼은 그냥 가만히, 커다란 성경책을 내려다보고는 있지만 딱히 무엇을 하지도 않은 채로 있었다.

증거. 새뮤얼에게 필요한 건 그거였다. 루스는 교활한 사람이니 새뮤얼 어머니를 아무도 발견 못 할 어딘가에 숨겨 두었을 터였다. 어머니는 지하실이나 땔나무 광이나 헛간 같은 데 있지 않은 것이다. 어머니는 아무 데도 없다. 그 말은 새뮤얼이 루스의 일기장을 손에 넣어야만 한다는 뜻이었다. 물론, 루스가 실제로 일기장을 가지고 있는지도 확실히는 알지 못했다. 하지만 깜깜한 한밤중에 쓰던 게 일기 아니면 달리 무엇이었을까? 그리고 새뮤얼이 문에서 낸 소리를 들었을 때 루스는 그걸 서랍에 넣어 버리지 않았던가, 혹여 새뮤얼이 볼까 봐 질겁을 한 것처럼? 그렇다, 일기장은 있을 수밖에 없었다⋯⋯. 그것이 바로 루스가 한 짓을 증명하기 위해 새뮤얼이 필요로 하는 물건이었다. 바로 루스가 목매달려 사형당하게 만드는 데 필요한 물건이었다.

새뮤얼은 일어섰다.

"어디 가려고 그러는데?" 루스는 달걀 여러 개를 사발에 깨 넣고 있었다.

"프라이스 목사님 보여 드릴 그림 그리는 데 색연필 있어야 해." 새뮤얼이 말했다. "위층 내 방에 있어."

루스가 쿵 하고 코를 울렸다. "빨리 갔다 와."

소년은 뒤쪽 층계로 올라가면서 내내 뛰었다.

"그 계단 그리 쿵쿵거릴 필요 없잖니!" 루스가 아래에서 소리 질렀다. "네가 보태 주지 않아도 충분히 지끈지끈 머리가 아프단 말이다, 새뮤얼 클레이."

"미안해, 루스!"

새뮤얼은 층계참을 가로질러 가면서도 속도를 늦추지 않았다. 생각은 아주 간단했다. 빨리 가면 갈수록 위층에서 루스의 일기장을 찾는 데에 시간을 더 쓸 수 있다. 루스라면 온갖 흉흉한 세부 사항을 다 적어 놓았을 것이다, 새뮤얼의 어머니에게 한 짓이며 자기가 얼마나 힘들었는지 하는 얘기며 새뮤얼에게 들킨 것이며 전부 다. 그리고 루스는 새뮤얼 어머니가 어디에 누워 있는지도 틀림없이 적어 두었을 것이다, 어디 무시무시한 어두운 구덩이 속에 외롭게 누워 계시겠지. 어머니는 새뮤얼이 어머니를 찾기 위해 얼마나 애썼는지 아실까? 어머니가 새뮤얼을 보시면 지금 새뮤얼이 하고 있는 일로 해서 더한층 사랑해 주실까?

그러시지 않을 리 없다고 새뮤얼은 생각했다. 어머니가 지금 이 순간에도 자길 내려다보고 계실 것이라고 생각했다.

새뮤얼은 루스의 침실 문 앞에 멈추어 아버지에게 이 문이 잠겨 있지 않게 해 달라고 기도하지 않았다. 그냥 문 손잡이를 잡고 밀었다. 하지만 문은 밀리지 않았다. 두 번째로 밀어 보면 첫 번째와 달리 잠기지 않았기라도 할 것처럼 새뮤얼은 다시 밀어 봤다. 하지만, 당연한 일로, 문은 계속 잠긴 채였다. 새뮤얼이 기억하는 한 루스 방 문이 잠긴 적은 전에는 없었다. 루스가 들어오라고 한 적이 있었다는 것은 아니지만 그렇다고 들어와선 안 된다고 금지한 적도 없었다. 그러니 혹 새뮤얼이 이런저런 부탁할 게 있는데 루스가 자기 방에 있었으면 새뮤얼은 문을 두드렸을 것이고 루스는 "들어와." 하고 말했을 것이며 문은 잠겨 있지 않았을 터였다. 그렇지만 지금은 그렇지가 않았다.

무언가 끔찍한 숨길 게 있는 사람이라야 방문을 잠글 터였다. 새뮤얼이 가장 두려워해 온 일이 어떻게인가 확정되고 말아 새뮤얼은 얼굴을 한 대 맞은 것 같은 기분이었다. 마음을 좀먹는 독이 아니었다, 루스는 그렇게 말했지만. 잠긴 문은 엄연한 사실이었다. 그리고 루스는 자기 아버지가 총을 가지고 닭장에 내려가 자기 자신을 쏘았을 때 좋아하지 않았던가? 그것도 엄연한 사실이다. 그리고 루스가 새뮤얼 어머니의 패물을 훔친 것은? 엄연한 사실이다.

새뮤얼은 자기가 울고 있다는 걸 미처 알아채지 못했다. 처음에는 그랬다. 왜냐하면 노여움을 느꼈는데 노여움은 대개 슬픔을 날려 버리거나 아니면 적어도 한결 찾기 힘들게 만들기 때문이었다. 그러다 새뮤얼은 막 흔들리는 자기 숨소리와 툭툭 끊기는 흐느낌 소리를 들었다. 고요한 복도에서 나니 더더욱 기분이 처참해지는 소리였다. 어머니는 돌아오시지 않을 터였다. 루스가 정말로 어머니를 죽였고 어머니는 영영 돌아오지 못하실 것이다. 새뮤얼은 밤에 꾸었던 꿈을 떠올렸다. 어머니가 산들바람처럼 가뿐히 전실로 들어오시고, 햇살이 어머니 주위에 쏟아지고, 어머니 얼굴에는 더 밝은 나날을 약속하는 미소가 어려 있었던 꿈을. 새뮤얼 생각이 맞았다. 그런 일은 결코 일어나지 않을 터였다.

그러고 나서 소년은 달렸다. 어머니 침실 문을 향해 달려갔다. 문을 열려고 해 봤지만 루스 덕분에 어머니의 이작은 일부도 또한 새뮤얼에게서 박탈된 후였다. 새뮤얼의 두 다리는 다리끼리 생각이 있었던 듯, 안개처럼 시야를 흐린 눈물을 훔치니 새뮤얼은 복도를 달려 맨 끝 문으로 가고 있었다. 어머니의 옷방이었다. 어머니가 모습을 감춘 후로 몇 번인가 들어갔던 적이 있지만, 그래도 항상 어머니가 거기 들어오는 것을 달갑지 않게 생각하던 것 때문에 마음을 졸이곤 했다.

새뮤얼은 문을 열고 안에 발을 들여놓았다. 코를 훌쩍이고 콧물을 훔치면서, 소년은 방 안을 둘러보았다. 옷방은 커다랬고 햇살이 가득 들이비치고 있었다. 벽 세 개에 참나무 옷장들이 쭉 놓였고 네 번째 벽에는 창들이 줄지어 있으며 그 사이에 각도가 다른 거울 세 개가 있어서 어머니가 어느 쪽에서든 보이는 모습을 확인할 수 있었다. 방 한가운데에는 빨간 벨벳으로 된 둥그런 소파가 있고 그 옆에는 마네킹이 세워져 있었다. 새뮤얼로서는 왜인지 짐작가지 않는 이유로 어머니는 가장 좋은 옷들을 여기에 입혀두기를 좋아하셨다. 마네킹에는 아무것도 입혀져 있지 않았고, 팔다리가 없는 그 몸통은 형태와 치수가 어머니 몸 그대로였다. 그렇기에 새뮤얼이 두 팔로 그것을 얼싸안고 그 가슴 아래 머리를 묻은 것도 그럴 법한 일이었다. 새뮤얼은 그게 잘못하는 짓인 줄을 알고 있었다. 어머니가 전에 한번 새뮤얼이 그러는 걸 보시고는 굉장히 기분 나빠하셨다. 그렇지만 지금은 어머니가 이해해 주실 거라 새뮤얼은 바랐다.

이윽고 울음을 그치고 팔을 풀더니, 새뮤얼은 옷방 안을 천천히 걸어 다녔다. 옷장 몇 개를 열어 안을 보았다. 어머니 옷들은 거의 없어져서 걸려 있는 몇 벌 안 되는 옷이 퍽 쓸쓸해 보였다. 어머니가 미국으로 배 타고 가는 길에 전부 트렁크에 꾸려 간 것처럼 보이게 루스가 옷을 어디로 가져갔을 게 틀림없었다. 교활하기 짝이 없다, 루스 할망구는.

옷장들 중 제일 큰 건 벽 하나를 거의 반이나 차지했는데, 구리판이 다이아몬드 모양으로 붙어 있었다. 새뮤얼이 육중한 문을 여니 그 안에는 옷이 딱 한 벌 걸려 있었다. 한 벌뿐이라도 그걸 보자 새뮤얼은 가슴이 간질간질 설레왔다. 왜냐하면 그 옷은 바람이 연못 수면을 쓸고 간 듯 차르르 풍성하게 주름 잡힌 빨간 비단 드레스였기 때문이다.

추억이 마음속에 피어오르자 몸이 어딘가로 떨어져 내리는 것만 같았다. 방이 돌연 어두워지고 옷장은 진흙으로 빚어져 있었던 것처럼 오직 드레스만 남겨 두고 스르르 녹아 없어졌다. 그 드레스는 이제 움직였다. 방을 가로질러 둥실 떠가는데 그러면서 형태가 잡히고 속이 채워졌고…… 문득 새뮤얼 앞에는 어머니가, 거울을 보며 머리를 가다듬고 계셨다.

"어머니." 그 말은 저절로 새뮤얼의 입에서 날아 나갔다. "어머니, 저 여깄어요."

빛이 어머니의 희디흰 어깨를 때리고 반사돼 나와 주위에 춤추었다. 어머니는 귀걸이를 만졌다. 결혼식 날 아버지가 선물한 그 귀걸이를. 그러고 나서 미소 지으면서 주위를 둘러봤다. 어머니가 무슨 말을 하셨다. 새뮤얼은 뭐라고 했는지 들을 수 없었는데, 그때 연미복에 나비넥타이로 차려입은 아버지가 어머니 쪽으로 걸어와 뺨에 입을 맞추었다.

"어머니." 새뮤얼이 불렀다. "저예요. 저 여기 있어요."

두 분이 외출하시려는구나. 새뮤얼은 알았다. 어딘가 아주 중요한 자리에 가시려는 참이다. 그걸 깨닫자 새뮤얼은 너무나도 강렬한 두려움에 차 눈을 꽉 감으며 터져 나오고 싶어 하는 악 소리를 삼켰다. 눈을 도로 뜨자 자기 자신이 보였다. 지금의 새뮤얼보다 더 어렸을 때의 새뮤얼이 옷방을 가로질러 날듯이 달려와서 어머니께 막 달려들었다. 어머니에게 이르자 양팔을 활짝 벌려 허리를 얼싸안았다.

"지금 이러면 안 돼, 귀염둥이야." 새뮤얼은 달콤한 음악 같은 어머니 목소리를 들을 수 있었다. 어머니는 두 손을 뒤로 돌려 새뮤얼의 손가락들을 풀어 냈다. "엄마 시간 늦었어. 루스!"

"밤 인사를 하려고 그러는 것뿐이잖소." 새뮤얼 아버지가 말했다.

그 애는 소리 내 울었다. 도로 어머니를 붙안으면서 머리를 어머니 배에 묻었다. "밤 인사는 벌써 했어요." 아름다운 존재가 말했다. "우리가 집 떠나 어딜 가기만 하면 매번 이러다니 이상하잖아요." 그러고는 불렀다. "루스? 이 사람이 대체 어딜 갔담?"

"가지 마세요." 남자애가 말하고 있었다. "바보 같은 파티야. 제발 가지 마요."

어머니는 몸을 두른 그의 양팔을 도로 떼어 냈다. "못하겠어, 여보, 정말 안 돼요."

새뮤얼은 어머니가 자기에게 말하는가 생각했던 것이지만 곧 아버지가 이쪽으로 와 아이를 부드럽게 떼어 데려갔다. 그렇지만 그걸로 될 일이 아니었다. 아이는 용을 써 손을 떨치고는 도로 어머니에게 달려갔다. 이건 무슨 말로 설명할 수 없는 일이었다. 새뮤얼은 그저 어머니를 그냥 계시게 만들 방법을 찾아야만 했다. 아예 바닥에 붙박아서 그대로 머물러 계시게. 더 이상 어디로 가 버리시지 않게.

"집에 언제 오세요?" 아이는 어머니 손을 붙잡고 있었지만 어머니는 자꾸만 손을 뺐다. "언제 집에 오세요? 안 자고 기다릴래요."

새뮤얼의 어머니는 아무 말씀 안 하셨다. 그저 기분이 상한 듯 고개를 설레설레 젓고 다른 쪽을 보셨다. "루스, 이리 좀 와 줘요!"

그때는 어려서 철이 없었다. 지금의 새뮤얼이라면 확실히 알 일을 저 아이는 이해 못 했다. 중요한 사람들이 많이 오는데 그 사람들이 철공장을 도울 수도 있을 터이기 때문에 그때 파티들이 중요했다. 그리고 상황을 바로잡는 데 남은 시간은 너무나도 적었다. 어머니에겐 새뮤얼과 카드 놀이를 하거나 숨바꼭질을 하거나 오리들에게 먹이 주게 공원에 데리고 가 주실 시간이 없었다. 루스가 그런 종류 일은 더 잘했고, 게다가, 항상 어머니 옆에 있었다면 새뮤 얼이 따분했을 터였다. 그리고 진실로, 어머니가 늘 새뮤얼 팔을 풀어 내거나 밀어내거나 하셨어도 그건 새뮤얼 때문 이 아니었다. 새뮤얼은 어머니의 작은 사나이였다, 그건 누 구든지 아는 사실이었다. 하지만 새뮤얼은 어른이 된다는 건 복잡한 문제라는 걸, 그리고 아버지가 거듭거듭 타이르 시던 대로 어머니가 정말 최선을 다하고 계신다는 걸 알아 야만 했다.

"루스." 어머니가 다시 불렀다. "어디 있어?"

침실 문이 굉장한 힘으로 닫혔다. 옷방 창 중에 열린 창 하나 없었는데도 새뮤얼이 열고 들어온 문이 어처구니 없이 큰 쾅 소리와 함께 닫혀 버렸다. 그와 동시에 옷방은 텅 비고 말았다…… 어머니, 아버지, 그리고 더 어렸을 때 의 새뮤얼 자신이 스르르 먼지가 되어 무너져 내리고, 문 을 닫히게 만든 거센 바람에 훅 불려 날아간 듯했다. 소년 은 퍽 처량한 꼴로 화들짝 놀라 휙 돌아보았다. 문이 저절 로 닫힌다는 것은 심란한 일이었다. 그래서 새뮤얼은 문으 로 달려가 확 열어젖혔다. 아무튼 그러려고 하긴 했다. 그렸지만 문은 끄떡도 하지 않았다. 문손잡이를 돌리면서 세게 밀어 봤지만 문은 옴짝달싹 안 했다.

그때 어머니 웃음소리가 들렸다. 하지만 평소 같은, 음악적이고 쾌활한 그런 웃음이 아니었다. 텅 빈 방을 가르는 이 웃음소리는 긁히는 듯, 경멸의 비웃음으로 울려왔다. 방은 해묵은 뼈대에서 나는 기묘한 뚜둑 소리, 삐걱 소리를 제외하곤 움직임도 소리도 없었다. 새뮤얼 어머니의 몸 형태와 치수를 그대로 가진 마네킹만이 둥실 떠올라 보였다. 아마도 빛의 장난이었을 터였다, 그 마네킹이 지대한 관심을 가지고 새뮤얼을 굽어보는 것처럼 보인 것은.

"가지 마세요." 새뮤얼이 했던 말이지만 목소리는 어머니의 것이었다. "제발 가지 마요."

어머니는 새뮤얼을 조롱하고 있었다.

"어머니?" 새뮤얼은 물러났다. 등에 문이 닿았다.

"언제 집에 오세요?" 어머니는 또다시 웃고 있었다. "안 자고 기다릴래요."

"그만해." 새뮤얼이 속삭였다.

어머니가 아니었다. 어머니일 리 없었다. 어머니는 새뮤얼을 그 무엇보다 더 사랑하셨다.

"어머니, 저예요." 쉭쉭거리는 목소리가 그렇게 말했다. "저 여깄어요."

"그만해!" 소년은 이제 문을 쾅쾅 두드리고 있었다. "가 버려!"

문이 활짝 열리면서 새뮤얼은 문에 밀려 났다. 발을 헛디디며 바닥에 넘어지자, 루스가 찡그린 낯으로 새뮤얼을 굽어보고 있었다. "대체 이 무슨?"

새뮤얼은 일어나서 뒤를 보았다. 마네킹은 이제 다시 멀쩡히 바닥에 붙박여 있는 걸로 보였다. 생명 없는 모습으로, 실낱만큼도 위협적인 모습은 아니게 되어서.

"그러니까 여기서 색연필을 찾고 있었다고 믿어 달라 이거니?" 루스가 말했다. "왜 그리 야단법석을 피웠어?"

"문이 잠겨서." 새뮤얼은 도로 돌아서서 가정부를 보았다. "루스가 잠갔어?"

"무슨 가당치도 않은 소린지."

"문이 열리질 않았어."

"끼었던가 보지."

소년이 말했다. "낀 게 아니었어."

"누굴 상대로 말하고 있었던 거니?" 루스의 목소리는 긴박했다.

"목소리 들었어?" 새뮤얼이 물었다.

"뭐라고?" 루스는 방 안으로 들어와 찌푸린 낯으로 한 바퀴 돌아보면서, 벽장을 열어 보고 닫고 했다. "누구 목소리 말이야? 너 누구하고 얘기하고 있었어? 이번에는 꼭 참말을 들어야겠다."

새뮤얼은 말없이 열려 있는 옷장을, 그 안에 걸린 비단 드레스를 가리켰다.

루스가 옷장 안 드레스를 보고 이어서 소년을 굽어보았다. 루스의 시선이 새뮤얼의 얼굴을 이리저리 살폈다. "이건 또 무슨 새로운 엉터리 짓이냐, 새뮤얼?"

소년은 루스의 목소리가 아예 들리지 않는 것 같았다.

"새뮤얼, 너 누구하고 얘기하고 있었던 거야?"

아무 대답도 나오지 않자, 루스의 음성에 담겼던 반신 반의가 쫙 씻겨 나가며 한결 안전한 평소대로의 질책이 그 자리를 차지했다.

"규칙은 알고 있지. 이 방은 출입 금지야. 네가 갈 데가 아닌 곳을 배회하지 않게 나로선 참 할 만큼 했어. 내가 이 축복받을 집 안 방방마다 바리케이드라도 쳐 놓아야겠니?"

소년은 드레스만을 바라보았다. 그것이 어머니의 가장 훌륭한 일부이기 때문이었다. 어머니는 결코 새뮤얼을 조롱하실 리 없었다. 어머니의 웃음소리가 잔혹할 리 없었다. 루스도 그 빨간 드레스를 보았고, 본인이 바랐을 것 이상으로 꽤 길게 바라보고 있었다. 그러고 나서는, "얼토당토 않은 일을." 하면서 다소 힘을 주어 옷장 문을 닫았다.

29

전부 루스 탓이었다. 새뮤얼이 앞으로 구부린 자세로 후끈하게 더운 오후에 밀가루 1파운드를 들고서 언덕을 오르고 있는 이유는 전부 다. 루스가 원인이었다. 레몬타르트 여섯 다스와 티케이크 네 개를 만들어야 하는 루스였다. 시작을 하기 전에 밀가루가 얼마나 필요한지 알 일 아닌가? 그러지가 못했다. 루스는 새뮤얼 뒤를 쫓아다니느라고 시간을 반이나 써 버려서 계산을 잘못했다. 그러다 보니 새뮤얼이 마을로 밀가루 1파운드를 사러 심부름 갔던 차였다. 루스는 뛰어갔다 뛰어오라고 했다, 새뮤얼에게 영국을 구할 임무라도 주어 보낸 것처럼. 새뮤얼은 루스가 미웠다.

갔다가 돌아오는 걸음 내내 새뮤얼은 일기장을 어떻게 손에 넣을지 궁리하는 데 골몰했다. 그림엽서와 지도책이 강력한 무기이긴 해도 더 필요했다. 그리고 일기장에 손을 대고 싶으면 루스 방 열쇠를 수중에 넣어야 한다는 건 알수 있었다. 새뮤얼은 확실히는 몰랐어도, 그 열쇠를 루스가 앞치마 주머니 속에 가지고 있을 거라고 짐작했다. 새뮤얼 어머니 방 열쇠를 거기다 넣는 걸 본 바 있지 않나? 그렇지만 그걸 손에 넣는다는 건 쉽지 않을 일이었다. 어쩌면 루스에게 뭘 엎는다든가 해서, 핫초콜릿이나 딸기잼처럼 확실히 얼룩이 남을 것을 묻혀서 루스가 앞치마를 벗게 만들고 자기가 세탁실에 갖다 놔 주겠다고 그러면 어떨까? 아니다, 그 수는 통하지 않을 터였다. 루스는 악독했지만 멍청하진 않았다. 어떻겐가 달리 방에 들어갈 방법이 꼭 있을 것이다. 다만 새뮤얼이 그 방법을 모를 따름이었다.

새뮤얼은 진입로로 들어오면서도 여전히 헐떡거리고 있었다. 몸이 덥고 숨이 차니 주방 텃밭에 로빈 후드가 있는지 잠깐 멈춰 서서 딴청 피울 구실이 그야말로 잘되었다. 그렇지만 토끼는 아무 데도 보이지 않았다. 소년은 더한층 기분이 울적해져 집 정면으로 돌아 나올 때 바닥에 깔린 잔돌을 차며 루스를 저주했다. 그러느라고 처음에는 현관의 처마 그늘에 주차되어 있던 자동차를 알아차리지 못했다. 차가 있는 걸 알고서도 누구 차인지 전혀 짐작이 안 갔다. 반드르르한 빨간색인데 접어 내릴 수 있는 지붕에 좌석에는 흰 가죽을 씌운 차였다.

정문을 열자 너른 전실에 목소리들이 울려왔다. 루스의 호들갑스러운, 암탉 꼬꼬댁거리는 소리 같은 웃음 소리가 들려왔고 그와 함께 다른 소리도 들렸다. 낮고 풍부한 소리였는데, 전에 들어 본 적 있는 소리였기 때문에 소년은 주방으로 달리기 시작했다.

"그렇게 말 뛰듯이 달리지 마라, 좀." 새뮤얼이 문으로 뛰어 들어오자 루스가 말했다. 꾸짖는 말치고 퍽이나 명랑한 어조였다.

"새미!" 새뮤얼의 삼촌은 자리에서 일어섰고 새뮤얼과 오랜 친구 사이이기라도 한 것처럼 악수를 나누었다. "가게 심부름 하느라 내려갔다 왔구나, 그렇지, 오리야? 루스가 되게 부려 먹는가 보다, 그러냐?"

새뮤얼은 필릭스 삼촌을 쳐다볼 뿐 도무지 그만 볼 수가 없었다. 삼촌이 정말 거기에 있는지 도무지 믿기지 않는 심정이었다. "네."

"한마디라도 믿지 마세요." 루스의 목소리는 활기에 차 팔팔했다. "자기가 절 발 동동거리게 부려 먹으면서 저래요."

삼촌은 장난스럽게 새뮤얼의 뺨을 톡 건드렸다. "저 말이 맞냐, 새미?"

소년은 어깨를 추썩였다. "런던 가신 거 아니었어요?"

"마침 지금 가던 길이야. 신경 써 줘야 할 일이 몇 가지 생겨서, 떠나기 전에 들러서 우리 새미 보고 가면 딱 알맞지 않겠나 생각했지."

새뮤얼은 삼촌을 얼싸안고 싶었지만 그럴 상황은 아닐 것 같다고 생각했다.

"숙부님한테 네가 학교 생활 아주 잘한다는 말씀 드리던 중이야." 루스는 굽기용 판들을 옆으로 치운 후 차 한 주전자와 잔 두 개를 앞에 놓고 앉아 있던 차였다.

"나는 학교에서 젬병이었어." 새뮤얼 삼촌은 자리에 앉아 다리를 꼬았다. "머리는 너희 아버지가 다 갖고 태어났단다, 새미." 삼촌은 루스에게 비딱한 미소를 던졌다. "담배 피워도 될까요?"

루스는 얼마든지 피우시라고 했다. 새뮤얼은 삼촌이 은제 담배 상자와 그에 어울리는 라이터를 꺼내 담배를 붙여 무는 걸 지켜보았다. 담배 끝에서 연기가 뱀처럼 몸을 꼬며 피어올랐다. 삼촌이 만나러 와 주셨다. 삼촌은 무언가 끔찍한 일이 벌어지고 있다는 걸 깨달아 이제 새뮤얼을 구하러 이리로 와 준 것이었다.

"쇼트브레드 하나 더 드시겠어요, 클레이 씨?" 루스가 접시를 삼촌 쪽으로 밀었다.

"하나 더 먹는대도 흉보지 마세요."

새뮤얼에게 방해가 되는 건 하나뿐이었다.

"어머니가 그동안 그림엽서를 보내 주셨어요." 새뮤얼이, 밀가루를 조리대 위에 놓으면서 말했다. "보여 드릴까요?"

"숙부님은 그 그림엽서들에는 흥미가 없으실 거야." 루스가 말했다.

"아, 그럴지 어떨지 그거야 글쎄요." 삼촌은 담배를 길게 쭉 빨아 마시더니 고개를 뒤로 턱 젖혀 연기를 천장으로 불어 내었다. 삼촌이 새뮤얼을 향해 한 눈을 찡긋했다. "보여 주려무나."

"위층 제 방에 있어요." 새뮤얼은 문을 가리키면서 이 말을 했다. "올라가시면 제 비행기들도 구경시켜 드릴게요."

"클레이 씨는 이 집에 잠깐만 들르신 거야." 루스가 말하면서 차를 따랐다. "엽서를 꼭 보여 드려야겠거든 올라가서 가지고 오렴. 분명히 숙부님이 오후 내내 층계를 올라갔다 내려왔다 하고 싶으시진 않을 거다."

무거운 마음으로, 새뮤얼은 방에 가서 그림엽서들을 가져왔다. 루스는 새뮤얼이 삼촌과 단둘만 있게 해 주지 않을 터였다. 한번 싸우지 않는 이상에야. 다행히, 뒤쪽 층계로 내려오던 중 새뮤얼의 머릿속에는 새로운 계획이 부화했다.

삼촌이 엽서들을 쭉 보다가 마침내 댈러스에서 온 것을 골라 들었을 때 새뮤얼은 주의 깊게 기색을 살폈다. 이 모든 게 무언가 올바르지 않다는 걸 알아챈 조짐이 뭐라도 보이려나 싶어서 아주 미미한 눈 깜박임이라도 보아 내려고 했다.

그런데 삼촌은 마지막 그림엽서를 내려놓고 말했다. "어머니가 지금은 보스턴에 계시는구나?"

새뮤얼은 고개를 끄덕였다. 필사적으로 뭔가 그 밖의 이야기를 하고 싶었지만 감히 할 수 없었다.

"클레이 부인께서는 미국에서 온갖 데를 다 다니신 것

같아요, 은행가며 뭐며를 만나시느라고요." 루스가 말했다
"새뮤얼은 어머님 소식을 좀 더 자주자주 들으면 좋겠다
하나 본데, 제가 타이르려고 애를 쓴 것처럼 외국에 나가
있을 때 시간이 쏜살같잖아요."

"어, 그렇지요. 그렇겠네요." 새뮤얼의 삼촌이 말했다.

"지도책이 있거든요." 새뮤얼이 선언했다. "아버지가 어
머니한테 사 주신 건데, 이젠 제 거예요, 제 게 된 것 같아
요. 어머니가 가셨던 곳들에 핀을 꽂고 그 장소들을 다 실
로 이어 놨어요……. 삼촌이 보고 싶으시면 보여 드릴 수
도 있는데?"

"새뮤얼……." 루스가 말을 하려고 했다.

"갖고 오면 좋겠지만 책이 굉장히 크고 핀이 빠질 수도
있어서요." 루스가 끼어드는 걸 원치 않았기에 새뮤얼은
빠르게 말했다. "저랑 같이 가서 보실래요, 필릭스 삼촌?"

삼촌은 담배를 비벼 껐다. "안내해 봐라, 오리야."

루스는 새뮤얼의 삼촌과 동시에 자리에서 일어섰다. 하
지만 소년은 이미 그 생각도 해 둔 터였다.

"루스는 케이크 굽기 계속해야 하잖아." 새뮤얼은 엽서
들을 낚아채면서 삼촌을 향했다. "루스가 큰 주문을 받았는
데 월요일까진 다 해야 한대요. 돈이 필요해서요, 아시죠?"

이 말에 삼촌은 그만 껄껄 웃고 새뮤얼 어깨에 한 손을
얹었다. 하지만 루스는 격퇴한 셈이고 루스도 그걸 알았다.

"숙부님을 너무 오래 붙들어 두지 않게 신경 써." 루스가 말했다. "기차 타셔야 하니까."

둘이 서재로 걸어가는 사이에 삼촌이 다닌 여행 애기가 잔뜩 나왔다. 삼촌은 온갖 곳에 다 가 본 모양이었다, 보스턴도 포함해서. 새뮤얼은 삼촌이 뭘 해서 생계를 꾸리는지는 영 알 수 없었는데, 어머니가 언젠가 필릭스가 하는 일은 그저 돈 쓰는 일뿐이라고 하셨던 적이 있었다. 새뮤얼이 아버지나 삼촌과는 달리 어디 더 대단한 학교에 가지 않고 동네 학교에 간 건 일부 어머니가 새뮤얼이 필릭스 삼촌처럼 되는 걸 바라지 않으셨던 까닭도 있었다. 어머니는 삼촌을 트위드로 한 겹 싼 잘난 체하는 어릿광대라고, 진에 담갔다가 굴려서 말 털을 묻혀 놓은 위인이라고 그랬다. 어머니는 새뮤얼의 아버지가 그리 자기 앞가림을 잘하고 조금도 망나니가 아닌 것이 기적이라 했다.

"마음에 드세요?" 새뮤얼이 말했다.

삼촌은 몸을 굽혀 지도책을, 조그만 깃발같이 보이는 그 핀들을 물끄러미 보고 있었다. 삼촌이 예인선을 영국 쪽으로 밀자 배 뒤로 팽팽히 늘어진 실이 새빨간 조류 같았고, 새뮤얼은 꽤나 뿌듯한 자부심을 느끼지 않을 수 없었다. "엄청 섬세한 작품이구나, 새미." 필릭스 삼촌이 자기 조카를 바라봤다. "도움이 되겠다, 어머니가 그렇게 까마득히 먼 데 계시지는 않는구나 알면."

아니, 전혀 도움이 되지 못했다. 새뮤얼은 루스가 없는 걸 확인하려 문 쪽을 보았다. "좀 전에 보셨지요, 필릭스 삼촌, 그 그림엽서들요. 네?"

"봤느냐고? 물론이지, 오리야. 진짜 근사하더라. 너한테 멋진 그림엽서 모음이 생겼구나."

"그 얘기가 아니에요." 새뮤얼은 댈러스에서 온 그림엽서를 삼촌에게 내밀었다. "어머니는 캘리포니아로 돌아갈 작정이 아니셨어요. 거기서 그렇게 말하잖아요. '뒤도 돌아보지 않고.' 그런데 그다음 엽서에서는⋯⋯." 이제 소년은 그 엽서를 필릭스 삼촌 손에 밀어 넣었다. "보이세요? 이 엽서는 로스앤젤레스에서 왔어요. 그러지 않겠다고 하시고서 도로 돌아가신 거예요." 새뮤얼이 지도책을 가리켰다. "보세요, 어머니가 서해안 지역을 떠나서 동쪽으로 이동하셨는데, 그러고 나선 느닷없이 돌아오세요. 어머니가 어째서 그러시겠어요?"

필릭스 삼촌은 그 엽서 두 장을 주의 깊게 읽어 보고 지도책을 보는 데에 잠시 시간을 들여, 핀 여러 개와 실이 그린 경로를 따라 짚었다. 새뮤얼의 삼촌은 소년의 말을 진지하게 들어 주고 있다는 티를 낼 대로 내어서 새뮤얼은 목에 무슨 덩어리가 부푸는 느낌이었다. 지금 당장 개입해 막지 않으면 그게 울컥 솟아올라 창피하게도 엉엉 흐느껴 울게 될 것만 같았다. 필릭스 삼촌은 다 보고 나자 꽤 당혹

한 듯이 쯧 하고 혀를 찼는데 그건 소년의 말에 동조하는 뜻일 수밖에 없었다.

"잘 짚어 냈구나, 오리야." 필릭스 삼촌이 말했다. "그렇지만 그래서 뭐가 어떻다는 건지는 잘 모르겠는걸."

"'뒤도 돌아보지 않고.'라고 어머니가 그러셨어요." 새뮤얼은 완벽한 권위를 가지고 말했다. "그런데 왜 뒤를 돌아서 도로 캘리포니아로 향하신단 말이에요?"

"글쎄다, 어디 볼까." 대체로 필릭스 삼촌은 심각한 사색을 피하는 편이었기에, 미간의 주름이 불과 몇 초 만에 펴진 것도 전혀 놀랄 일이 되지 못했다. 삼촌은 심지어 철썩 무릎까지 쳤다. "너희 어머니한테 로스앤젤레스에 사시는 친척 아주머님이 계시지 않았니?"

새뮤얼은 몰랐다.

필릭스 삼촌은 이제 고개를 끄덕이고 있었다. "네 부모님이 신혼여행 때 그 아주머님한테도 들렀을걸. 그래, 그거야. 언덕 위 높다랗게 자리 잡은 아주 끝내주는 저택 얘길 들었던 것도 같다. 기억이 맞다면, 그 할머니는 아우구스투스 카이사르보다 돈이 더 많은 배배 말라 틀어진 노처녀시라지."

"그래서요?" 새뮤얼이 말했고, 그 말은 가공되지 않은 경멸을 그대로 담고서 나왔다.

"어, 네 외할아버님이 아주 노랑이 구두쇠이신 것이야,

263

우리 모두가 알지 않니 그러니까 아마 너희 어머니는 가계수(樹)의 다른 한 가지를 흔들어 보고 싶었던 거 아니겠니? 수표나 몇 장 떨어졌으면 하는 마음에. 해 보지도 않는다면 바보 짓이지, 내가 보기에는." 혼자 납득한 삼촌의 미소는 끔찍할 정도였다. "그래 이제 알았지, 새미, 별 수수께끼도 아닌 일이란 거."

"어머니가 그러실 리가 없어요, 필릭스 삼촌." 새뮤얼은 또 한 번 문을 훔쳐보고 소곤거리는 소리로 말했다. "어머니는 그렇게 멀리 이렇게 오랫동안 떠나 계실 리 없다고요. 제 생각에는……."

새뮤얼 삼촌의 미소는 쌀쌀맞지 않았다. "네 생각에는 어떻다는 건데, 새미?"

새뮤얼은 고개를 수그렸다. "제 생각에는 어머니가 어딨는지 루스가 알아요."

"루스가?"

새뮤얼이 끄덕였다.

"어, 물론 알겠지. 너희 어머니가 미국으로 떠나셨다고 애당초 나에게 말해 준 사람이 루스였는데."

"아뇨." 새뮤얼은 다시 문을 보았다. "제 생각엔 루스가 무슨 짓을 했어요."

"네 어머니한테?"

새뮤얼은 고개를 끄덕였다.

"이리 와서 삼촌이랑 같이 앉을까." 삼촌은 의자 하나를 끌어내 앉고 새뮤얼을 무릎 위에 안아 앉혀서, 소년은 아장아장 걷는 어린애가 된 기분이었다. "자, 루스가 삼촌한테 하는 얘기가 네가 요새 평소 같지 않다더구나. 어머니를 굉장히 많이 그리워하는데 그러다가…… 기분이 상한 모양이라면서. 그야 완벽하게 자연스러운 일이란다, 새미, 자연스럽지 않은 것처럼 생각하진 마. 여길 보렴, 누굴 두고 나쁜 생각을 하기로 말하면 삼촌이 일등이거든. 그러는 데 천부의 재능이 있단 말이지, 그런 것도 재능이라 치면. 그렇지만 루스에 대한 그 얘기, 그 얘기는 그렇게 그럴싸한 것 같지 않아. 왜 루스가 네 어머니께 그 어떤 유쾌하지 못한 일을 하겠어?"

"일자리를 잃게 생겼으니까요. 어머니가 루스를 내보내려고 그러셨으니까."

"루스를? 그건 도무지 믿기가 힘든걸. 너희 어머니는 이 광인수용소 같은 집에서 오직 루스 단 한 사람 덕분에 자기가 제정신을 유지한다고 말하곤 했어. 게다가 그림엽서들은 어떻게 된 건데? 그 엽서들은 어머니가 쓰신 것인 줄 알 게 아니냐? 루스가 뭔가 말로 할 수 없는 짓을 했으면 어떻게 네 어머니가 미국에서 엽서들을 보내 주실 수가 있겠어?"

새뮤얼은 거기에는 할 대답이 없었다.

"루스가 사람이 엄격하지, 그 부류 사람들이 대개 그렇단다. 까불면 한 대 확 때리고 그러지. 그렇지?"

소년은 가만히 있었다.

"너희 아버지랑 나도 우리 유모한테 늘 철썩철썩 맞고 그랬어. 끔찍한 말썽꾸러기들이었으니까."

새뮤얼의 시선은 지도책 쪽으로 흘러갔다. "루스는 거짓말을 해요."

"틀림없이 하겠지. 삼촌은 너부터도 괴상한 거짓부렁할 땐 한다는 데다 내기 걸련다. 우리 모두 하잖니, 오리야, 거짓말쯤이야 아무래도 교수형당할 범법 행위는 아니잖니."

"어머니의 제일 좋은 패물을 가져갔어요." 새뮤얼은 이제 삼촌에게 눈을 맞추어, 긴박하게 응시했다. 한마디라도 자칫 흘려 버리거나 잘못 알아듣거나 하지 않게끔. "훔친 거예요, 필릭스 삼촌. 막 훔치고 있다가 저한테 들켰어요. 제발요, 삼촌은 절 믿어 주셔야 해요."

"물론 난 널 믿는다, 새미." 필릭스 삼촌은 소년의 등을 토닥거렸고 그 어조는 자상하면서도 또 어린애 다루듯 건성이기도 했다. "인생이란 복잡한 거다, 오리야. 어렵고 가지런하지가 못하지. 조금 더 나이를 먹으면 이해하게 될 거야. 루스가 패물 얘기 해 주더구나. 이해하기가 너무나 힘들는지 모르지만 루스가 자기 좋자고 패물을 가져간 건 아니야. 이 집 살림을 하고 너에게 필요한 모든 걸 챙겨 주는 게 루스가 할 일이지⋯⋯. 그런데 그러려면 돈이 들거든. 사실 말이지 꽤나 돈이 많이 든단다." 삼촌은 다시 새뮤얼 등을 다독였다. "루스는 네 어머니가 하란 대로 했을 뿐인데 도둑이라고 하면 좀 부당한 일 아니겠니?"

바로 그렇게, 예상치 못했던 방문객이 던져 준 환한 희망은, 새뮤얼을 등불처럼 반짝 불 켜지게 했던 기쁨의 물결은, 훅 꺼져 나갔다. 루스가 삼촌을 먼저 현혹했다.

"어머니한테 무슨 일이 났어요, 전 그랬다는 걸 알아요."

"너 졸리니, 새미?" 삼촌이 말했다. "굉장히 피곤해 보인다."

"루스가 어머니를 저한테서 빼앗아 갔어요."

필릭스 삼촌은 담배 연기를 빨아 마시듯이 후욱 숨을 들이켰다. "어머니 가지고 그렇게 죽어라 걱정하는 건 너에게 좋지가 않아. 손톱만큼도 좋을 게 없다. 그 생각에 일말의 진실성이라도 있어 보였으면 삼촌이 경찰을 부르지 않았으려고? 너는 내가 제일 아끼는 조카야. 조카가 너 하나긴 하지만 그건 여담이고⋯⋯ 아무튼 그러니까 난 너를 그릇된 생각으로 가게 안 할 거다. 삼촌이 그럴 리가 있니? 자, 삼촌 얘기 들어 봐. 삼촌은 네 어머니가 미국에 있다고 철석같이 믿는다. 5파운드를 걸게. 어떠냐?"

"런던에 가시면 확인해 주실래요, 필릭스 삼촌?"

"뭘 확인해?"

"어머니가 미국 가는 배를 타셨는지 확인해 보세요. 틀림없이 확인할 방법이 있을 거예요."

"음, 있겠지. 있을 것 같다."

"해 주실 거예요? 확인해 볼 거죠?"

새뮤얼의 삼촌은 꼭 한순간만 이 얘기를 고려했다. "약속할게. 제일 먼저 확인해 보마. 삼촌 말 믿어도 돼."

"그리고 이 얘긴 루스한테 아예 안 하실 거죠?"

"그렇게 기겁한 표정 하지 마, 새미. 대체 그렇게까지 심각해할 일이 아니지 않니."

"제가 한 얘기 루스한테 말하지 마세요. 말 안 하겠다고 약속해요."

"한마디도 안 할게. 새미, 한마디도."

하지만 삼촌은 전혀 안 괜찮은 아이를 보는 눈으로 새뮤얼을 보고 있었고, 새뮤얼은 삼촌 말을 믿지 않았다.

30

식당에서 밥을 먹는 일은 없던 것인데 루스가 예외를 두었다. 보통 때 식사를 하는 주방 식탁이 티케이크와 레몬타르트가 담긴 판이며 철망 탓에 비좁았기 때문이었다.

집 전체에 천국 같은 냄새가 풍겼다, 비록 새뮤얼은 부스러기도 맛볼 수 없었지만 말이다. 목사님 부인이 값을 후하게 주기로 했으니 여분으로 남긴 건 하나도 없었다. 그것도 그렇고, 루스는 구운 것들이 식도록 시간이 좀 지나야 한다고 했다. 이 까닭에 다른 데서 저녁을 먹게 된 터였다.

"와서 널 만나도 주시고, 숙부님 정말 좋으시구나. 그렇지 않니?" 루스가 구운 고기 접시를 꽤 주의해 식탁에 놓았다. "새뮤얼?"

소년이 시선을 올렸다.

"내가 말했는데, 너희 숙부님이 찾아와서 너를 만나 주신 거 정말 좋지 않았니?"

"그래." 새뮤얼이 말했다.

루스는 큰 포크와 고기 썰어 내는 커다란 칼을 집어 구운 고기를 다루기 시작했다. 새뮤얼이 그 칼날을 쳐다보지 않기란 불가능한 일이었다.

"그래 둘이서 얘기는 잘했고?" 루스가 말했다.

"지도책 보여 드렸어."

"그러니까 멋있어하시던?"

새뮤얼은 어깨를 추썩였다. "맘에 드신대."

"서재에 아주 한참 있던데." 앞뒤로 부드럽게 움직이며 짐승 고기를 얇게 저며 내던 칼날이 문득 뼈에 가 걸려 버렸다. 새뮤얼은 루스의 얼굴에 딱 힘이 들어가는 것, 이어서 루스가 칼을 꾹 눌러 내리느라 손마디가 하얘지는 것을 지켜보았다. 칼이 뼈를 똑 하고 둘로 부러뜨렸다. "지도책 얘기만 한 게 아닐 것 같은데?"

새뮤얼은 다시 어깨를 추썩였다.

루스가 고기 썰어 내기를 멈춘 게 그때였다. "아니면 큰 비밀이라도 되니, 둘이 무슨 얘기 하고 있었는지가?"

"비밀은 아니야." 새뮤얼은 써먹을 만한 게 뭐 있는지 생각을 캐냈다. "필릭스 삼촌이 삼촌하고 아버지하고 어렸을 때 얘기를 해 줬어, 고약하게 말썽 피운 얘기들 말이야." 새뮤얼은 억지로 미소 지었다. "재밌었어."

"그야 재밌었겠지." 루스는 고기 한 조각을 집어서 소년의 접시에 놓았다. "네 숙부님이 재미있는 양반이긴 해, 그거 하난 확실하지. 너희 아버지께서 늘 하시던 말씀이 동생이 자리 잡고 맘만 추스르면 훌륭한 작가가 될 만하다는 것이었어."

루스와 새뮤얼은 긴 식탁 한쪽 끝에, 둘 사이에 기름등 하나를 켜 놓고 앉아 있었다. 루스는 우리 둘이 밥 먹는 데 샹들리에를 켜는 건 지나치게 돈이 많이 든다고 말했다. 그러더니 전에 그 장소에서 열렸던 멋진 만찬회들이 어땠다느니 중얼거렸는데 그 말을 무척이나 아쉬운 듯이 해서 새뮤얼도 그 시절이 굉장히 화려했겠구나, 이제 까마득하게 가 버린 시절이구나 절로 실감이 났다. 새뮤얼로 말하자면 샹들리에의 환한 빛이 비쳤다면 더 좋았을 터였다. 기름 등은 어두운 붉은색 벽을 도무지 당해 낼 수 없었고, 아련한 그 빛은 닿는 범위에서도 워낙 미미해 마치 새뮤얼과 루스가 가물가물한 빛 거품 안에 갇혀 있는 양 느껴졌다.

루스가 식탁 끝 상석에 앉았다. "숙부님께 좀 더 계시다가 저녁 드시고 가시라고 그랬는데 말이다…… 내가 구운 토끼고기를 항상 높이 칭찬해 주셨거든. 그렇지만 런던에 내려가실 일이 무지하게 급하신가 보더라."

'삼촌은 어머니가 미국행 배를 타시지도 않았다는 걸 증명하러 가신 길이야.' 새뮤얼이 하고 싶은 건 이 말이었지만 물론 하지는 않았다. 루스가 그런 말은 아예 하지 말라고 금지했기 때문만이 아니라 필릭스 삼촌이 그 일을 알아보기는 할까 의심이 갔기 때문이기도 했다. 그랬다, 삼촌은 약속했다, 자기 말을 믿으라고 그랬다. 그렇지만 삼촌은 새뮤얼을 여름 동안 자기 집에서 지내게 해 주겠다고도 약속했는데 지키지 않았다. 그리고 루스가 삼촌 귀를 선점해서 새뮤얼이 마음에 병이 있다는 거짓말들을 그 귀에 채워넣었다. 필릭스 삼촌이 걱정하는 건 새뮤얼의 불쌍한 어머니가 아니었다. 그건 새뮤얼이었다. 모든 것이 너무나도 잘못되었고 옳지 못해서 새뮤얼은 루스의 구운 토끼고기 요리나 토끼 속을 채워 넣은 밤으로 만든 소 같은 건 안중에 들어오지도 않았다.

"너 식욕이 어디로 갔는가 모르겠다." 루스는 그래 달라고 부탁도 안 했는데 새뮤얼의 감자에 소금을 뿌리고 있었다. "넌 벌써 정말 지나치게 말랐어, 딱 너희 어머니같이. 사람들은 내가 밥을 안 주나 생각할 거야."

"배 안 고파."

"말 같지 않은 소릴. 아홉 살 먹은 남자애치고 대부분의 시간 동안 굶어 죽기 직전이 아닌 애가 어딨니?" 루스는 자기 접시를 채웠다. 채소를 꽤 신경 써서 접시에 늘어놨다. "네가 살아온 날들 대부분에 내가 너 줄 음식을 해 왔다는 걸 잊었니, 새뮤얼 클레이? 나는 네 위장이 바닥 없는 구멍인 걸 알고 있단다."

새뮤얼은 자기 접시에서 피어오르는 뜨거운 김을 지켜보다 후 불었다. 그렇게 근사하게 식탁 위로 피어나던 수증기였건만 일이 초도 안 되는 사이에 처음부터 없었던 것처럼 사라져 버렸다.

"버릇없기는. 그러지 않아도……." 루스는 말을 하려다가 생각을 바꾼 듯 거기에서 문장을 끝내 버렸다. 그러곤 감자 한 개를 포크로 찍더니 깔끔하게 한가운데를 잘라 내렸다. 굉장한 김이 그 잘린 감자 살에서 몽실 뿜어져 올라왔고, 새뮤얼이 지켜보는 가운데(어떻게 보지 않을 수가 있겠는가?) 루스는 희미한 미소를 짓고 후 숨을 불어 자기 접시 위로 피어나는 수증기 덩어리들을 날려 보냈다. 루스는 소년의 눈에 어린 놀란 표정을 보았고 그걸로 기분이 좋아진 듯했다. "나도 한때는 어린애였단다, 알겠니." 루스는 새뮤얼의 접시를 가리켰다. "식지 않게 지금 먹어. 이 완벽하게 잘된 음식을 오직 너 먹으라고 만든 거니까, 새뮤얼."

소년은 무겁게 한숨을 쉬고 포크로 고기 한 조각을 찔렀다. 먹고 싶지 않았다. 어떤 식으로든 루스를 기분 좋게 해 주고 싶은 마음이 없었다. 그렇지만 마치 새뮤얼의 두 손이, 손가락들이, 루스의 명령을 받고 움직이는 것만 같아 새뮤얼로서는 어찌할 수가 없었다. 고기는 꽤 씹어야 했다. 씹는 느낌이 질기고 이가 잘 들어가지 않아서, 꿀꺽 삼켜 내릴 때 새뮤얼은 오만상을 찡그리고 얼굴에 힘이 들어갔다.

"그레이비 줘?" 새뮤얼이 밥맛 없어 하며 고개를 젓자 루스는 콧숨을 불었다. "밤 소를 넣어서 구운 내 토끼 요리를 막 먹어 대서 내가 자리에 앉기도 전에 더 달라고 하던 시절도 있었는데 말이다. 어머님이 집에 오셔서 두고 간 애가 그림자같이 돼 버린 걸 보면 뭐라고 하시겠니?"

어머니에 대한 언급에 새뮤얼은 루스에게 확 달려들고 싶었다. 루스를 땅바닥에 메어치고 싶었다. 그렇지만 그러지 않았다. 왜냐하면 지금 새뮤얼은 마치 그걸 이제 와서 보게 된 것처럼, 이제야 비로소 정말로 보게 된 것처럼 온 정신이 구이 요리에 못 박혀 있었기 때문이었다. 새뮤얼이 말했다. "토끼."

루스가 끄덕이고 첫 한 입을 물었다. "그리 연한 고기
는 못 되어도 맛은 훌륭하잖니, 내 입으로 말하긴 좀 그렇
지만."

소년은 구워진 동물만을 바라보았다. "고깃간에서 외
상값 갚기 전까진 토끼 안 판다고 그랬다며."

루스가 코웃음을 쳤다. "뜨거울 때 먹어라."

새뮤얼은 시선을 루스에게로 옮겼다. "외상값 갚았어,
루스?"

"잔말은 그만큼 해둬, 사나이가. 저녁밥 먹어."

"루스?"

그러자 루스는 새뮤얼의 시선을 맞받았다. 등불에 비친
거무스름한 눈은 마치 부싯돌을 친 양 불티를 튀겼다. "저
녁으로 순무 삶은 거나 먹으면 좋았겠단 말이야?"

새뮤얼이 문에 이른 때에도 의자는 아직 콰당탕 바닥
에 나뒹구는 참이었다. 전실을 달려 지나 주방으로 뛰어들
자, 새뮤얼은 저절로 주방 안을 이리저리 막 쑤시고 다녔
다. 생각할 수 있는 위쪽 면이란 면은 전부 레몬타르트와
케이크로 뒤덮여 있었다. 이것은 예상외로 안심되는 모습
이었다. 루스는 고기를 살 때 항상 가죽 벗긴 것, 털 뽑은
것으로 샀는데 왜냐하면 안 그래도 할 일이 얼마든지 많기
때문이었다. 로빈 후드가 연관되었다면 있었어야 했을 끔

찍한 작업을 한 흔적은 전혀 없었다. 배 속에 딴딴히 뭉쳤던 덩어리가 풀어지기 시작하며, 새뮤얼의 마음은 루스에게 뭐라고 변명하면 좋을까 하는 쪽으로 방향을 돌릴 참이었다. 바로 그때 새뮤얼은 개수대 안을 언뜻 들여다보았고, 칼을 보았다. 피 칠갑이 돼 있었다. 피가 칼 몸에 횡으로 흘러 새빨간 그림자가 진 양날 부분에 쭉 둘러 맺혀 있었다.

밖으로 뛰쳐나가려던 것은 선택이 아니었다, 그냥 자기도 모르게 그러고 있었다. 어쩌면 로빈 후드가 제일 잘 가는 산울타리 밑에 그대로, 양배추가 심어진 이랑을 탐나는 눈으로 빤히 보고 있다는 걸 증명하기 위해서였을지 모른다. 하지만 새뮤얼은 뒷문 밖으로도 나가지 못했다. 왜냐하면 돌층계에 양동이 한 개가 놓였는데 희끄무레한 달빛에도 그 안에 든 것을 볼 수 있었기 때문이었다⋯⋯. 물기가 흥건한 내장과 피 그리고 쭈글쭈글 구겨져 있는, 약간 불그레한 빛이 도는 진흙 같은 갈색 털가죽. 새뮤얼은 숨을 들이켜지도 비명을 지르지도 심지어 손으로 입을 막지도 않았다. 그렇지만 너무나도 결정적인 이 발견은 마치 손 두 개가 양어깨를 꽉 눌러 내리는 느낌이었다. 새뮤얼은 루스가 이 찌꺼기를 자기 보라고 여기다 둔 것이라고 확신했다.

남아 있는 할 일은 식당으로 돌아오는 것뿐이었다. 새뮤얼은 어둠 내린 식당 안으로 어느 정도 의도를 가지고 걸어 들어가 식탁으로 척척 진격했다. 자기가 거기 있는 것만으로도 힐난이 되어 루스를 무너지게 만들 수 있을 것처럼 루스 옆에 가 섰다. 하지만 그러지는 못했다.

"다 끝났니?" 루스는 새뮤얼이 제 성질에 못 이겨 난리를 피우기라도 한 것처럼 그렇게 말했다.

"루스가 무슨 짓 했는지 알아." 소년이 말했다.

"그래, 무슨 짓을 했다는 건데?"

"왜야?" 이것이 새뮤얼이 이어 한 말이었다. 대답을 구하는 솔직한 질문이었다. "왜 그랬어, 루스?"

"먹어야 살지. 그렇지 않니?" 루스가 코웃음을 쳤다. "앉아서 저녁 마저 먹어."

"한 입이라도 더는 안 먹어!" 걷잡을 수 없이 터져 나온 고함이었다.

"좋을 대로 하렴." 루스는 자기 접시에서 눈을 들지 않았다. "그러면 씻고 잠자리에 들어가."

그리하여 온갖 일들에도 불구하고, 소년은 하라는 대로 했다.

*

"양치질했어?"

침묵.

"새뮤얼, 내가 질문을 했잖니."

가진 무기는 하나뿐이었고 새뮤얼은 대담하게 그걸 사

용했다. 고개를 돌려 외면해 버렸다.

"새뮤얼, 이럴 기분 아니야." 루스의 목소리는 냉담했다. "양치질했어?"

소년은 한숨지었다. "했어."

"했어 다음에 뭐?"

"했어, 루스."

"확실히 한 것 맞지?"

새뮤얼은 고개를 끄덕였다.

루스는 새뮤얼이 거부하려 한 데도 아랑곳없이 이불을 팔 밑으로 바짝 끌어당겨 덮어 주고 새뮤얼 방 꼬락서니를 두고 몇 마디 평을 했다. 내일은 기필코 철저하게 청소를 해야겠는데 자기는 티케이크와 레몬타르트에 장식을 마쳐야 하니까 새뮤얼도 거들어라, 거실 창문들 상태도 못 봐 줄 지경이라 손이 가게 생겼다. 이 큰 저택에 손대야 할 일이란 끝도 없어서 사람이 기가 탁 질리는데 그런 걸 새뮤얼이 알기나 하겠느냐?

새뮤얼이 아예 대꾸를 안 하고 눈은 창에다 못 박은 채로 있었더니, 루스는 긴 숨을 들이마셨다. "저녁 밥상에 동물을 뺏긴 어린애가 네가 처음은 아니야. 나도 너만 할 때 동물들을 애지중지했지, 온갖 종류를……. 농장에 산토끼며 병아리며 돼지가 득실득실했으니까. 어느 정도 시간이 흐르고는 이름을 그만 지어 주게 되더라, 아빠가 놔 두지 않을 거라는 걸 알았거든. 안타까운 일이지. 그렇지만 원래 그러는 거야. 그러니까 지갑은 텅 비고 미지불 청구서가 이만큼 쌓이는 지금 이 처지에 토끼는 애완동물이 아니야, 새뮤얼. 식량이지. 너를 건강하고 튼튼하게 먹여 살리는 게 내 할 일이니 네 접시에 제대로 된 끼니를 올려 준 걸 가지고 잘못했다 하진 않을 거다."

루스는 누가 괴로워하는 것 하나하나에 기뻐서 부풀어 오르는 잔인한 심장을 지닌 괴물이었다. 루스는 죽였다. 누가 마음 붙인 것, 이름 지은 것, 어쩌면 사랑하기까지 한 것들을 죽여 버렸다. 목줄기를 끊고 살에서 털가죽을 벗겨 내었다. 루스는 그 짓을 하면서 좋아 못 견뎌 하고 일종의 고문 삼아 그걸 음식으로 내놓았다. 사랑한 것을 우적우적 먹게끔, 씹게끔, 삼켜 내리게끔 하고 그 후론 그랬다는 수치심을 안고 살아가게끔, 다 알면서 그랬다. 새뮤얼은 이 흉악한 존재를 올려다보았다.

"네가 미워."

이 말에 루스는 코를 쿵 울리고 침대 곁 탁상시계를 들고는 그 밑을 자기 앞치마 끝으로 훔쳤다. "글쎄, 그거야 네 권리지."

새뮤얼은 손가락을 펴 등 쪽으로 쳐들고 손가락들을 감싸고 어린 빛을 보았다. 장난치고 노는 것처럼 보였겠지만 장난이 아니었다. 그러는 내내 새뮤얼의 마음, 눈곱만큼도 아픈 데가 없는 그 마음속에는 루스의 일기장을 손에 넣을 갖은 궁리가 소용돌이쳤다. 그것만이 루스가 대가를 치르게 만들 길이었다. 하지만 그러려면 루스 침실 열쇠를 먼저 획득해야 했다. 아니면 뭔가 다른 들어갈 방법을 찾아내든가.

"나에 대한 감정이야 어떻든지 간에, 너 학교 숙제 있는 걸 내가 잊었을 거라고 생각하진 마라." 루스는 문으로 걸어가고 있었다. "그 「시편」 구절 쓰기하고 그림 그리기 내일 아침에 이 방 나랑 같이 치우고 나서 바로 끝을 내. 내 말 들리지, 새뮤얼?"

새뮤얼은 눈을 감았다. "응."

"응 다음에 뭐?"

"알았어, 루스."

곤란한 건, 새뮤얼이 문제를 오래 생각하면 할수록 생각이 사리 분별의 경계 저 너머로 훌쩍 떠나가 버린다는 것이었다. 떠오른 생각들은 대담하고 영리했다, 적어도 새뮤얼 생각에는 그런 것 같았다. 그렇지만 그 착상들은 현실적으로 생각해 보면 될 수 없는 것들이었다. 그렇다 보니 정답이 줄곧 손이 닿는 범위 바로 밖에 있는 것만 같았다.

"등 끄고 이제 자." 루스가 말했다. "잘 자라."

새뮤얼은 시키는 대로 했고 방은 어둠에 자리를 내주었다.

모든 질문에는 답이 있게 마련이란다. 이것이 아버지가 종종 해 주시던 말씀이었다. 답이 기대했던 답이 아닐지라도, 그래도 그게 답이다. 아버지가 하려던 말은 이것이었다. 새뮤얼은 루스가 자기 어머니에게 무슨 짓을 한 건지 꼭 알고 싶었고 그러기 위해 루스 방에 들어갈 방법을 강구해야 했다. 그래야 그 일기장을 손에 넣을 수 있을 테니까. 온 세상에 루스가 얼마나 괴물딱지인지 알릴 수 있을 테니까. 텃밭에서 당근 한 개 뽑듯이 쉽사리 로빈 후드를 죽이고 속임수를 써서 새뮤얼에게 먹게 만든 괴물. 새뮤얼의 마음은 회오리바람이 되어, 슬금슬금 침대로 올라와 그에게로 기어드는 하품과 노곤함을 내쳐 버리며 계속해서 문제를 해결할 묘안을 내려고 안간힘을 썼다. 어머니에게 무엇인가 끔찍한 일이 생겼고 그걸 증명할 유일한 방도가 루스의 침실에 숨겨져 있다. 새뮤얼은 해법을 생각해낼 때까지는 잠자지 않을 터였다. 무슨 일이 있어도, 잠들지 않을 작정이었다.

*

새뮤얼은 화들짝 놀라 잠을 깨었다. "어머니?"

어둠 속에서 눈을 깜박였다. 좀 전에 웃음 소리가 났다. 어머니가 웃으시는 소리를 들었다. 꿈이었나? 그랬다, 아무래도 꿈이었을 테지만, 잠을 덜 깬 안개 낀 정신에 새뮤얼은 이전에 어머니 꿈을 꾸었을 때같이 꿈꾼 기억이 나지 않았다. 마치 좀 전 그 기쁨에 찬 환성이 문 밑으로 밀려들어와, 아니면 열쇠 구멍으로 비집고 들어와 새뮤얼의 귀속으로 쏙 들어왔던 것 같았다. 잠든 새뮤얼에게 흘러 들어와 잠에서 도로 생시로 불러낸 것이 바로 그 웃음소리, 그 천국같이 달콤한 음악이었던 듯했다.

새뮤얼은 다시 눈을 감았다. 그냥 꿈이었어, 꿈이었을 뿐이야…….

아련히 웅웅거리는 사람 말소리들이 정적을 깨뜨렸고, 새뮤얼은 윗몸을 일으켜 등을 켜려고 손을 뻗었다. 빛이 있으면 더 잘 들리기라도 할 것처럼……. 캄캄한 방 안에 전등 빛이 꽃을 피웠고 탁상시계가 11시를 10분 지난 시각을 알려 주었다. 새뮤얼은 손을 스위치에 댄 채로, 근육 하나 움직이지 않고 아무 소리도 나지 않게, 설령 팔꿈치의 토독 소리라도 나지 않게 가만히 긴장하고 귀 기울였다.

말소리들은 안 들리게 되었지만 큰 웃음소리가, 교회 종소리만큼이나 쩌렁쩌렁 잘 들리게 말소리를 압도하고 들려왔다. 새뮤얼의 어머니였다. 어머니 말고 그 누가 저렇게 남 신경 안 쓰고 웃어 댈까? 분명히 어머니일 터였다. 새뮤얼은 침대를 박차고 나왔다.

복도는 무수한 그늘들이 휘도는 바다로, 매 한 겹이 그 다음 어둠 결보다 짙어서 새뮤얼은 그 어둠의 조수를 뚫고 나갈 안내자 삼아 한 손을 벽에 대고 스치며 달려가야 했다. 층계참에 가까워지면서 낮게 웅성이던 여러 사람의 막 소리들은 어쩨 얄팍해져 오더니 단 한 사람의 음성이 되어 버렸고, 소년이 몸을 웅크려 자세를 낮추고 난간 쪽으로 기어갈 때쯤 해서는 어둠침침한 전실이 그의 심정과 꼭 어울리게 되고 말았다. 어머니는 애당초 거기 안 계셨다. 그 달콤한 웃음소리는 어머니가 집에 와 기쁜 마음에 내신 것이 아니었다. 장본인은 루스였다. 루스였을 따름이다. 목욕 가운을 입은 채 거기에 서서 기름등이 비추는 녹슨 빛 가운데서 전화 통화를 하고 있었다.

"안 가겠다는 게 아니야." 루스는 전화선을 손가락에 감은 채였다. "네 결혼식이잖니, 앨리스. 네 결혼인데 내가 안 갈 수야 없지."

루스는 자기 여동생 앨리스와 통화하고 있었는데, 그건 누구에게는 잔혹한 타격이었다.

"그냥 뭐 입을 게 하나도 없어서 그러지. 그런데 말 꺼내기 전에 말해 두겠는데 네가 내게 옷 사 주는 건 용납 못하니까 아예 그 소린 꺼낼 생각을 마."

그러고 나서 루스는 깔깔 웃었다. 너무나도 루스답지 않아서 꼭 어머니가 내신 소리 같기만 한 그 막 웃어 대는 웃음소리였다.

"일할 때 입는 옷에 앞치마를 하고 갔다가는 구경거리가 되지 않겠니? 걱정하지 마. 무슨 수를 내 볼게……. 월리엄을 같이? 그런 얄미운 소리는 하지도 마라, 앨리스. 그 남자 매력에 혹할 정도로 양식이 없는 내가 아니거든? 매력이란 게 있긴 있다 치고." 그러곤 잠시 사이가 떴다. "그렇게 들리니? 글쎄, 그렇지. 내가 좀 지쳤는가 봐…….애? 애야 늘 그랬듯이 날 발끝으로 뛰어다니게 만들지 뭐.…… 나도 알아, 앨리스. 그렇지만 달리 어떻게 하니? ……알아, 알아. 계속 이러고 있을 수야 없지. 맞아, 뭔가 조치를 취해야 해."

루스가 말하는 애라는 게 자기일까? 새뮤얼은 분명히 자기일 것이라고 생각했다. 루스는 조금 더 이야기를 하고는 잘 있으라고 인사를 나누고 전화를 끊었다. 그런 다음 기름등을 집어 들고 층계를 오르기 시작했다. 그때 새뮤얼은 이미 자리를 옮기던 참이었다. 층계참은 살금살금 기어 빠져나왔고, 안전해지자 자기 방을 향해 복도를 달렸다. 그리고 달리면서 마루 판자에 닿는 맨발을 가볍게 디뎌 루스가 자기 기척을 못 듣도록 신경을 썼다.

새뮤얼의 침실 문은 거의 아무 항의의 소리도 내지 않고 닫혔고 새뮤얼은 그럴 수 있는 한 가장 신속하게 까치발로 침대에 가 이불을 덮고 모양새를 꾸몄다. 등을 끄고 눈을 감고, 귀 기울여 들었다. 들을 것이 그리 많지 않았다. 간혹 마룻장이 삐걱인 게 아니었으면 루스가 복도를 둥실 떠서 날아오고 있나 상상했을지도 몰랐다. 아니면 루스가 아주 가만히 한자리에 서서 자기와 똑같이 잔뜩 귀를 기울이고 있나 보다 했을지도. 그리 오래지 않아 루스가 다가오는 일정한 박자의 발소리가 정적 속에서 두드러졌다. 새뮤얼은 루스가 자기 방 문 쪽으로 오는 기척을 들었다. 옆으로 누워서 루스가 살펴보러 들어왔을 때 눈꺼풀을 깜작거리지 않게 힘을 모았다.

하지만 그 일은 벌어지지 않았다. 소년이 들은 것은 루스가 자기 방 문 앞에 아예 멈춰 서지 않고 지나가는 기척이었다. 그러고 나서 잘못 들었을 수가 없는 한숨 같은 소리가 났다. 복도 저 끝 어딘가에서 문이 열린 소리였다. 그러니 이 깜깜한 한밤중에, 머릿속이 고뇌로 가득한 상태에서, 그 한숨 같은 작은 소리를 그냥 넘겨들을 수는 없었을 터였다.

*

소년은 빠르게 움직여, 여러 겹의 뿌연 어스름에 잠긴 달빛 비치는 창을 지날 때마다 몸 윤곽이 떠올랐다 사라졌다 했다. 복도 맨 끝에 부드러운 빛이 문 테두리를 그려 주고 있었다. 거기는 새뮤얼 어머니의 옷방이었고, 복도 전체에 불빛이 있는 곳은 그 안뿐이었으니 루스는 그 방 안에 있을 터였다.

마룻장은 새뮤얼의 가벼운 발 디딤은 개의치 않는 듯 거의 소리가 나지 않았다. 루스는 자기 동생을 상대로 새

뮤얼 이야기를 했다. '계속 이러고 있을 수야 없지.' 루스가
한 말은 이랬다. '뭔가 조치를 취해야 해.' 새뮤얼은 멍청이
가 아니었고, 그 말이 무슨 뜻인지를 알고 있었다. 루스는
새뮤얼을 살려 두지 않을 작정이었다. 때가 다 된 것이다.
루스는 새뮤얼 어머니에게 한 대로 새뮤얼에게 할 터였다.
로빈 후드에게 한 대로 할 것이다.

새뮤얼은 문에 다다랐고 희미한 소리, 모터 돌아가는
낮은 소음 같은 소리를 들었다. 조지프만 빼고 온 세상 그
누구도 진실을 믿어 주지 않을 것이다. 세상 사람들은 새
뮤얼에게 보이는 것을 보지 못한다. 온갖 거짓말과 비밀의
실들이 한데 짜여 피에 젖은 벽걸이 그림을 만들어 내는 광
경을 그들은 못 본다. 루스는 무시무시한 짓들을 저지른 나
쁜 어른이다. 새뮤얼은 그 사실을 자기 이름이 새뮤얼 클레
이인 것을 아는 거나 마찬가지로 확실하게 알고 있었다.

루스는 새뮤얼을 살해할 계획을 짰다. 자기 동생에게
대놓고 그렇다고 털어놓았다. 새뮤얼은 앨리스를 한 번 만
나 봤는데 그때 앨리스는 괜찮은 사람 같았다. 그렇지만
이제 소년은 그게 가장이었다는 걸 알게 되었다. 앨리스도
루스와 마찬가지로 악독하고 흉포한 사람이었다. 어쩌면
둘이서 작당을 한 것이었을지도 모른다.

새뮤얼은 한 무릎을 바닥에 짚고서 열쇠 구멍에 눈을
대었다. 아무도 루스가 진짜로 어떤 사람인지를 몰랐다. 불

쌍한 새뮤얼의 어머니조차도 알지 못하고 루스를 자기 오
른팔이라고 그랬다. 이제 새뮤얼 한 사람만 남았으니 그는
자기 혼자 힘으로 루스를 저지해야 할 터였다.

한밤중 어머니 윗방에서 루스가 대체 뭘 하는지 소년
이 혹 짐작을 해 보았더라면 그 짐작은 틀렸을 것이다. 왜
냐하면 새뮤얼이 그 좁은 틈으로 엿보았을 때, 속눈썹이
문손잡이에 씌워진 구리판을 스친 그때, 무엇인가 빨간 게
자기 기준 왼쪽에 언뜻 비쳤기 때문이다. 그저 번쩍 보이
고 없어졌다. 기름등은 새뮤얼의 어머니가 앉아 신을 신곤
하던 긴 의자에 놓여 있었고 그 흐린 빛은 방 가운데만 겨
우 비출 뿐이었다. 거기에 루스는 보이지 않았다.

새뮤얼의 눈이 뿌옇게 흐려와 눈을 한 번 깜박했다. 그
러자 문득 난데없이 루스가 나타났다, 빙그르르 돌면서 시
야로 들어왔다. 그렇다, 돌았다. 루스는 새뮤얼 어머니의
빨간 비단 드레스를 목욕 가운 입은 몸에 바짝 붙여 댄 채
춤을 추는 것처럼 움직여 갔다. 드레스를 꼭 끌어안고서.
새뮤얼은 좀 전에 들은 낮은 소리가 가정부가 혼자 콧노
래 부르는 소리였음을 깨달았다. 루스는 긴 거울 앞에 멈
춰 서서 거울에 비친 자기 모습을 보았다. 새뮤얼 어머니
가 그러시곤 하던 것처럼, 이쪽저쪽으로 몸을 돌리고 고양
이를 쓰다듬듯 옷감을 어루만지면서 내내 콧노래를 흥얼
거렸다. 그러더니 루스는 눈을 감고서 빙그르르 돌아, 그럼

자 진 어둠 속으로 녹아 들어갔다.

31

"여보세요?"

"여보세요, 콜린스 아주머니."

"누구야?" 콜린스 부인의 대답은 신경이 곤두선 듯했다. 아니, 어쩌면 깜짝 놀란 기색인 것이었을 수도 있었다.

"새뮤얼이에요, 아주머니."

"새뮤얼? 원 세상에. 너 지금이 몇 시인지 아니?"

"네."

"이 시간에 전화를 하다니 대체 어쩐 일이지?"

새뮤얼은 수화기를 입에 아주 딱 붙여 들고 있어서 송화구에 습기가 찼다. "조지프하고 통화할 수 있을까요?"

"조지프는 잔단다, 아가."

"아." 새뮤얼은 목을 꿀꺽 울렸다. 눈길은 혹 루스가 나타날 기미가 있나 살피느라 층계참 위를 오갔다. "깨워 주실 수 있으세요? 부탁드려요. 늦은 시간인 거 알지만 굉장히 중요한 일이에요."

"그렇게는 안 되겠다, 새뮤얼."

새뮤얼은 밭은 숨을 들이켰다.

"너도 말했듯이" 콜린스 부인이 말을 이었다 "엄청나게 늦은 시간인데 조지프를 깨워 봐야 머릿속에 잠만 가득 차서 얘기도 안 될 거야."

"조지프가 깰 때까지 전 좀 기다려도 괜찮은데요."

"아니 뭐 문제가 있니?"

"그냥 조지프랑 통화해야 해서요."

"아줌마가 도와줄까? 뭣 때문에 그러는 거니, 새뮤얼?"

소년은 아무 말 하지 않았다.

"너도 잘 시간이 몇 시간이나 넘었잖니." 부인이 말했다. "그러니까 한밤중 이 시간에 조지프에게 전화를 하다니 정말로 그럴 만한 이유가 있겠구나 하는 생각이 들어서."

뻔한 일 아닌가? 이유가 있었다. 더없이 심각하고 핏발 어린 이유가. 하지만 콜린스 부인은 그 이유를 아주 웃긴다고 여겨서 루스와 함께 깔깔 웃고 말았더랬다. 새뮤얼이 대답하지 못한 까닭이 그거였다.

"무슨 일이야, 새뮤얼?" 부인이 말했다.

"아무것도 아니에요. 그냥…… 조지프하고 꼭 얘기를 하고 싶어서 그래요."

"옆에 루스 있니? 아줌마가 루스하고 잠깐 통화할게, 그러면 뭐가 문젠지 정리가 될 거야."

"아니요." 새뮤얼은 이 말을 확고하게 했다. "루스는 자고 있고 아무 문제 없어요. 전 그냥 학교 일로 조지프하고 얘기를 하려고 그런 것뿐이에요. 목사님 보시게 「시편」 한 편을 써야 하고 그림도 하나 그려야 하는데 조지프가 도와줬음 해서요."

"우리 조지프하고 얘긴 해 봤어?" 콜린스 부인은 금시 초문이라는 듯했다. "그 앤 막상 그 숙제는 요만큼도 안 했단다. 아무튼, 둘이 내일 만나서 할 얘기 있으면 하고 숙제도 같이 하면 될 거다." 부인은 혼자 호호 웃었다. "그 애가 썩 도움이 될지 그건 영 모르겠다만."

새뮤얼은 가장 친한 친구와 꼭 얘기를 해야만 했다. 지금 당장. 어떻게 그걸 이해 못 할 수가 있담? "네, 그러는 게 좋겠어요."

"거봐라, 그렇게까지 심각하게 할 얘기도 아니잖니. 아침에 내가 일착으로 조지프한테 얘기해 줄게."

새뮤얼의 눈은 층계참 위로 다시 휙 쏠려 갔다. 뻑뻑한 어둠이 자리 잡고 있는데 그 속에 누가 숨어 있을 수는 없다는 걸 알고 있건만 보지 않을 수 없었다. "콜린스 아주머니, 루스한테 제가 전화했다는 얘기는 하지 말아 주세요."

"어, 그래."

새뮤얼은 부인의 음성에 깃든 어정쩡한 빈 구멍을 들어냈다. "콜린스 아주머니, 제발 루스한테는 얘기하지 마세요. 제발요……. 굉장히 중요하거든요."

"알았다, 새뮤얼." 콜린스 부인의 목소리는 이제 한결 부드럽고 굉장히 다독이는 어조였다. "네가 전화했다는 이 야기 안 할게."

"고맙습니다, 아주머니."

"잘 자렴, 새뮤얼."

소년은 전화를 끊었다.

32

해 뜨기 직전에 문득 생각이 났다. 새뮤얼이 기다려 온 해결책이었다. 마구 북적이는 생각들 속으로 그냥 슬렁슬 렁 끼어들더니 몰아치는 폭풍 한가운데에 떡하니 자리를 잡아 버렸다. 새뮤얼은 그 방법이 쉬울 것처럼 생각을 기 만할 순 없었다, 멍청이가 아니니까……. 그러나 이제 심 중에 그 생각이 떠오른 이상 행동에 돌입해야 한다는 것은 분명했다. 새뮤얼이 해야 할 일은 새벽이 올 때까지 기다 리는 것뿐이었다.

*

열쇠 구멍이, 깜박일 줄 모르는 그 외눈이 새뮤얼 앞 에 흔들리고 있었다. 새뮤얼은 한 눈을 감고 더 가까이 눈 을 대었다. 루스가 새뮤얼 쪽으로 등을 향한 채 침대 가장 자리에 걸터앉아 있었다. 머리카락이 내려와 어깨를 덮은 채였다. 머리가 앞으로 숙여져 있어서 소년은 혹시 루스가 기도 중인가 생각했다. 하지만 그때 루스가 뒷목에 손을 꽉 짚더니 두통이 올 때면 늘 그렇게 하듯 머리를 이리저리 돌렸다. 한숨을 후 쉬었는데 어쩌면 신음 소리를 낸 것이었을 수도 있고, 그런 다음에는 보조 탁자 쪽으로 고개를 돌렸다. 그 위에는 기름등과, 루스 아버지의 사진 한 장과, 아마도 포도주일 것이라고 생각되는 술병이 놓여 있었다.

새뮤얼의 시선이 자리를 옮겨, 복도를 저 끝까지 쭉 스쳐 보았다. 모든 게 준비되었다. 새뮤얼은 문손잡이로 손을 뻗었지만 조심해서 하지는 않아 손잡이가 꽤 세게 덜거덕 흔들렸다. 새뮤얼은 루스가 획 돌아보는 걸 보았고 그때 달아났다. 복도를 따라 막 뛰어 도망쳤다. 층계참에 막 다다랐을 때 루스 방 문이 열리는 소리가 났고, 새뮤얼은 모퉁이를 돌아가며 방향을 틀어 벽에 바싹 몸을 붙였다.

"새뮤얼?" 루스의 음성으로 보아 아마도 새뮤얼 있는 쪽을 향해 오만상을 찌그리고 있을 터였다. "새뮤얼, 장난칠 기분 아니다."

해가 이제 막 기지개를 켜 바깥의 나무들 사이로 빛살을 던져 왔으므로, 위층 층계참은 은은한 햇살과 넉넉한 그늘이 이어 붙여진 조각보였다. 복도를 쭉 볼 때 눈길이 한번 가기에 완벽한 장소다. 새뮤얼은 루스가 언제든 여길 볼 수 있으리라는 점을 확실히 알았다.

양손을 납작하게 펴 벽에 댄 채로, 소년은 고개를 갸웃이 기울였다. 오른쪽 눈이 흐릿한 상을 맺으며 벽판을 가로질러 나가서는 결국 벽판을 벗어나서 복도 저만치를 또렷하게 보았다.

루스는 이미 몸을 돌려서 저쪽을 바라보던 참이었는데, 그 물체를 보고는 날카롭게 숨을 들이켜곤 새뮤얼이 그러기를 희망한 그대로 절로 손을 올려 입을 막았다. "세상에, 예수님." 루스가 소곤거렸다.

복도 저 끝에는 새뮤얼 어머니의 옷방이 있었다. 그 문이 활짝 열려 있었고, 온 방 안에 아침 햇살이 흠뻑 부어졌다. 여자 형체가 방 한복판에 빨간 비단 드레스 차림으로 서 있었다. 드레스의 자글자글한 주름이 그 가슴와 허리 곡선에 딱 들어맞고, 치맛자락은 후광처럼 주위로 쫙 퍼졌다. 그 목은 가늘고 우아했지만 거기서 끝나 그 위엔 아무것도 없었고, 마찬가지로 팔도 어깨를 끝으로 그 아래는 비었다. 공중에 떠도는 먼지에 발그레하게 물든 일출의 첫빛이 비치자 그 형체 언저리에 움직이는 금빛 안개가 마치 머리 없는 귀신이 뿜어내는 형광 같았다. 새뮤얼 어머니의 귀신이.

충격은 루스를 오래 붙들어 두지 못했다. 그렇게 자기를 기겁하게 만든 게 실제로 무엇인지를 루스가 보기까지 겨우 한두 순간이 걸렸다. 그건 그냥 마네킹, 그뿐이었다. 그렇지만 그 마네킹에 빨간 비단 드레스가, 루스가 전날 밤 몸에 꼭 붙여 대 봤던 그 드레스가 입혀져 있다는 건……. 그랬다, 그 사실은 루스로 하여금 머리카락을 귀 뒤로 넘기고 복도로 진격해 가게 만들었다.

소년은 지켜보았다. 두 눈에 궁금증을, 그리고 실상 약간의 공포심을 일렁이며 루스가 폭풍처럼 옷방으로 엄습하는 걸 보고 있었다. "새뮤얼?" 루스가 짖듯이 불렀다.

그 시점에 새뮤얼은 달렸다, 루스 뒤를 따라갔다. 루스는 이미 옷방에 다 간 뒤라 새뮤얼은 루스가 안에서 쿵쿵대며 걸어 다니는 소리를 들을 수 있었다. 하지만 그 방이 루스를 오래 붙들어 두지는 못하리라는 걸 새뮤얼은 알고 있었다. 새뮤얼은 다리를 다그쳐 속도를 빠르게 했다. 가다가 확 방향을 꺾어 열린 문으로 뛰어들어 갔다. 바로 오른쪽으로 돌아서, 새뮤얼은 문 뒤에 끼여 들어갔고 그러면서 소리를 내지 않도록 최선을 다했다. 루스가 다시 복도로 나왔다. 새뮤얼은 루스가 자기 방 쪽으로 도로 복도를 걸어오는 소리를, 문을 벌컥 여는 소리를 들었다. 루스는 새뮤얼의 이름을 몇 번 불렀지만 새뮤얼이 그 안에도 없다는 것을 알기까지는 오래 걸리지 않았다.

"재미있었으면 좋겠구나, 나를 반쯤 숨이 넘어가게 놀래 놓고." 루스의 목소리는 까칠하고 걸걸하게 났다. "그렇지만 네 헛짓거리는 이제 물리도록 당했어, 새뮤얼 클레이.

"그러니 신상에 좋으려거든 지금 당장에 나오도록 해!"

문틈을 통해서 새뮤얼은 루스가 돌진해 지나가는 걸 보았다. 눈빛은 험하고 입은 너무나도 꽉 다문 나머지 가는 금 하나로 보일 지경이었다. 소년은 루스가 그대로 걸어가게 해 달라고 어머니에게 빌었다. 발을 멈추고 자기가 숨어 있는 방을 들여다보지 않게 해 달라고.

"넌 못돼 처먹은 애야. 그거 하나는 잘 알겠다." 루스가 씨근거렸다.

루스는 문을 지나쳐 갔지만 곧 우뚝 멈춰 섰다. 새뮤얼 눈앞에서 문손잡이가 움직였다. 새뮤얼은 루스의 호흡을, 건너편에서 나는 빠르고 밭은 그 숨소리를 들었고 눈을 질끈 감았다. 그때 문이 꽈당 닫혔다. 새뮤얼의 온몸이 루스가 자길 움켜잡을 걸 기다려 힘이 꽉 들어갔다. 잠금장치에 열쇠가 꽂혀 짤그락 소리가 났다. 새뮤얼은 눈을 뜨고 자기가 혼자인 것을 알았다. 문을 통해서, 루스가 걸어서 멀어져 가는 소리가 들려왔다.

"꼭 그래야 한다면 이 집을 한 치 한 치 다 뒤지기라도 할 거야." 루스가 호통을 쳤고 그 목소리는 복도 이편저편으로 다 전해졌다. "나한테서 도망은 못 가, 새뮤얼. 너도 알지 않니." 몇 발 더 가더니, 바로 말했다. "나와!"

루스의 음성이 희미해져 가 새뮤얼은 루스가 아래층으로 가는구나 짐작했다. 어깨에 힘이 풀리는 게 느껴지며 소년은 숨을 깊이 들이마시곤, 루스의 침실 안을 휙 둘러보았다. 루스는 자기가 집을 뒤지는 사이에 새뮤얼이 슬그머니 자기 방에 들어갈까 봐 문을 잠근 것일 터였다. 잠긴 방에 갇혀 버렸다는 사실은 문제가 되었다. 아무렇지 않은 척은 할 수 없었다. 하지만 아무튼 창이 있었다. 비록 지붕 경사가 가팔라 새뮤얼 생각에도 확실히 목이 부러지고 말 것 같기는 했지만. 새뮤얼은 개의치 않았다. 루스 방에 들어올 방도를 용케도 찾아낸 터다. 새뮤얼 혼자 힘으로 다 해냈다. 그리고 그 조마조마한 흥분이 가슴속에 일렁이는 싸늘한 공포를 완화해 주었다.

루스의 비밀들이 바로 이 방 안에 자물쇠 채워져 있었다. 이제 새뮤얼이 해야 하는 일은 그것들을 찾아내는 것뿐이었다.

33

창 밑 책상이 큰 소리로 새뮤얼을 불렀다. 그것은 장식도 없이 초라하게 생긴 작은 책상이었는데 새뮤얼은 재빠르게 그리로 다가갔다. 주의는 서랍에 못 박혀 있었다. 거기가 루스가 일기장을 감춘 곳이었다. 새뮤얼 어머니에게 저지른 끔찍한 짓들을, 새뮤얼에게서 어머니를 빼앗아 간

폭력을 적어 둔 일기들

새뮤얼은 서랍을 당겼지만 손가락이 덜컥 멈춰 버렸다. 서랍이 잠겨 있었다. 잠겨 있는 게 당연했다. 루스가 자기가 한 흉악한 짓들을 기록해 둔 걸 잠기지도 않은 서랍에 넣어 두었을 리 만무했다. 새뮤얼은 루스가 얼마나 오래 자기를 찾는 일에 붙들려 있을는지 가늠할 수 없었지만, 아직 잠옷 차림인 이상 결국 침실로 돌아오리라는 건 알았다. 그러니 빨리 해야만 했다.

그렇지만 어떻게? 루스가 어디다 열쇠를 두었으려나? 새뮤얼의 시선이 그 작은 방 안을 한바탕 쓸어 보는데 하얀 앞치마가 그대로 그를 멈추게 했다. 옷장 옆 의자 등에 개어 걸쳐 둔 상태였다. 소년은 그리로 달려갔고, 마음속엔 세 가지 생각이 소용돌이쳤다. 첫째, 루스는 중요한 집 안 열쇠들을 전부 저 앞치마 주머니에 넣고 다닌다. 둘째, 그렇다고 거기에 루스 본인의 잔악한 범행 기록이 들어 있는 서랍 열쇠도 포함돼 있다는 법이 있나? 셋째, 루스가 방금 자기 방 문을 잠갔는데 그렇다는 건 지금 이 순간 열쇠는 전부 루스가 갖고 있다는 것 아닐까?

새뮤얼은 앞치마를 낚아 올렸고 무게가 느껴지면서 가슴속에 희망이 꽃을 피웠다. 손이 더듬어 주머니를 찾아냈고, 확 잡아당겨 벌렸다. 그 속 맨 밑에 물건들이 이것저것 많았다⋯⋯. 머리핀 몇 개, 고리 하나에 꿰여 있는 열쇠 여러 개가 있고 다른 무엇인가도 있었다. 루스의 아버지가 루스에게 준 그 은제 클로버 브로치. 루스가 잃어버렸다던 그것. 거짓말이 더 쌓였다.

새뮤얼은 브로치를 자기 파자마 주머니에 넣고 열쇠 꾸러미를 가지고 서둘러 다시 책상 있는 데로 갔다. 필요한 열쇠가 어떤 건지 찾아내기는 퍽 쉬웠다. 서랍 잠금장치는 나무를 파고 끼워 고정한 것으로 열쇠 구멍 폭이 좁아서 거기 맞을 만큼 작은 열쇠는 한 개밖에 없었다. 그 열쇠를 골라 그 틈새에 밀어 넣는 새뮤얼의 두 손은 떨렸다. 새뮤얼은 열쇠를 돌렸고 잠금 쇠가 딸각하고 풀리는 소리에 급한 숨을 마시지 않을 수 없었다. 천천히, 필요한 것 이상으로 잔뜩 주의를 기울여서, 새뮤얼은 서랍을 당겨 열었다. 서랍 속을 들여다보고 소년은 입을 쩍 벌리고 말았다. 두 눈이 가늘어지면서 또 동시에 눈앞이 어릿어릿 몽롱해지기도 했다. 나온 것은 이러했다. 잉크 패드와 스탬프. 가위. 우표가 가득 들어 있는 통, 거의 미국 우표들이었다. 그림엽서 한 묶음, 미국과 캐나다의 여러 도시의 엽서들이었다. 그리고 또 뭔가가 있었는데…… 접혀 있는 종이 한 장이었다. 나오지 않은 건 일기장이었다.

아주 뿌연 안개가 일시에 피어올라 머릿속을 온통 휩싸와서, 새뮤얼은 마치 모든 걸 멀리서 지켜보고 있는 기분이었다. 그림엽서 뭉치를 집어 보았다. 쓰지 않은 빈 엽서가 많았다. 그 나머지, 예를 들어 시카고 것과 플로리다 것에는 사연을 쓰기 시작해 놓고 중간에 관뒀다. 이 엽서에는 단어를 썼다가 좍 그어 놓았고 저 엽서에는 잉크 얼룩이 져 있었다. 전부 새뮤얼 어머니의 섬세한 손글씨로 쓰여 있었다. 맨 끝에 있던 건 보스턴 그림엽서였는데 쓰다 만 것이었다. 새뮤얼은 그 엽서를 몇 차례 뒤집으면서 들여다본달지 꿰뚫어 본달지 하고 있었는데 자기가 단어들을 읽는다기보다 오히려 단어들이 둥둥 떠올라 새뮤얼 눈앞에서 춤을 추는 것 같았다.

1961년 7월 29일
가장 사랑하는 새뮤얼,
네가 없으니 하루하루가 얼마나 느리게 흘러가는지 몰라, 나의 작은 사나이야. 나는 아직 보스턴에서 지겨운 은행가들을 굉장히 많이 만나고 있단다.
이번 일이 얼른 끝나서 집에 갈 수 있기를 간절히 바라지만, 아무래도

글은 문장 한중간에서 그렇게 끝나 있었다. 루스가 아직 쓰기를 마치지 못한 것이다. 새뮤얼은 딛고 선 바닥이 흔들리는 것 같았다. 움직이는 건지 아니면 뚝 떨어져 내리는 건지, 그래서 새뮤얼은 팔을 뻗어 책상을 붙들었다.

루스가 그림엽서들을 썼던 것이다. 루스는 새뮤얼 어머니를 죽여 버렸다, 진짜로 죽였던 것이다……. 지금까지 내내, 엽서며 약속이며 모든 것이 다 루스가 일인이역을 한 실마리들이었다. 모든 게 다, 전부 루스 짓이었다.

소년의 두 손이 서랍 안을 헤집으며, 그림엽서들을 전부 뒤집어 놓았다. 무엇을 찾는 것인지 자기도 몰랐다. 맨 밑에 있던 접힌 종이가 손에 걸려 튀어나와 팔락 바닥에 떨어졌고 새뮤얼은 그걸 집어 올렸다. 손글씨가 쓰여 있고 오른쪽 위에 번호가 매겨져 있었다. 4라고. 4쪽이다. 새뮤얼은 서둘러 글을 읽어 보았다.

그 애는 그러기가 좀처럼 쉽질 않고 힘껏 노력을 하면 할수록 사랑은 더 안 느껴져요.

이런 소리를 하다니 내가 괴물 같나요? 보일 선생 얘기가 시간이 흐르면 차차 애정이 생길 테니 참을성을 가져야 한대요. 여보, 당신도 참을성을 가져 주시기를 바라요. 새뮤얼은 정말로 훌륭한 아버지가 있어서 참 다행이에요. 그리고 바라기는 내가 일단 휴식을 취하고 나면, 우리의 작은 가정에 햇빛이 비칠 테고 나도 그 안에서 나의 자리를 찾게 될 것이라 생각해요.

사랑과 입맞춤을 보내며,

마고.

편지지 맨 밑에 몇 개 단어를 서너 번씩 써 놓은 게 있었다. '사랑과 입맞춤을', '새뮤얼', '나의'. 보아하니, 그 글씨의 형태와 각도를 맞게 갖추려고 연습을 한 듯했다. 새뮤얼은 첫 줄을 다시 읽어 보았다.

그 애는 그러기가 좀처럼 쉽질 않고 힘껏 노력을 하면 할수록 사랑은 더 안 느껴져요.

새뮤얼은 지도책에 숨겨 놓은 편지를 돌이켜 생각했다. 한 장이 없어진 그 편지를. 넷째 장이 사라지고 없던 편지. 새뮤얼의 마음의 눈에 셋째 장의 마지막 문장이 어둠을 찍찍 긁으며 써졌다.

'난 정말 사랑하고 싶은데…….'

그러자 그 구절은 마치 사슬의 고리가 채워지듯이 지금 손에 쥔 편지지의 첫 줄에 저절로 쩔꺽 달라붙었다.

'난 정말 사랑하고 싶은데 그 애는 그러기가 좀처럼 쉽질 않고 힘껏 노력을 하면 할수록 사랑은 더 안 느껴져요.'

어머니는 새뮤얼 이야기를 하고 계셨다. 새뮤얼을 사랑하고 싶지만 못 하겠다는 이야기를. 새뮤얼의 머리는 흔들리고, 움직여, 무엇인가 절대 그럴 수 없는 것을 만났을 때 그러듯이 좌우로 크게 가로저어졌다. 편지를 뚫어져라 보는 사이에 단어들은 독사 떼처럼 서로서로 뒤엉켜 꿈틀대기 시작했다. 우글우글한 거짓말의 덩어리처럼.

등 뒤 문에서 난 짤깍하는 열쇠 소리, 그리고 문이 열리는 희미한 삐익 소리를 새뮤얼은 들었는지도 몰랐다. 하지만 들었다 한들, 그 소리가 새뮤얼을 정신 차리게 할 만큼은 되지 못했다.

"그래, 알게 됐구나." 그것이 루스의 말이었다. 루스는 노하긴커녕 속상해하는 목소리도 아니었다. "하긴 시간문제였겠지."

새뮤얼은 돌아보지 않았다. "전부 루스였네."

"그림엽서?" 새뮤얼은 루스가 자기 쪽으로 걸어오는 소리를 들었다. "그래, 내가 썼어."

"전부 루스였어." 새뮤얼이 다시 말했다.

루스는 뒤에서 빠르게, 새뮤얼의 옆머리를 정통으로 후려쳤다. 소년은 비틀거렸고, 미처 발을 제대로 디디고 서지 못해서 루스가 그를 옷장에 밀어붙였다. 한 손으로 가슴을 세게 짓눌러 꼼짝 못 하게 만들었다. "무슨 권리로 내 물건을 뒤지지? 부끄러운 줄을 모르니?" 루스의 입에서 침이 튀어 새뮤얼 눈에 맞았다. "내가 그동안 널 그렇게 위해 줬는데, 어떻게 감히 흔한 도둑놈 모양으로 내 공간을 침범할 수가 있어."

새뮤얼은 밀고 밀었지만 루스는 돌로 되어 있기라도 한 것 같았다.

"우리 엄말 죽였잖아!" 새뮤얼이 악을 썼다. "우리 엄말 죽여 놓고 미국에 계신 줄 알도록 저 엽서들을 쓴 거지. 내 생각이 맞았어······." 울지 않으려고 해 봤지만 슬픔이 밀려 올라와 새뮤얼을 장악했다. "내 생각이 맞기를 바라진 않았지만 맞았던 거야, 그리고 이제 난 네가 한 짓을 알아. 나는 알아······."

"알다니 뭘 아는데? 너희 어머니는 어디 갔는지 알지도 못할 동안에 내가 너를 내가 아는 한에서 최선을 다해 보살펴 줬다는 거? 그 사람은 여기 있을 때도 여기 있는 게 아니었어."

"집어치워!"

"그게 진실이야, 새뮤얼. 그래, 그동안 내가 그 엽서들을 썼어. 누군가는 해야 했으니까. 네 어머니는 정말이지 그럴 생각조차 못 할 사람이니. 네가 그 엽서들을 얼마나 애지중지하는지, 한 장 받은 날에는 눈에 어찌 빛이 도는지 본 이상에야 계속 써 줄 수밖에. 네가 하도 심하게 어머니를 그리니까. 다만 그 그림엽서들이라도 있어야 그나마 견딜 만하게 될 것 같았지. 너에게도 그렇고 나에게도 그렇고."

새뮤얼은 무릎을 있는 힘껏 세게 올려 꽂았다. 루스가 신음했고 손에서 힘이 빠지자, 그 정도로도 충분히 기회가 되어 새뮤얼이 한 어깨로 루스를 들이받아 옆으로 나가떨어지게 했다. 새뮤얼은 책상으로 달려가 편지를 집었다.

"넌 독사에 괴물딱지야." 새뮤얼이 소리질렀다. "그래서 이 바보 같은 편지를 쓴 거지. 어머니가 나를 사랑하지 않았구나 생각하게 만들려고, 어머니도 너처럼 짐승인 줄로 생각하게 만들려고. 넌 짐승이야, 루스! 사랑해야 할 사람을 미워하고, 총을 가지고 닭장으로 내려가 자살해 버리길 바라다니 그럴 사람이 어딨어."

루스는 벽을 짚어 바로 섰다. "너 정신이 아주 악에 받쳤구나, 새뮤얼. 조금이나마 있던 상식까지 악성 종양이 다 삼켜 버렸어. 나는 그 편지를 네 어머니 글씨를 익히는 데 썼지, 그 이상 아무 상관이 없어."

"거짓말쟁이!"

"솔직한 걸 바라니, 새뮤얼?" 루스는 입을 쓸고는 새뮤얼 쪽으로 왔다. "네 어머니는 너에게 도무지 정을 못 붙였어. 너는 너무나도 어머니를 많이 바라서, 이리저리 쫓아다니고, 덩굴에 매달리는 원숭이 모양으로 달라붙어 치근덕거리고 하니 부인은 숨이 막히셨지. 부인이나 너나 둘 중누구도 이길 수가 없었어, 알겠니? 부인이 너를 이만큼 떨어뜨려 놓으려고 애를 쓰면 쓸수록 너는 더 죽자고 곁에붙으려고 했으니까."

"어머니가 나한테 못 오시게 네가 살해한 거야." 새뮤얼이 소곤거렸다.

"부인은 어머니 노릇을 할 줄 몰랐어. 여자라고 다 어미 노릇 할 줄 아는 게 아니야." 루스가 어깨를 추썩였다. "우리 엄마도 엄마 노릇 못 했거든. 네 엄마나 내 엄마나 그분들이 나빠서 그런 게 아니고 또 그렇다고 너나 내 잘못도 아니야. 그건 그냥 그런 거지."

새뮤얼은 침을 삼키듯 목을 울렸지만 목이 완전히 말라붙은 채였다. "난 네가 어머니 드레스 가지고 그러는 거 봤어, 미친 사람처럼 춤추고 돌아다니던 거. 네가 어머니를 죽이고 이제는 어머니 대신이 되려고 그러는 거야."

더없이 짧은 한순간 뭔가 밝은 표정이 반짝 루스 얼굴에 스쳐 갔다. 루스는 반쯤 미소 지었다. "너희 어머니가 가을에 내 동생 결혼식이 있다는 걸 아셔서 얼마든지 그 드레스를 입으라고 나한테 그러셨어. 색이 야해 자기는 다시 안 입을 거라시면서."

새뮤얼은 쉽사리 그 거짓말을 간파했다. 거짓말이 루스의 살에서 독가스처럼 줄줄 새어 나오는 꼴이었다. 루스는 모든 걸 꼬아서, 진실을 비틀고 비틀어 결국 진실이 아닌 다른 어떤 것으로 보이게 만들었다. 그러니 응징을 해야만 했다……. 교수형당하는 것만 가지고는 안 되었다, 그야 당연히 당할 일이고. 그것 말고 그보다도 더 아플 그 어떤 벌이 있어야만 했다. 그랬기 때문에 새뮤얼은 주머니에서 그 클로버 브로치를 꺼냈다.

루스는 그걸 보고 손을 내밀었다. "그거 이리 내."

루스는 브로치를 잡으려 움직였고 새뮤얼은 뒷걸음질 쳤다. 브로치를 손가락 사이에 꼭 집은 채로. "올리브가 이거 진짜 아니랬는데 손에 쥐니까 느껴지네. 내 힘으로도 간단히 꺾어지겠어."

"하지 마." 루스의 컴컴한 눈에 공포가 생생했다. "그건 우리 아버지가 주신 거라 내⋯⋯."

"루스는 아버지가 죽길 바랐잖아." 새뮤얼이 말했다. "자기가 그랬다고 말했어. 아니야? 루스는 아버지가 죽으니까 좋았어, 심장이 시커메서 그런 거지. 로빈 후드도 죽였어. 루스는 뭐든지 다 죽여 버려."

"난 네 어머니를 죽이지 않았어, 새뮤얼." 루스가 한 발짝 새뮤얼 쪽으로 내딛었다. "난 절대 네 어머니를 해치지 않아."

소년은 두려움이 스르르 빠져나가고 대신 절대적인 침착이 자리를 채운 걸 느꼈다. "나는 얼마든지 쉽게 해치면서. 날 때리잖아."

새뮤얼은 힘을 주어 손가락을 구부렸고 싸구려 브로치가 휘기 시작했다.

"제발!" 루스는 어둠 속에서 길을 더듬으려고 그러는 것처럼 양손을 앞으로 내뻗고 있었다. "내가 항상 너를 도리에 합당하게 다루지는 않았다는 거 알고 있어. 내가 아이 보는 요령이 없거든, 원래부터. 집을 떠나던 때에 나는 가정교사나 학교 선생이 되지 않았어. 가정부가 된 건 그러면 애들 다루는 그런 일하고는 웬만큼 거리를 두고 지낼 수 있을 거라서였지. 그랬는데 여길 오게 돼서, 정신을 차리니 빚으로 돌아가는 전망 나쁜 집에 들어와 있었지. 네 어머니는 내가 널 붙잡아 놔 주길 바랐고 그래서 내가 널 돌봤어. 미처 깨닫기도 전에 네 뒤치다꺼리는 거의 죄 다 내가 하고 있더라. 난 그 역할을 하려고 한 게 아니었지만, 해야 할 일이 떡하니 있었으니 내가 안 하면 누가 하겠어? 네 아버지가 하실까? 네 아버지는 망하는 사업을 지탱해 보려고 거의 링컨셔에 가서 지내셨어. 내 급료를 줄 돈도 거의 없었다고, 너를 제대로 보살펴 줄 유모는 고사하고 말이야."

송두리째 너무나도 틀린 말, 너무나도 끔찍하고 진짜가 아니고 악독하기 짝이 없는 말이었다. '난 정말 사랑하고 싶은데 그 애는 그러기가 좀처럼 쉽질 않아.' 그건 루스가 쓴 흉악한 말들이었다. 새뮤얼의 어머니는 진짜로 새뮤얼을 사랑하신다. 실로 새뮤얼과 함께 있고 싶어 하셨다. 한밤중에 새뮤얼을 놔두고 외국으로 간 일이 없다. 그 모든 건 루스가 장본인, 처음부터 끝까지 다 루스 짓이었다.

그래서 새뮤얼은 말했다. "살인자."

브로치는 쉽게 꺾어졌다. 순식간에 확 휘더니 얇은 금

속이 찌걱 접히고 한가운데서 똑 쪼개져 나갔다.

루스가 새뮤얼에게 덤벼들었다. 얼굴이 심한 분노로 굳어 루스 같지도 않았다. 새뮤얼은 내뺐다. 문으로 도망쳤다. 하지만 루스가 너무 빨랐다. 루스는 머리카락을 잡아서 새뮤얼 뒤통수를 거머쥐었다. 어찌나 거세게 당겼는지 새뮤얼은 그만 뒤로 끌려와 꽈당 하고 보조 탁자에 처박혔다. 갈비뼈 쪽에 통증이 확 오고 팔의 살갗이 찢어졌다.

"네 말이 맞아!" 루스는 돌아서 고개를 끄덕였다. 씨근씨근 숨을 몰아쉬고 있었다. "내가 네 어머니를 죽였어. 그 여자가 너한테 무슨 소용이니? 마고 클레이는 진짜 어머니가 못 되었어, 나 같지 못해서."

새뮤얼은 아직 바닥에서 구르고 있었는데 진실을, 가슴이 찢어지는 그 진실을 귀로 들으니 아픔이 마비되면서 그만 그 자리에 못 박히게 되었다.

"뒤치다꺼리는 내가 다 하지 않았니? 어지르고 더럽힌 거 내가 다 치우고, 살펴 줘야 할 거 내가 다 봐 주고?" 루스가 코웃음을 쳤다. 윗입술이 말렸다. "내가 모든 걸 다 해 줬고 그동안 네 어머니는 온힘을 다해 네가 아예 없는 것처럼 하고 지냈어. 그래 놓고 나를 보고 나가라지 뭐니. 상상이 가는 소리야? 몇 년을 착실하게 일해 준 나한테? 그래서 내가 그 여자를 내보냈지." 루스는 한 손을 공중에 획 저었다. "깨끗이 보냈어."

소년은 울기 시작했다. "아니야."

"아, 사실이란다. 부인이 마실 차에 독을 탔다니까, 내가. 그러고 나서 윌리엄한테 도와 달라고 해서 시체를 브래던 저택 옆 강으로 끌고 내려갔지. 세탁물 자루에 쑤셔 넣고, 돌을 잔뜩 집어넣어서 강물로 밀어 넣었어." 루스는 씩 웃었다. "돌 같은 여자라 돌처럼 가라앉더라."

"루스 미워!"

새뮤얼은 일어서서 루스에게 달려들었다. 양팔을 도리깨질하듯 막 휘둘러 댔다. 루스는 그를 밀어내려고 했지만 새뮤얼이 악에 받쳐 발길질 주먹질을 해 댔다. 루스가 목을 움켜잡자, 새뮤얼은 루스 팔에 이를 박았다. 루스는 비명을 지르고 주먹으로 새뮤얼 얼굴을 쳐 버렸다. 새뮤얼은 비틀거리다 침대에 걸렸고, 루스가 엄습해 와 머리카락을 붙들고 일으켜 세웠다. 새뮤얼은 그 순간 루스가 어머니를 죽인 것과 같이 자기도 죽이기로 작정했다는 걸 알았다.

루스의 손이 다시 새뮤얼의 목을 잡았고 새뮤얼은 빠르게, 포도주 병을 움켜잡고 루스 머리를 노려 휘둘렀다. 병이 깨지지는 않았지만 루스는 큰 소리를 질렀고 그때 새뮤얼이 확 덤벼들어 루스를 뒤로 밀쳐 냈다. 새뮤얼은 그대로 책상을 지나 문으로 달려갔지만 루스의 손이 잠옷 윗도리 등판을 거머쥐었다.

"요 악마 새끼." 루스가 내뱉었다.

루스는 새뮤얼을 끝장내 버릴 작정이었다. 새뮤얼은 확실히 알았다. 계획된 건 아니었다, 그다음에 새뮤얼이 한 일은. 새뮤얼은 루스가 자기를 끌어가는 걸 느꼈고 열린 서랍 속 가위…… 그냥 거기 덩그러니 들어 있던 가위에 눈이 스쳤다. 루스가 세차게 뒤로 잡아당긴 그때에 새뮤얼은 그걸 잡으려고 손을 뻗었다. 루스는 새뮤얼을 확 돌려 세웠고, 루스가 그럴 때에 새뮤얼은 가윗날을 쳐들었다. 그저 그렇게, 가윗날은 루스의 가슴에 들어갈 곳을 찾아내었다. 루스는 숨 한 모금을 날카롭게 들이켰다, 지금 막 얼굴에 찬물을 맞은 사람처럼.

새뮤얼이 가위를 뽑자 회색 잠옷에 피가 얼룩처럼 배어 나왔다. 루스의 두 눈은 퀭하니 커다래졌지만 아무 소리도 안 나왔다. 소년은 가위를 내려다보고, 이어서 루스를 올려다보고, 지금 보이는 걸 믿어도 될지 알 수 없었다. 루스는 다리에 힘이 풀려 그대로 바닥에 풀썩 주저앉았고, 손으로 피 흐르는 가슴의 상처를 눌렀다.

"새뮤얼." 루스의 목소리에선 흉포함이 가셨다. "부탁이 야, 새뮤얼…… 도와줘."

소년은 뒷걸음질 쳤다. "넌 우리 어머니를 죽였어."

루스는 고개를 젓고 있었고 악 소리가 나왔다. "너한테 화가 나서 그랬어…… 그게 다야. 나는 네 어머니를 해치 지 않았어." 루스는 눈을 짓감고 아픔을 참았다. "화가 나서 내가 아는 한에서 네가 제일 살처 입을 맡은 한 거야."

이제 고개를 젓고 있는 것은 새뮤얼이었다. "어머니는 나를 사랑하셔. 네가 어머니를 빼앗아 갔어."

"그러지 않았어, 애야." 피가 손가락 주위로 번져 나왔다. "네 어머니 죽이지 않았어. 도와 다오, 부탁한다."

"안 도와줄 거야."

심하게 진저리를 치면서, 루스는 자유로운 팔을 짚어 몸을 일으켰다. 무릎을 짚고 몸을 세웠고 얼굴은 아픔으로 단단히 뭉쳤다. "너희 어머니는 살아 계셔, 새뮤얼. 살아 계신다고."

"거짓말." 소년이 말했다.

침대를 이용해서 루스는 가까스로 일어섰다. 하지만 머리가 핑그르르 도는 듯해 발을 잘못 디디고, 책상 위로 쓰러졌다. 새뮤얼은 그때 방에서 달아났다. 여전히 가위를 쥔 채였다. 새뮤얼은 루스가 그걸 집어서 어머니를 죽였듯이 자기를 죽일까 봐 두려웠고 또 남아 있었다가는 루스가 이 야기를 자아내어 자기 생각을 비틀어 왜곡할 게 두려웠다. 루스가 새뮤얼의 어머니를 죽였다. 루스가 그림엽서들을 썼고 그 짐승 같은 편지를 썼다.

'내가 얼마나 비참한 심정인지를 당신이 아신다면, 그 아이가 날 붙들고 늘어지고 계속 계속 날 찾을 때마다.'

그건 루스가 써 놓은 말들이었다. 어머니가 새뮤얼이

다가드는 걸 싫어했다고 믿게 만들 작정으로. 어머니를 향한 새뮤얼의 사랑이 어머니로서는 감당할 힘이 없는 엄청난 짐덩어리였다고 믿게 하려고.

'나는 숨을 못 쉴 것 같은 느낌이에요.'

새뮤얼의 어머니는 새뮤얼을 그 무엇보다 더 사랑하셨다.

'꼭 물결 치는 수면 아래로 끌려 내려가는 것 같아요.'

하나부터 열까지 다 거짓말이다.

'너는 너무나도 어머니를 많이 바라서, 이리저리 쫓아다니고, 덩굴에 매달리는 원숭이 모양으로 달라붙어 치근덕거리고 하니 부인은 숨이 막히셨지.'

전부 루스 탓이다, 이 모든 고약한 일 전부가.

새뮤얼은 달아나면서 뒤에서 루스가 크게 부르는 소리를 들었다. 어찌저찌 복도까지 나왔는가 보다고 새뮤얼은 짐작했다. 돌아보지는 않았지만 루스가 자기 뒤를 쫓아오고 있을 것이라고 생각했다. 쫓아와서 잡으려고. 절대 그만두지 않고. 살인자들이란 그러는 법이니까.

"새뮤얼, 돌아와!"

루스의 영혼은 검었다. 밤처럼 시커멨다. 너무나도 검어 자기 아버지가 자살했을 때 기뻐했고 너무나도 검어 새뮤얼의 어머니를 죽였다. 어머니를 새뮤얼에게서 빼앗고, 그리고 나서는 새뮤얼에게서 멀리 떨어지길 바란 게 어머니 자신이었던 것처럼 믿게 만들려고 했다. 미국으로 그 먼 길을 가면서 새뮤얼에게 단 한 번도 편지를 쓰지 않은 걸로 믿게 만들려고 했다. 어머니가 새뮤얼 가까이에 있는 걸 도저히 못 참은 것처럼 믿게 만들려고 했다.

'난 정말 사랑하고 싶은데 그 애는 그러기가 쉽지 않아요.'

자기 아이 곁에 있고 싶어 하지 않는 어머니는 이 세상에 한 명도 없다. 새뮤얼은 알고 있었다. 어머니란 아이를 사랑하고 보살피고 아이가 먼 데 있으면, 아니 바로 옆방에만 가 있어도 안절부절 지독히도 신경을 쓴다. 어머니란 자기 아이를 사랑하게 마련이다. 그건 하고 말고 여부도 없다.

'나는 숨을 못 쉴 것 같은 느낌이에요…….'

루스는 새뮤얼을 멍청이로 알았던 거다. 어머니가 새뮤얼에게 도무지 정을 붙이지 못했다고 생각할 줄 알다니. 어머니가 늘 새뮤얼이 얼싸안은 두 팔을 허리에서 풀어 내고, 늘 곁에서 밀어내고, 늘 피해 버리곤 했다고 생각할 줄 알다니.

'꼭 물결 치는 수면 아래로 끌려 내려가는 것 같아.'

어머니를 새뮤얼에게서 떼어 놓고 있는 건 죽음이었다. 그럴 수 있을 것은 죽음, 단 하나였다.

"새뮤얼." 루스가 숨을 헐떡이고 있었다. "새뮤얼, 거기서!"

소년은 뒤돌아보았다. 루스는 복도를 반쯤 온 상태로, 자리옷 앞쪽이 피로 푹 젖어선 몸에 힘이 빠져 벽에 기댄 채였다. 고통스러워하는 루스를 보며, 피 흘리며 약해져 있는 모습을 보며 새뮤얼은 루스를 쓰러뜨린 건 루스 자신의 포악함이라고 생각했다. 새뮤얼은 루스를 저지하기 위해 해야만 하는 일을 한 것이었다. 어머니를 생각하면 저래도 쌌다.

소년은 층계참을 달려 건너 층계에 다다랐다. 어디로 가는지 자기도 몰랐다, 모든 좋은 것들을 다 앗아 간 도살자의 손에서 벗어나고 있다는 것만 알았다. 새뮤얼의 어머니를 실제와 다른 어머니로 바꿔 놓으려고 한 장본인. 새뮤얼이 바스로 찾아오는 걸 원치 않았던 어머니로. 새뮤얼과 함께 있지 않을 수 있는 데라면 어디라도 가고 싶어 한 어머니로. 배 타고 미국으로 121일 동안이나 떠나 있으면서 단 한 번 편지 쓸 생각도 안 하는 어머니로. 그런 여자는 새뮤얼의 어머니일 수 없었다. 그런 여자는 괴물일 터였다.

층계를 막 내려간 때에 새뮤얼은 대문이 열려 있는 걸 보았다. 바닥에 가방들이 놓여 있는 것과 어머니의 노란 옷을, 새의 날개같이 팔락거리는 치마를 보았다. 그리고 잘못 들었을 리 없는 음악 같은 어머니 목소리를 들었다.

"정말 아름다운 아침이지. 그래서 역에서부터 걸어왔단다."

쏟아져 들어온 햇빛이 주위로 온통 밀려들어 어머니는 빛 속에 눈부시게 빛났다. 마치 어머니와 뜨는 해가 하나고 같은 존재이기라도 한 것 같았다. 무슨 유령이나 그런 것처럼 빛이 나왔다.

'난 정말 사랑하고 싶은데 그 애는 그러기가 쉽지 않아요.'

소년은 어머니가 진짜 어머니인지 아니면 상상의 허깨비인지 몰랐다. 아는 것은 오로지 어머니가 거기에, 정말로 거기에 있다는 것인데, 그렇다면 어머니는 떠나 계셨던 것이었다. 그동안 내내 멀리 가 계셔서 어머니가 없는 사이에, 아무 말 해 주지 않은 사이에, 이 크나큰 공허감이 새뮤얼의 마음속에 자라 온 것이었다.

'난 정말 사랑하고 싶은데 그 애는……'

그리고 이 공허감으로 새뮤얼의 생각은 병이 들었고 심장은 에였다.

'난 정말 사랑하고 싶은데 그 애는 그러기가 쉽지 않아요.'

루스가 층계 위에서 자기 이름을 부르는 소리가 들렸다. 루스 얘기가 다 맞았던 건가? 거짓말이 아예 거짓말이 아니었다. 새뮤얼의 어머니는 새뮤얼을 보더니 이어서 루스를 보았고, 순간 얼굴에서 미소가 가셨다. 새뮤얼은 손에 쥔 가위를 느낄 수 있었고 손가락이 구부러져 그걸 꽉 쥐었다. 소년의 정신, 악에 받친 그 마음이 이제 차분히 가라앉았다. 어쩌면 이 모든 게 무엇을 의미하는지 이해 못 했을지 모른다. 아는 것은 자기가 그리로 막 달려가고 있고 이제 멈추기에는 너무 늦었다는 것뿐이었다.

34

방은 살풍경해 탁자 한 개와 의자 몇 개밖에 없었다. 탁자 위에 잔 두 개가 놓였는데 둘 다 차가 담긴 잔으로, 하나는 하얗고 하나는 검었다. 루스가 이쪽에 앉고 로 형사가 맞은편에 앉았다. 루스는 회색 옷에 조그만 검은색 모자를 쓴 채 무릎 위에 동그마니 핸드백을 올려놓고 앉아 있었다.

"시간 내어 들러 주셔서 고맙습니다, 터퍼 양." 형사가 말했다.

"선택의 여지가 있었던가 모르겠네요."

"수사란 게 그렇지요. 경찰에서 아직도 물어볼 일이 있다는 것 이해하시리라 믿습니다."

"그거야 그렇겠지요, 형사님. 그렇지만 취조당하는 것

도 이번이 세 번째고, 그러니 확실히 막쓸드릴 수 있지만 제 대답은 지난번과 또 그 전번과 똑같을 거랍니다."

소년은 바깥의 의자에 앉아 있었다. 제일 좋아하는 빨간 전투기를 손에 들고 있어 누가 봤다면 거기 열중해 들여다보고 있는 줄 알았을 것이다. 하지만 그렇지 않았다. 문은 닫혀 있어도(문은 항상 닫혀 있었다.) 빈 상자보다 그리 클 것도 없는 작은 방이다 보니 말소리는 새뮤얼 귀에도 그대로 들렸다.

로 형사는 또 한 대 담배를 붙여 물고 길게 빨아 마셨다. 짙은 색 양복을 깔끔하게 차려입었고 얼굴도 그럭저럭 잘생긴 축이지만, 치아가 누레지기 시작한 참인데 그건 전혀 장점이 되지 못했다. "그날 일요일로 돌아가 보죠. 9월 24일요. 그날 아침에 대해 말씀해 주실 것이 있을까요?"

"내가 거듭거듭 말했듯이 여느 날 아침이나 다를 게 없었어요. 자고 일어났고, 옷을 갖춰 입고, 그런 다음엔 아침밥을 차렸죠."

"그러면 아이는?"

"새뮤얼은 평소 일어나는 시간에 일어났어요, 딱 해 뜰 때. 위층에서 짧게 얘기했죠. 숙제 마쳐 두고 자기 방 안 치우라고 다시 일깨워 줬고 그러고 나서는 아래층 주방으로 내려왔지요. 새뮤얼도 오래지 않아 내려와서 둘이 같이 아침을 먹었어요."

"아무도 안 찾아왔어요?"

"아무도요."

"밖에 나가 보기는 했나요?"

"점심때까진 안 나가 봤어요." 루스는 장갑을 낀 채였고 손가락을 한데 단단히 깍지 끼고 있었다. "목사 사모이신 프라이스 부인께 배달해 드릴 게 있어서 마을에 가야 했거든요."

형사는 앞에 둔 메모를 굽어보았다. "프라이스 부인은 터퍼 양이 어깨를 다쳤더라고 말했습니다."

"네." 루스가 등을 곧게 폈다. "그 전날 밤에 목욕하다 미끄러져서요. 많이 다친 건 아니었어요."

"프라이스 부인은 당신이 굉장히 고통스러워하는 것 같았다고 했어요."

"그렇진 않았어요. 전에도 말씀드렸던 대로, 그냥 째진 상처고 다행히 새뮤얼이 붕대 감게 도와줬는데 금방 나았답니다. 그렇지만 내가 어깨 다친 일에 왜 형사님이 조금이라도 신경을 쓰시는지는 영 상상을 못 하겠네요."

형사는 한참 동안 루스를 바라보았다. 그러고 나서 말했다. "새뮤얼은 같이 안 갔습니까?"

"어디를요?"

"프라이스 부인 댁에 배달 갈 때요."

"안 갔어요, 집에 있으면서 숙제하라고 내가 그랬지

요…….「시편」쓰는 숙제가 있어서요. 집 비운 시각은 한 시간이 채 안 돼요."

"외출한 동안에 클레이 부인의 흔적을 뭐라도 보지 못 했나요?"

"네, 못 봤어요. 로 형사님, 진지하게 여쭤보겠는데, 제 가 형사님께 뭘 숨긴다고 생각하시는 건가요?"

형사는 담배를 비벼 껐다. "우리는 클레이 부인이 런던 에서 9월 23일 토요일에 야간 열차에 탑승한 걸 압니다. 그리고 일요일 아침 6시경 펜잔스에 하차해서 마을로 오 는 또 다른 열차에 탑승했다는 것도 알고 있어요. 부인은 짐꾼에게 트렁크들을 집으로 날라다 줘 달라고 이르고 작 은 가방 두 개와 우산을 가지고 역을 떠났습니다."

"네, 그 얘긴 알아요, 형사님."

"그게 석 달 반 전의 일입니다, 터퍼 양. 그런데 그때부 터 클레이 부인은 종적이 없었지요. 부인이 마지막으로 시 야에 잡힌 건 역 건너편 숲으로 들어가는 모습을 보았다는 증인이 본 것이었어요."

"그러면 거기 가서 찾아보세요."

"찾아봤지요." 로 형사가 앞니 사이를 쑤셨다. "댁의 여 주인분은 펑 하고 연기 속에 사라진 것 같군요. 그렇지만 사람이 그냥 사라져 버리는 일은 없답니다, 터퍼 양."

"네, 그건 충분히 알아요, 로 형사님. 그렇지만 제가 부인을 어디로 숨겨 버린 걸로 생각하신다면 지독히 잘못 생각하고 계시는 거예요." 루스는 인상을 찌푸리고 있었다. "그야 형사님이 누구보다 더 잘 아실 일이지만요. 형사님네들이 집을 위아래로 샅샅이 뒤져 보셨잖아요."

"좋습니다, 그러면. 터퍼 양, 터퍼 양은 클레이 부인에게 무슨 일이 생겼다고 생각합니까?"

루스가 목청을 가다듬었다. "그건 제가 알 일이 못 되죠. 제가 아는 건 클레이 부인이 한세상 가득이 문젯거리를 안고 계신 분이었고 거기서 달아나는 재주를 가진 분이었다는 거예요."

"제가 보기에 부인은 그 문젯거리를 해결해 보려고 미국에 갔던 것 같습니다만."

"형사님이 저에게 말씀해 주시기로 클레이 부인의 미국행이 그리 대단히 성공적이지는 못했다면서요. 돈을 구하러 갔는데 그만큼 자금 조성을 못 한 건 사실 아닌가요?"

"하시고 싶은 말씀이 뭡니까, 터퍼 양?"

"이것뿐이에요……. 집은 속속들이 싹 다 담보로 잡힌 데다 팔려고 내놓은 상태고, 회사는 채무불이행에 제가 아는 한 클레이 부인은 더는 그럴 수 없을 만큼 돈이 없는 무일푼 신세였어요. 부인이 도망쳤다고 한들 탓할 수 있을지 저로선 모르겠네요."

"애는 어쩌고요?" 형사는 앉은 의자에 등을 기대며 팔

짱을 꼈다. "세상 어떤 엄마가 아들을 놔두고 두주를 한까
요?"

루스는 한숨 지었다. "내가 몇 번을 거듭 말씀드렸다시
피 클레이 부인은 새뮤얼에게 도무지 정이 없었어요. 그
것 때문에 의사도 찾아갔을 정도니까 생각 있으시면 확인
해 보실 수 있어요. 몇 달씩 미국에 가 있으면서 애한테 편
지도 단 한 번을 안 썼죠. 형사님이 말씀해 보세요, 로 형사
님. 세상 어떤 엄마가 그런대요?"

"아아, 그래요. 그림엽서 건이 있네." 형사의 미소는 소
년 같았다. "터퍼 양이 어머니인 척 새뮤얼에게 엽서를 쓰
셨더군요. 거 좀 이상하잖아요, 안 그래요?"

"이상해요? 나라면 자비롭다고 그러겠네요. 새뮤얼이
하는 일이라곤 어머니 때문에 슬퍼 죽으려고 하는 게 다였
으니까, 그렇게 속상해하는 걸 차마 볼 수가 있어야지요."

"아이한테 거짓말을 한 거예요."

"또 하래도 하겠어요. 그림엽서 묶음이 펜잔스의 중고
물품상에서 눈에 띄더라고요. 클레이 부인이 미국으로 가
시고 몇 주 지나서였죠. 새뮤얼은 그때 벌써 하루에 백 번
씩 어머니 소식을 묻고 있었으니까 우연히 그 엽서들과 마
주친 건 위에 계신 하느님이 보내 주신 선물 같기만 했지
요." 루스는 미미한 웃음을 내보였다. "부인 글씨를 똑같이
따라 쓰는 건 제법 힘든 일이었지만 전 배우는 게 빠르답

니다."

"틀림없이 그렇겠지요."

루스가 킁 하고 숨을 내뱉었다. "글씨를 익힌 다음엔 그저 스탬프로 우편 소인을 찍기만 하면 되는 문제였죠, 소인 날짜는 다 뭉개서 흐려 버린 다음에 몇 주 지나 한 장씩 우편함에 넣으면 그만이고. 클레이 부인이 가려고 생각하는 장소 몇 군데를 얘기하고 가셨기 때문에 난 부인이 계속 돌아다니도록 하는 게 좋겠다고 생각했지요, 여기도 가고 저기도 가고." 루스는 지그시 바라보는 형사의 시선을 맞받았다. "아이 마음을 좀 달래 주려고 했다 한들 죄는 안 되잖아요, 그렇지 않나요, 형사님?"

로 형사는 메모해 둔 것을 흘긋 보았다. "콜린스 부인이라는 분하고 얘기를 해 봤습니다만. 그 부인 말이 새뮤얼 군이 부인의 아들인……" 형사는 그쪽을 쭉 훑어 찾았다. "조지프군요. 부인의 아들인 조지프 군에게 말하길 터퍼 양이 자기 어머니를 죽였고 또…… 어디지? 아, 그래요. 어머니 시체를 지하실에 숨겼다고 그랬다는데요." 형사는 눈을 들어 루스를 보았다. "새뮤얼 군이 어디서부터 그런 생각을 하게 되었을까요, 터퍼 양?"

"남자애들이 생각하는 것들 대부분이 그래 어디서부터 오지요, 형사님? 새뮤얼은 제멋대로 상상을 해요. 그리고 제 생각엔 형사님이 알아보시면 알게 될 일이지만 어처구니없는 얘기 중에서두 바루 그 얘기를 새뮤얼 머릿속에 심은 장본인은 바로 그 바보 같은 녀석 조지프 콜린스일걸요."

"그거야 그럴지도 모르지요. 내가 납득이 안 되는 건 새뮤얼이 왜 터퍼 양이 자기 어머니를 해쳤을지 모른다는 얘길 선뜻 믿을 마음이 났는가 하는 겁니다."

루스는 쿵 하고 코를 울리곤 앉은 자세를 고쳤다. "어린 애는 머릿속에 음모가 가득 차 있어요. 금방 말씀드렸다시피 클레이 부인은 몇 달을 집을 떠나 계셨다고요. 딱한 새뮤얼은 날수를 셌답니다……. 그러니 생각해 보면 그 애한테는 진실을 상상하기보다 누군가가 어머니에게…… 무슨 짓인가를 했다고 생각하는 편이 아무래도 한결 쉬웠겠지요. 어머니가 자길 버리고 멀리 가셨다는 생각을 하기보다는."

"하지만 아이를 버린 건 아니었지요, 안 그렇습니까? 클레이 부인은 돌아오는 열차를 탔고 짐가방들을 집으로 보내 뒀어요. 부인은 집에 오던 참이었습니다, 터퍼 양."

"글쎄요, 결국 오진 않았잖아요, 형사님. 그게 제가 몇 달째 드리는 말씀인데요."

문 두드리는 소리가 났다.

"어?"로 형사가 쏘아붙였다.

순경 한 사람이 방에 발을 들였다. "바커가 강도 사건

증인이 와 있는데요."

"기다리라고 해."

"네, 알았습니다."

순경이 문을 닫는데 로 형사가 그를 도로 불러들였다. "아이 이리 들여보내게." 형사는 시선을 루스에게로 옮겼다. "반대는 없겠지요, 지금?"

"아주 많이 반대하는데요." 루스가 앞으로 나앉았다. "아홉 살 먹은 애고 자기 어머니가 실종된 판이라고요. 그만하면 못 겪을 일을 넘치게 겪은 처지 아닌가요, 형사님은 그렇게 생각하지 않으세요?"

"그저 질문 몇 가지 하는 것뿐입니다, 터퍼 양."

뭐라고 웅얼웅얼 말 주고받는 소리가 났고 곧이어 새뮤얼이 방에 걸어 들어와 루스 옆에 앉았다. 소년과 가정부는 서로를 보지 않았다.

"안녕, 새뮤얼." 로 형사가 말했다. "아저씨 기억 나니?"

새뮤얼은 고개를 끄덕였다.

"아저씨는 너희 어머니가 어떻게 되신 건지 알아내려고 하고 있단다." 형사가 말했다. "아저씨가 그렇게 해 줬으면 좋겠지, 안 그러냐, 새뮤얼?"

소년은 끄덕거렸다.

"터퍼 양이 프라이스 부인에게 물건을 배달하러 마을에 갔던 날 기억하니?"

"네."

"그날 뭔가 유다른 일이 있었니, 새뮤얼? 뭔가 평소와 달랐던 일 말인데?"

"루스가 어깨를 다쳐서 제가 레몬타르트랑 티케이크 들을 대신 포장해 줘야 했어요."

"루스가 넘어지는 걸 봤구나. 맞아?"

"아니요. 루스는 목욕하다가 넘어졌어요. 그렇지만 아 하고 소리 지르는 건 들었어요."

"그게 언제 일이지?"

"그 전날 밤요."

"몇 시?"

새뮤얼은 어깨를 으쓱했다. "전 침대에 있었어요."

형사는 서류철을 내려다봤다. "그래, 그러면 루스가 프라이스 부인에게 배달 갔던 날로 돌아가 보자. 루스가 집에는 너 혼자 남겨 뒀지, 맞아?"

새뮤얼이 끄덕였다.

"그러면 네가 혼자 있던 동안 집에 온 사람이 있었어?"

"역에서 오신 왓슨 씨뿐이었어요." 소년은 빨간 전투기를 책상 가장자리에 놓았다. "그 아저씨가 어머니 짐가방 들을 가지고 오셨어요."

"다른 사람은 안 왔고?" 형사가 물었다.

새뮤얼은 고개를 저었다.

"어머니를 아예 못 만났어?"로 형사는 왼쪽 귀가 벌게지도록 문질러 댔다. "어머니처럼 보이는 사람을 보거나 한 일 없어? 아니면 낯선 사람을 봤다든가? 전에 본 적이 없는 사람이라도 못 봤니?"

"아무도 못 봤어요."

"왓슨 씨 말고는 아무도 문을 두드리지 않았다고?"

새뮤얼은 다시 고개를 저었다.

"바깥에서 뭔가 평소 같지 않은 것을 보진 못했니? 이 상한 소리 전혀 안 나던? 자동차 소리라든가? 아니면 누가 크게 소리를 질렀다든가?"

"아니요." 새뮤얼은 눈에 늘어지는 머리카락을 넘겼다. "전 숙제를 하고 있었어요."

"내가 너에게 물어보는 그날 말이다, 새뮤얼, 짐가방들이 운반돼 온 그날, 너희 어머니가 런던에서 야간열차를 타고 오신 날이란다. 그거 알고 있었니?"

새뮤얼이 끄덕였다.

로 형사가 말했다. "어머니가 집에 오시던 참이었어."

"네."

"어머니한테 무슨 일이 생긴 걸까? 너는 어떻게 생각하니?"

"어떻게 애한테 그런 질문을 하세요, 형사님?" 루스의 목소리는 있는 대로 날이 서 있었다. "인정이 아예 없으시면 하다못해 분별이라도 있으셔야쥬."

"새뮤얼은 어떻게 생각하나 물어보는 것뿐이에요, 그게 답니다."

형사는 또 담배에 불을 붙였고 새뮤얼은 담배 끝이 환하게 살아나는 걸 지켜보았다. "너희 어머니가 지금 이 순간 어디에 계실 거라 생각하니, 새뮤얼?"

소년은 연기가 담배에서 꼬불꼬불 올라가는 걸 지그시 보고 있었고 그 모습은 루스가 구운 감자를 잘라 피어오른 김을 후 불던 걸 생각나게 했다.

"새뮤얼?"로 형사가 불렀다.

"제 생각에 어머니는 쉬고 계실 거예요."새뮤얼이 말했다.

"이만하면 충분해요."루스가 탁자를 내리쳐 새뮤얼은 펄쩍 소스라쳤다. "이런 잔인한 짓을 계속하게 가만있지 않겠어요. 이 애 나이의 어린애가 그런 일들에 대해 뭘 알까요? 부끄러운 줄 아세요, 로 형사님."

또다시 문 두드리는 소리.

로 형사는 빨갛게 핀 담배 끝을 재떨이에 떨었다. "어?"

아까 그 순경이, 주눅 든 얼굴로, 문 너머 비죽이 고개를 내밀었다. "죄송합니다, 형사님. 노리스 씨가 더는 못 기다리겠다고 지금 바로 얘기 못 하시면, 그러니까, 자기는 그냥……."

"이런 젠장." 형사가 서류철을 닫았다. "내가 바로 간다고 해." 형사는 루스를 차가운 눈으로 바라보았다. "지금 얘기는 다 끝난 것 같군요. 하지만 장담컨대 터퍼 양하고는 다시 얘기할 일이 생길 겁니다."

"로 형사님, 형사님은 하실 말씀 다 하셨는지 몰라도 저는 아직 드릴 말씀이 남았네요."

"얼마든지 여기 앉아서 잡담을 나누면 좋겠지만, 들으셨다시피, 면담을 해야 할 증인이 있어서요."

형사는 일어섰고 루스도 일어났다.

"제가 몇 가지 드릴 말씀이 있어요." 핸드백을 손목에 끼면서 루스가 말했다. "그리고 일단 현시점에 새뮤얼의 안녕을 책임지는 사람으로서, 새뮤얼을 위해 말할 권리는 전적으로 제게 있답니다. 저 애가 더 이상 이런 취조의 대상이 된다는 건 정말……."

"다른 가족이 있는 줄 알았는데요?" 형사는 서류철을 집어 든 채로 별달리 관심을 두지 않는 듯이 말했다. "삼촌인가가 있지 않았던가요?"

"있어요." 루스의 목소리는 낮아져 소곤거리는 소리가 되었는데, 듣기에도 바보 같았다. "새뮤얼에게 숙부님이 계시기는 해요. 그렇지만 그분은…… 그분은 저 애를 내내 맡아 데리고 있는 건 내키지 않아 하세요. 또 미국에 외조부님도 있지요."

"애가 그쪽으로 건너가서 살게 되겠구요, 그렇지요? 영감이 딱하네요."

루스는 눈길을 내려 흘긋 소년을 스쳐봤다. "새뮤얼은 여기 영국에 그대로 남아서 계속 학교를 다닐 거예요. 어디서 다닐지야 제가 확실히 모르겠지만요." 루스가 목청을 가다듬었다. "방학 동안에도, 미국이 오가기에도 워낙 멀어서, 새뮤얼 할아버님께서는 새뮤얼이 여기 그냥 있는 게 최선이라고 생각하세요."

로 형사는 피워 문 담배를 길게 빨아 마셨다. "터퍼 양이 애를 돌봐 주고 있으시군요. 그렇지요?"

"글쎄요." 루스는 핸드백 끈을 옮겨 걸었는데 마음에 드는 위치를 도무지 못 찾아 하는 것 같았다. "그건 아직 정리를 해 봐야 할 일이고요."

새뮤얼은 비행기를 뒤집어 받쳐 들었다.

"그렇게 쏙 돼 버리네요, 네?" 형사가 의뭉스러운 미소를 띠고 말했다.

"뭐라고 하셨어요?"

그 순경이 또 문에 모습을 보였다. "다시 죄송합니다, 형사님, 그렇지만 노리스 씨 말씀이……."

"참을성 없는 작자 같으니라고." 형사는 담배를 비벼 껐다. "지금 가네."

로 형사가 문으로 향할 때, 루스가 따라붙었다.

"말씀드릴 게 더 있어요, 형사님. 괜히 새뮤얼한테까지 들려줄 일은 아닌 얘기인데요. 제가 옆에서 같이 걸어가도 될까요?"

의논해야 할 일들이 있는 것이었다. 그리고 새뮤얼은 그저 아이일 뿐이었다.

형사가 한숨을 쉬었다. "꼭 그러셔야겠으면."

형사는 빠르게 걸어갔고 루스도 서둘러 뒤를 따랐다. 하지만 루스는 문간에 멈춰 섰다. 새뮤얼은 루스가 늘 그러듯이 목청을 가다듬으려 헛기침하는 소리를 들었다. 소년은 루스가 자기를 보는 걸 느꼈지만 뒤돌아보지 않았다. 만약에 돌아봤다면 무엇을 보게 됐을지 짐작이 갔고 그게 무엇을 뜻하는지도 알고 있었다. 뒤돌아보는 것이 용기 있는 행동이었지만 새뮤얼에게는 용기가 남아 있지 않았다.

"여기 있어, 새뮤얼." 루스가 말했다. "다시 올게."

루스는 문을 닫았는데 문에서 소리도 거의 나지 않았다. 새뮤얼은 루스가 가는 기척이 들리기를 기다렸지만 쥐 죽은 듯 조용할 뿐이었다. 그러다가 문득 똑딱거리는 시계 소리가 의식에 들어왔다. 그 딱딱 끊어지는 북소리가. 그리고 자기가 숨 쉬는 소리, 미약하고 느린 숨소리가 의식되었다. 새뮤얼은 일어나서 루스에게 가고 싶었다. 루스의 눈에 깃든 그 엄격한 표정을 보고 그 확고한 루스 목소리를 듣고 이것이 끝이 아니라는 걸 알고 싶었다. 루스가 떠나지 않으리라는 걸 깨닫고 싶었다. 그렇지만 그때 루스의 구두 뒤축이 방 밖 바닥에 부딪히는 소리가 들려왔고 새뮤 얼은 그 순간이 지나 버렸다는 걸 알았다. 로 형사를 따라 잡으려 복도로 걸어가는 루스의 발소리는 빨랐고, 한 걸음 한 걸음 조금씩 희미해져 갔다. 루스는 이제 어딘가 다른 곳으로 향하고 있었다. 새뮤얼에게서 멀어지고 있었다.

열쇠 구멍으로 엿보는 소년

1판 1쇄 펴냄 2021년 4월 10일
1판 1쇄 펴냄 2021년 4월 15일

지은이 스티븐 자일스
옮긴이 이지연
발행인 박근섭·박상준
펴낸곳 (주)민음사

출판등록 1966. 5. 19. (제16-490호)
서울시 강남구 도산대로1길 62(신사동)
강남출판문화센터 5층 (06027)
대표전화 02-515-2000 | 팩시밀리 02-515-2007
홈페이지 www.minumsa.com

한국어 판 ⓒ (주)민음사, 2021. Printed in Seoul, Korea

ISBN 978-89-374-1373-5 (03840)